KB062810

다시 찾아본 멋진 신세계

BRAVE NEW WORLD REVISITED by Aldous Huxley

Copyright © 1958 by Aldous Huxley

All rights reserved.

This Korean edition was published by Sodam&Taeil Publishing Co., Ltd. in 2015 by arrangement with The Aldous and Laura Huxley Literary Trust, Mark Trevenen Huxley and Teresa Huxley c/o Georges Borchardt, Inc., New York, NY through KCC(Korea Copyright Center Inc.), Seoul.

이 책은 (주)한국저작권센터(KCC)를 통한 저작권자와의 독점계약으로 (주)태일소담에서 출간되었습니다. 저작권법에 의해 한국 내에서 보호를 받는 저작물이므로 무단 전재와 무단 복제를 금합니다.

다시 찾아본 멋진 신세계

펴 낸 날 | 2015년 6월 12일 초판 1쇄

지 은 이 | 올더스 헉슬리
옮 긴 이 | 안정효
펴 낸 이 | 이태권
책임편집 | 김주연
책임미술 | 장상호, 양보은
펴 낸 곳 | (주)태일소담
서울특별시 성북구 성북로8길 29 (우)136-825
전화 | 745-8566~7 팩스 | 747-3238
e-mail | sodam@dreamsodam.co.kr
등록번호 | 제2-42호(1979년 11월 14일)
홈페이지 | www.dreamsodam.co.kr

ISBN 978-89-7381-476-3 03840

이 도서의 국립중앙도서관 출판시도서목록(CIP)은 서지정보유통지원시스템 홈페이지(http://seoji.nl.go.kr)와 국가자료공동목록시스템(http://www.nl.go.kr/kolisnet)에서 이용하실 수 있습니다.(CIP제어번호: CIP2015014390)

• 책값은 뒤표지에 있습니다.
• 잘못된 책은 구입하신 곳에서 교환해드립니다.

다시 찾아본 멋진 신세계

Brave New World Revisited

올더스 헉슬리 지음
안정효 옮김

소담출판사

C o n t e n t s

Brave New World Revisited

올더스 헉슬리는 통속적인 오락물과 대중문화를 철저히 혐오했다. 그가 발표한 여러 신랄하고 비판적인 평론뿐 아니라 그의 소설 곳곳에 등장하는 몇몇 치열한 언급은 싸구려 영화 윤리와 상업적인 음악의 저속성을 맹렬히 조롱하고 비웃는다. 그는 우연히도 1963년 11월 케네디 대통령이 암살되던 바로 그날 세상을 떠났고, (그래서 결과적으로 그의 사망을 알리는 기사가 언론으로부터 푸대접을 받았으며, 『나니아 연대기』로 유명한 C. S. 루이스C. S. Lewis 역시 같은 날 사망하는 바람에) '지구촌' 현상의 확고부동한 광풍에 휩쓸려 텔레비전 방송의 빛을 제대로 받지 못했다. 그러나 만일 헉슬리가 우리에게로 돌아와서, 쾌락주의에 빠진 지금의 방종한 세상을 냉소적이고 고결한 시선으로 둘러볼 기회를 얻게 된다면, 그는 전반적인 사회 현상에 대해 아마도 별로 놀라지 않을 듯싶다. 성생활은 1963년에조차 상상하기 어려웠을 정도로 생식生殖과는 연관성이 멀어졌으며, 도덕을 다루는 학문 분야에서 최근에 이루어진 주요 논쟁에서는 의료계의 배아 줄기세포 응용과 생식을 위한 복제가 야기하는 심각성을 다루었다. 역사의 연구는 모든 곳에서, 특히 미국에서, 급격한 사양길로 접어들었다. 보다 풍요한 편에 속하는 많은 사회 집단에서는 공공 생활이 구경거리와 연예 오락에 장단을 맞춘다는 비유가 꾸준히 제기되었다. 진정성authenticity에 대한 마지막 한 가닥 갈증은 많은 사람들로 하여금 점점 희귀해지는 말초적인 나변의 '토착indigenous' 세계를 탐험하러 나서도록 종용한다. 이런 모든 현상은 이미 『멋진 신세계』가 예견했던 바이다. 어떻게 보면 중국에서 실시한 '한 아이 낳기' 정책 역시 마찬가지였다. 중국에서의 실험이 어찌나 전폭적인 성공을 거두었던지 과거의 씨족 사회는 자취를 감추고 모든 사람이 독자獨子가 되었을 뿐 아니라, 마르크스주의자였던 사람들은 '동지애'를 뜻하는 어휘인 형제애兄弟愛, brotherhood의 인식까지 상실하고 말았다. 대륙들을 연결하는 로켓 여행은 헉슬리가 예견했던 만큼 일반화되지는 못했지만 그와 유사한 현실이 이루어졌으니, 대형 제트 여객기들이 다수의 여행객들을 위해 거리를 좁혀주는 똑같은 기능을 수행하는 실정이다. 다만, 기계 문명이 발달한 세상은 어느 이상한 반발의 순간을 맞아 초음속 콩코드를 거부하고 후퇴하여, 음속보다 느리게 편안한 이동을 즐기는 시절로 되돌아가고 말았다.

그렇다. 까탈스러운 우리 올더스 헉슬리를 깜짝 놀라게 할 만한 사실은 그의 사진이 팝과 록 음악의 대표 음반들 가운데 가장 시끄럽지 않은 편에 속하는 〈외로운 사람들이 모여서 만든 페퍼 악단Sergeant Pepper's Lonely Heart's Club Band〉*의 표지에 끼어 들어갔을 뿐 아니라, 짐 모리슨Jim Morrison이 더 도어스The Doors라는 악단 이름을 헉슬리의 후기 작품이며 원조 환각proto-psychedelic 경험담을 수록한 『인식의 문The Doors of Perception, 1954』에서 빌려다 썼다는 점이다. 조운 디디온Joan Didion**이 언제가 지적했듯이, 걸

---

* 1967년에 출시된 비틀스의 여덟 번째 음반으로 표지에는 지그문트 프로이트Sigmund Freud, 말런 브랜도Marlon Brando, 오스카 와일드Oscar Wilde, 루이스 캐럴Lewis Carroll, 밥 딜런Bob Dylan, 아라비아의 로렌스Lawrence of Arabia, 마릴린 먼로Marilyn Monroe 같은 유명인 60여 명의 사진이 실렸음

** 미국 문화의 혼돈을 파헤친 여성 작가

핏하면 "사람들은 외딴섬이 아니다No Man Is an Island"라는 표현을 입에 올리면서 그것이 어니스트 헤밍웨이Ernest Hemingway가 한 말이라고 착각*하는 경우가 많은데, 요즈음에도 파리에 소재한 모리슨의 무덤을 성지처럼 찾아가는 사람들은 아마도 헉슬리 역시 윌리엄 블레이크William Blake**의 표현을 빌려다 썼다는 사실을 알게 되면 그리 기분이 좋지는 않을 듯싶다. 그렇기는 하지만 문학의 불멸성이란 흔히 이렇게 막연하고 끈질긴 오해로부터 기인하며, "캐치-22Catch-22"***나 "1984"와 마찬가지로, (윌리엄 셰익스피어William Shakespeare의 희곡 「템페스트」에 나오는 미란다의 대사로부터 연유하는) "멋진 신세계Brave New World"라는 표현은 어떤 영상과 연상 개념들의 총체를 거의 자동적으로 인식시키는 가상의 상형

---

* 본디 존 던John Donne의 시 제목이며, 헤밍웨이의 소설 『누구를 위하여 종은 울리나』의 제목과 도입부 인용문은 이 시에서 연유함
** 영국의 시인이며 화가. '인식의 문'이라는 표현은 블레이크가 1793년에 발표한 시 「천국과 지옥의 만남The Marriage of Heaven and Hell」에 등장함
*** 조지프 헬러Joseph Heller의 소설에서 도저히 헤어날 길이 없는 자가당착의 상황을 상징하는 조항

문자 노릇을 한다.

20세기 영국에서는 문단의 규모가 상당히 작았으며, 신분 제도는 어느 분야에서건 제한된 소수의 사람들끼리만 교류하게끔 편협한 성향을 보였다. 앤서니 파월Anthony Dymoke Powell*의 멋진 연작 소설에서는 이런 상황이 긴밀하고도 사실적인 연결고리 노릇을 한다. 그러나 파월의 모교이기도 했던 이튼Eton College**에서 올더스 헉슬리가 조지 오웰George Orwell을 가르쳤다는 사실은 자연스럽고 우연한 만남이 긴장 관계로 발전하는 결과를 가져온 듯싶기도 하다. 본디 의사가 되기를 원했던 헉슬리는 사춘기에 눈이 심하게 감염되어 시력을 상당히 많이 상실했고, 작가로서의 본격적인 활동을 개시하기 전까지는 자신감을 잃고 내키지도 않는 프랑스어 선생 노릇을 했다.

그가 가르친 학생 중에는 나중에 비잔티움과 십자군 전쟁 분야

* 12권짜리 『세월의 반주에 맞춰 추는 춤A Dance to the Music of Time』을 발표한 영국 작가
** 영국의 명문 사학

에서 역사가로 대단한 명성을 얻은 스티븐 런시먼Sir James Cochran Stevenson Runciman과 나중에 조지 오웰이라는 필명으로 활동한 에릭 블레어Eric Blair가 있었다. 런시먼이 기억하던 바로는 프랑스 문화에 대한 헉슬리의 해박함에 크게 감탄했던 블레어는 시력이 나쁜 선생의 약점을 이용해 나쁜 짓을 하는 학생들을 무척 역겨워했다고 한다.

필자가 알고 있는 한 오웰은 1931년에 『멋진 신세계』가 출판되었을 때는 물론이요, 그 작품에 나타난 디스토피아(반이상향)적인 은유隱喩들이 사람들의 대화나 사회의 주류 문화에 회자되었을 때도 이런 개인적인 관계를 글로 언급한 적이 한 번도 없었다. 언젠가 그는 예브게니 자먀틴Yevgeny Ivanovich Zamyatin* 이 발표했던 반이상향 소설 『우리들Мы』** 을 헉슬리가 '표절'했다는 암시를 했다. 하지만 자신의 작품 역시 그 소설에서 영감을 얻었다고 오웰이 인정했기

* 정치 풍자와 공상과학 소설로 유명한 러시아 작가
** 영어 제목은 『We』

때문에 그런 주장은 스승을 모욕하려는 의도가 없었던 듯싶다. 그는 1940년 7월이 되어서야 『멋진 신세계』를 비평할 기회를 얻었지만, 이 무렵 영국은 지나치게 개방된 성생활과 마약이 가져올 악몽보다 훨씬 심각한 다른 문제들*이 적지 않았다.

여기에서 쾌락주의적인 원칙이 극한에 이르러, 온 세상이 마치 리비에라의 관광호텔처럼 되어버렸다. 하지만 비록 『멋진 신세계』가 (1930년대의 시점에서) 현재를 눈부시게 풍자하기는 하지만, 어쩌면 미래는 전혀 조명하지 못하는 듯하다. '좋은 시절'을 가장 중요하게 생각하는 지배 계급은 곧 생명력을 상실하기 마련이어서, 그런 종류의 사회는 두 세대 정도밖에는 지속되지 못하기 때문이다. 지배 계급은 그들 자신에 대한 사이비 종교적인 신앙, 그러니까 어떤 신비한 마력에 상응하는 엄격한 도덕성을 간직해야 한다.

---

* 제2차 세계대전 등

이 평론이 발표된 뒤 몇십 년 동안 많은 사람들이 오웰의 견해가 옳다는 쪽으로 시각이 기울어서, '진정한' 위협은 군홧발과, 전차와, 폭탄과, 약자를 괴롭히는 폭력 집단이라고 생각했다. 그렇기는 해도 헉슬리의 존재는 잊힐 줄을 몰랐다. 그의 작품에 담긴 무엇이 우리의 양심을 끊임없이 자극했기 때문인 듯하다.

또 한 가지 지적해야 할 점은 헉슬리가 작품을 통해 소개한 무스타파 몬드의 정체에서 우리는 나름대로의 사상 체계를 확립하고 자의식이 강한 어떤 지배 계급을 확인하게 된다는 사실이다. 몬드는 '좋은 시절'을 궁극적으로 누리려는 인물로 제시되지 않았다. 우리는 작품의 전반부에서 경외감에 빠진 학생들에게 몬드가 과거를 회상하며 길게 연설하는 장면을 통해 『멋진 신세계』의 시대가 '9년 전쟁'* 이후에 시작되었다는 사실을 일찌감치 알게 된다. 이 전쟁에서는 (대단히 현대적인 작가의 감각을 잘 보여주는 탄저열 폭탄**을

* 서기 2049년에 시작된 가상의 전쟁. 『멋진 신세계』 제3장 92쪽 19행
** 『멋진 신세계』 제16장 345쪽 13행

포함한) 대량 살육에 사용되는 무기들이 등장한다. 그리고 독자들은 또한 권력 유지에 있어서 망각증이 차지하는 중대한 역할을 상기하게 된다. 몬드는 위대한 자본주의자 헨리 포드의 사상을 이렇게 전한다.

'역사는 허튼수작'이다."

그는 마지막 말을 천천히 되풀이했다.

"역사는 허튼수작이다."

통제관이 손을 저었는데, 그것은 마치 눈에 보이지 않는 깃털 총채로 약간의 먼지를 털어버리는 듯한 동작이었다. 그가 쓸어버린 먼지는 하라파였고, 칼데아의 우르였다. 그는 또한 거미줄도 조금쯤 쓸어냈으니 그가 밀어낸 거미줄은 테베와 바빌론이요, 크노소스와 미케네였다. 탁탁, 탁탁, 먼지를 털어내니 오디세우스는 어디로 갔고, 욥은 어디로 갔으며, 주피터와 고타마와 예수는 어디로 사라졌는가? 탁탁 털면 아테네와 로마, 예루살렘과 중앙 왕국이라고 일컬어지는 케케묵은 먼지의 얼굴들, 그들 모두가 사라졌다. 탁탁 털어내니 이탈리아가 들어섰던 자리가 텅 비어버렸다. 탁탁, 성당들이, 탁탁, 탁탁, 「리어 왕」과 파스칼의 『팡세』가, 탁탁, 그리스도의 수난이, 탁탁, 진혼곡이, 탁탁, 교향악이, 탁탁…….*

인류를 멸망시키는 전쟁과 그에 따른 문화적 및 역사적 기억의 말살이 결합된 이런 현상은 나중에 거의 그대로 오웰이 『1984』에서 배경으로 삼았다. 그러나 오웰은 나치주의와 스탈린주의를 거울삼아 배타적이고 역겨운 경험을 작품에서 다룬 반면에, 헉슬리는 보편적인 추구의 대상으로 자리를 잡아가는 (자동차에서부터 피임약에 이르기까지) 물질주의의 새로운 장난감들 자체가 야기하는 혐오감과 불쾌감을 추적한다. 아마도 그렇기 때문에 그의 소설은 지금도 여전히 우리들의 잠재의식을 파고드는 모양이다.

---

* 『멋진 신세계』 제3장 73쪽 8행~74쪽 7행

이에 대해서는 사실 따로 설명이 필요한데, 앞에서 인용한 뛰어난 서술은 헉슬리 작품 세계에서 나타나는 전형적인 양상은 아니기 때문이다. 헉슬리는 동시대인들에게도 상당히 속물적이라는 소리를 들었고, 독자들에 대한 우월감을 의식하면서 일부러 겸손한 체하는 태도를 자주 보였다. 그런 면모는 『멋진 신세계』의 대화체에서도 잘 드러난다. 그의 대화체는 현학적이고 훈계조이며 은근히 우월감을 드러내기 때문에, 이튼의 교장 선생이 훈시하는 듯한 말투를 연상시킨다. 또한 조금쯤은 자가당착에 가깝고, 심지어는 자신을 부정하는 분위기까지 풍긴다. 헉슬리는 분명히 사회주의와 평등이라는 개념을 멸시했으며, 그래서 그가 서술한 끔찍스러운 체제에서 유일하게 반기를 드는 주인공에게 버나드 마르크스Bernard Marx라는 이름을 붙여주지 않았을까 싶다. 또한 즉흥적이며 자연스럽게 행동하는 몇 명 안 되는 젊은 여자들 중의 한 명에게 왜 레니나*라는 이름

* Lenina는 Lenin의 여성형임

을 붙여주었겠는가? 이런 장치는 신랄하다기보다 오히려 받아들이기가 부담스럽고 어색하며, 소설의 도입부*에서 폴리 트로츠키Polly Trotsky**라는 어린 계집아이가 등장하는 대목에 이르면 우스꽝스럽다는 인상을 준다. (소설의 다른 대목에서 보면 모든 시민들은 공식적으로 인가를 받은 지정된 목록에서 성을 하나씩 골라 따라 붙여야 한다는 내용이 나오는데, 역사에 대한 관심을 폐기하든 존중하든지 간에 어떤 쾌락주의적인 체제하에서도 수백만 명의 백성에게 혁명가들의 이름을 붙여줌으로써 멸망의 운명을 감수하는 시험을 하려고 들지는 않을 것이다.)

헉슬리는 혁명가 집안 태생이지만, 그들의 혁명은 종류가 다르다. 그의 할아버지 T. H. 헉슬리Thomas Henry Huxley는 유명한 박물학자로서, 찰스 다윈Charles Robert Darwin의 친구이며 열렬한 지

---

* 『멋진 신세계』 제3장 70쪽 1행
** 러시아 혁명가 트로츠키는 스탈린에게 반기를 들다가 국외로 추방되어 멕시코에서 암살당했음

지자였다. 할아버지 헉슬리는 '불가지론agnostic'이라는 용어를 만들어낸 인물이었으며, 진화론과 창조론을 놓고 옥스퍼드 대학교에서 벌어진 유명한 토론에서 빅토리아 왕조 시대의 윌버포스Samuel Wilberforce* 주교를 보기 좋게 물리친 장본인이기도 하다. 그의 어머니는 『문화와 무질서Culture and Anarchy』의 저자 매슈 아널드Matthew Arnold의 조카딸이었다. 헉슬리 자신의 견해는 고급문화의 긍정적인 중요성과 회의론 사이를 오락가락했다. 그가 가장 좋아했던 사상가는 진리에 관한 모든 문제에 대해선 판단을 유보해야 한다고 주장한 고대 그리스의 피론Pyrrhon of Elis**이었다. 모든 입장은 똑같이 거짓일지는 몰라도 동시에 똑같이 옳다는 가능성이 있기 때문이었다.

헉슬리에 대한 이런 사실을 알아둘 필요가 있는 까닭은 그가 자주 완전히 상반되는 견해들을 함께 피력했으며, 『멋진 신세계』의 출

* 1860년 토론에 앞장섰던 성공회 소속의 성직자
** 회의론의 시조

판 20주년을 기념하는 책의 서문에서 자신을 "즐겁게 피론을 찬미하는 자"라고 묘사했기 때문이다. 소설 자체를 보면, 겉으로는 풍자하는 대상을 은근히 옹호하는 뚜렷한 징후들이 자주 나타난다. 예를 들면, 무스타파 몬드가 의학도들에게 "'가족과 함께 산다'는 말이 의미하는 바가 무엇인지를 상상하려고 노력해봐"라고 권한 다음에 이런 서술을 덧붙인다.

> 가정—가정이라는 것은 한 남자와, 주기적으로 애를 낳는 한 여자와, 나이가 저마다 다른 한 무리의 사내아이들과 계집아이들이 모여서 숨이 막힐 정도로 꽉꽉 들어찬 몇 개의 작은 방으로 구성된다. 숨 쉴 공기도 없고, 공간도 없고, 소독이 제대로 되지 않은 감옥으로서, 암흑과 질병 그리고 악취뿐이다.*

* 『멋진 신세계』 제3장 77쪽 6~10행

헉슬리는 소년 시절에 전혀 가난을 체험한 적이 없으나 (어쨌든 위에 인용한 비판적인 고발 내용은 빅토리아 왕조나 현금의 '제3세계' 가정환경을 연구한 어느 문헌에서도 유사한 내용을 확인할 수 있으며) 그의 어머니는 그가 열네 살 때 암으로 사망했고 2년 후에는 형이 자살을 했으므로, 그는 상류사회 가족의 삶 역시 때로는 힘겹다는 사실을 잘 알았을 것이다. 앞에 인용한 대목은 하류층 대중에 대한 까다롭고 괴팍스러운 경멸과 통찰을 동시에 드러낸다.

빅토리아 시대 영국의 지배층과 지식층 사이에서는 우생학의 연구가 (사실상 '사회 진화론'이라는 현상의 한 가지 양상으로 간주될 정도로) 인기가 높았으며, 니콜라스 머리Nicholas Murray의 전기에서 우리는 올더스 헉슬리가 학구적인 측면이나 배타적인 귀족의 시각에서 다 같이 '번식'에 대해 깊은 관심을 보였다는 사실을 알게 된다. 필자가 헉슬리의 여러 논문에서 확인한 바로는, 그는 유전으로 전해지는 지능지수의 분포도를 믿었던 초기 이론가들의 주장에 전적으로 공감했다. 또한 거기에서 그치지 않고 "정상적이거나 정상 이상으로 우수한 사회 구성원들은 대가족을 형성"해야 하는 반면에 정상 이하인 계층은 "전혀 자식을 낳지 못하도록" 추진하는 권장 계획의 중요성을 강조하는 단계로 발전시키기까지 했다. 그러니까 이 문제에 관한 자신의 시각을 제시함에 있어서 그것을 계획경제의 풍자라는 형태로 묶어두는 것이 (상당히 피론적인 장치이면서도) 헉슬리로서는 아주 기발한 착상이었다. 그런 기교가 배경에 깔려 있음을 인식하는 한 우리는 그가 보여주는 양면성을 마다할 이유가 없다.

상당히 비슷한 시각이지만, 헉슬리는 방종한 사랑과 간통 행위가 자신과 같은 사람들에게는 아주 잘 어울린다고 생각했다. (헉슬리와 그의 첫 아내는 개방된 결혼생활을 즐겼으며, 심지어 둘이서 공유했던 상대역 여성 메리 허친슨Mary Barnes Hutchinson*과는 아내와 같은 침대를 사용하기도 했다.) 그러나 그는 『멋진 신세계』에서 도

* 양성애자였던 사교계 여성으로, 버지니아 울프와 T. S. 엘리엇을 비롯하여 많은 사람들과 난잡한 관계를 즐겼으며, 올더스 헉슬리와 그의 아내 마리아와는 동시에 관계를 갖기도 했음

덕과 감성이 존재하지 않는 상태로 남자들과 여자들이 나누는 성생활을 묘사할 때 냉소적인 태도를 취한다. 1920년대 말 캘리포니아에 밀어닥친 '재즈시대'를 다룬 글에서 그는 넘쳐나는 묘령의 여성들을 한껏 즐긴 경험을 이렇게 털어놓았다. "풍만하고 황홀한 그들은, T. S. 엘리엇Thomas Stearns Eliot의 표현을 빌리면, '통통한 희열pneumatic bliss'*을 약속해준다." 엘리엇은 두드러지게 보수적이고 기독교적인 형태로 매슈 아널드의 가치관을 부활시키기 위해 비평과 시 분야에서 많은 정력을 쏟았다. 그렇기 때문에 『멋진 신세계』 전편에 걸쳐 곳곳에서 남성 및 여성 등장인물들이 신나는 성생활에 대한 싸구려 동의어로 사용하는 천박한 단어 '통통한'이 상당히 이질적인 출처로부터 연유한다는 사실, 그리고 그것이 성에 대한 헉슬리 자신의 이율배반적인 시각을 대변한다는 사실 역시 우리의 관심을 끈다.

---

* 엘리엇의 시에 등장하는 이 표현은 여성의 젖가슴이 주는 성적인 기쁨을 뜻하며, pneumatic이라는 단어가 『멋진 신세계』에서 여러 차례 등장함

T. S. 엘리엇의 영향은 '세계 통제관World Controller' 무스타파 몬드를 "매부리코이며, 붉은 입술은 통통하고, 검은 눈이 아주 예리해 보이는 남자"•라고 묘사한 대목에서도 확인이 가능하다. 마틴 그린Martin Green••은 헉슬리가 『멋진 신세계』를 집필하던 무렵에 영향력이 막강한 인물이었으며 아타튀르크Atatürk라는 별칭으로 더 널리 알려졌던 무스타파 케말Mustapha Kemal•••과 통제관이 용모가 서로 닮았다는 점을 지적했다. ICI••••라고 알려진 거대한 다국적 화학제품 생산 회사의 설립자인 알프레드 몬드 경Sir Alfred Mond 역시 당대의 막강한 유명 인사였으며, 엘리엇은 가끔 그를 "세계를 주름잡는 유대인의 원조prototypical cosmopolitan Jew"라고 완곡하게 칭하고는 했다. (자주 드러내놓고 언급한 바는 없지만 유대인에 대

• 『멋진 신세계』 제3장 71쪽 11~13행
•• 『멋진 신세계』의 서문을 썼던 영국 문필가
••• 군 출신 혁명가로서 터키 공화국의 첫 대통령
•••• 1만 5,000종의 제품을 생산했고, 프로포폴을 최초로 발명한 영국의 종합 화학 회사 Imperial Chemical Industries의 머리글자임

한 헉슬리의 견해 역시 무례했던 편이어서, 그는 할리우드의 얄팍한 상업주의뿐 아니라 여러 가지 다른 속된 현상을 유대인들의 탓으로 돌렸다. 이러한 그의 인식을 반영하듯 『멋진 신세계』에서 그는 상당히 역겨운 어느 등장인물의 이름을 모르가나 로스차일드Morgana Rothschild[•]라고 붙여놓기도 했다.) 그리고 우리는 부화-습성 훈련국장이 몬드를 보고 "통제관이 자신의 서재에 있는 금고 속에 금지된 옛날 책들을 숨겨두었다는 이상한 소문이 언제부터인가 나돌았다. 성경과 시집 그리고 또 도대체 무슨 서적을 숨겨두었는지 아무도 모를 일이었다."[••]라는 이유로 불안해하는 모습에서 『1984』에 등장하는 또 다른 인물의 원조를 발견하게 된다. 오브라이언이라는 인물과 내부당의 비밀교서the Inner Party's secret book를 구상할 때 오웰은 이 대목을 반쯤이나마 기억하지 않았을까? 그렇다면 『멋진 신세계』

• 『멋진 신세계』 제5장 136쪽부터 145쪽까지 등장하는 인물임. 로스차일드는 나폴레옹 시대에 전쟁 자금을 조달하여 엄청난 재산을 모으기 시작한 유대인 금융업자 집안임

•• 『멋진 신세계』 제3장 74쪽 17행~75쪽 3행

에 대한 그의 비평은 다시 한 번 부당하다는 인상을 준다.

동시대의 갖가지 영향을 추적하는 작업이 중요하다고 필자가 믿는 까닭은 헉슬리가 『멋진 신세계』를 집필하던 무렵에 이른바 근대성modernity이라는 개념이 본격적으로 대두했기 때문이다. 그는 핵분열에 관해 상당히 잘 알고 있으면서도 작품에서 언급하지 않았다는 사실을 나중에 크게 자책했지만, 충실한 사실성이라는 이런 요소는 별로 크게 문제가 되지 않는다. 당시와 후대의 독자들은 헉슬리가 의도했던 바를 그때나 지금이나 잘 알기 때문에 그런 여러 가지 허점들은 소설을 읽는 사람이 스스로 알아서 이해하고 채워 넣었다. 그들 자신의 복지를 위해 인간을 자궁에서부터 무덤에 이르기까지 설계하고 통제한다는 것이 가능한 일인가? 그리고 이런 방식의 초공리주의super-utilitarianism가 과연 참된 행복을 가져올 것인가?

헉슬리는 소설의 등장인물들이 그의 주장을 구체적으로 설명하기 위한 꼭두각시들에 지나지 않는다고 스스로 시인했으며, (이전과 이후에 발표한 그의 작품들, 특히 가장 노골적으로 유토피아 주제에 집착했던 마지막 소설 『섬Island』에서 정말로 치명적인 약점으로 드러난) 인물 구성에서의 이런 결함이 『멋진 신세계』에서는 역설적으로 상당히 큰 도움이 되었다. 꼭두각시들은 정서가 부재하는 황홀경과 권력에 기여하는 종속적인 존재의 모습을 아주 신속하고도 완벽하게 그려내는 그들의 소임을 다한다. 그리고 그들 가운데 몇몇은, 그들을 창조한 작가로부터 허락을 받고, 막연하지만 확실히 불만스러운 어떤 감정을 경험하며, 그런 감정을 드러내기 시작한다. 그들은 "이것이 전부란 말인가?"라고 자문한다. 어떤 개념인지 분명하게 파악하지 못한 채로 그들은 흔히 세 가지 부족함을 감지하는데, 그것은 '자연'과 '종교'와 '문학'이다. 오직 화학적이거나, 기계적이거나, 성적인 안락함만을 누리던 그들은 극적인 도전의 부재를 인식하고 권태ennui의 제물이 된다. 코앞에 펼쳐진 인간적인 조건을 벗어나 우주의 개념을 파악할 능력이 전혀 없는 그들은 경외감이나 소외감을 경험할 기회가 박탈된 존재들이다. 그리고 감각적인 오락물 이외에는 아무것도 없는 그들은 어휘의 가치를 전혀 깨닫지 못한다.

(맹인이나 다름이 없었던 헉슬리는 훌륭한 영화 평론가로서의 자격을 전혀 갖추지 못했을지는 몰라도, 이런 약점을 활용하여 그는 '활동사진'과 '유성 영화'의 정점에 올려놓을 '촉감 영화'를 상상해냈다.)

이러한 갈등 상황을 제시하고 해결하는 헉슬리의 화법 역시 훈계하는 방식으로 크게 기운다. 작가는 그가 내세운 판박이 인물들 가운데 몇몇에게 성적인 질투라는 정신적인 동요와 그에 따른 두 가지 부작용, 즉 일부일처제에 대한 갈망과 자신의 아기를 낳으려는 욕구를 느끼도록 용납한다. 작가는 또한, 비록 제한된 보호 구역에 지나지 않을지언정, 황야를 경험하고 그에 따르는 위험을 감수하려는 열망을 그들에게 허락한다. 그리고 작가는 셰익스피어의 낡은 작품집 한 권을 그들 주변에 배치한다. (두 소설을 자꾸 비교해서 미안한 감이 없지는 않지만, 『1984』에서 윈스턴 스미스가 꿈에서 사라진 영국의 목가적인 풍경을 보고 깨어날 때 "셰익스피어를 입에 올리고" 스스로 놀란다.)

셰익스피어 작품집을 소유한 사람은 야만인The Savage인데, 그는 과잉보호를 받으며 극도로 격리된 생활을 하는 인간들과 조우하여 그들에게 복수를 행하는 인물이다. 이 보복은 우발적인 면이 강해서, 그를 무서운 괴물이나 호기심의 대상으로 여기며 받아들이기로 한 사회에서는 진실한 정서를 원하는 야만인 자신의 욕구 자체만으로도 큰 동요가 일어난다. 훗날 헉슬리는 만일 소설을 다시 쓸 기회가 주어진다면 야만인에게 앞으로 닥쳐올 사태에 대하여 훨씬 많은 경고를 했으리라고 말했다. 이런 발언은 소설을 쓰는 사람들이 나중에 떠오르는 잡다한 생각에 집착하지 말고 차라리 작품을 그냥 내버려두는 편이 바람직하다는 사실을 우리에게 일깨워준다. 작품이 거두는 극적인 효과는 야만인이 다른 사람들에게 끼치는 영향을 통해서 이루어지며, 마지막 장면이 일종의 '갈보리Calvary'[*]를 연상시키는 까닭은 다름 아닌 야만인의 순진함과 소박함 때문이다. (성공회와 '캔터베리의 공동체 합창원 대원장'에 대한 그의 풍자는 교회 자

---

* 누가복음 23장 33절 참조. 예수가 십자가에 못 박혀 죽은, 예루살렘 교외의 언덕. '골고다'라고도 함

체의 한심한 타락상에 가려 후세 사람들이 쉽게 간과할 지경이 되었고) 헉슬리는 종교로서의 기독교에 대해 상당히 무관심했지만, 기독교의 여러 은유로부터 완전히 해방된 몸은 아니었다. 황야에서 현실을 추구하는 인물상은 바로 그런 은유들 가운데 하나다. 한 가지 사실만큼은 언제나 확인할 수가 있으니, 고난과 희생을 부르짖고 전파하는 자들은 자신들의 만족스러운 삶을 어떻게 해서든지 존속시키려고 하는 자들에게 돌팔매를 맞아 죽으리라. 이것은 성경에만 국한된 가르침이 아니다.

어쩌면 필자는 『멋진 신세계』가 시대를 앞서가기도 하면서 또한 시대에 뒤떨어지기도 했다는 이율배반적인 주장을 펴고 있지는 않은지 모르겠다. 그리고 헉슬리는 보수적인 근대주의자라고 해야 하지 않을까? 그는 이런 면에서 에벌린 워Arthur Evelyn St. John Waugh* 와 상통하는 바가 있는데, 역시 엘리엇의 『황무지Waste Land』에서 문학

* 20세기 최고의 명필가 가운데 한 사람으로 알려진 영국 소설가

적 분위기를 물려받은 워는 우생학과 안락사의 전도사 노릇을 하면서 끈질긴 종교적 죄의식에 시달리기도 했다. 변형된 형태로 존재하는 원죄는 『멋진 신세계』에서 새로운 상상력에 의해, 헉슬리가 생각해낸 가장 해괴한 각본에 따라 재탄생한다. 작가는 수면 학습을 받은 어린아이들이 극도로 자포자기한 상태에서 물질적인 제품들과 기회들을 무한히 사용하고 소비하는 모습을 통해 우리들에게 그것을 보여준다.

여기에서 생겨나는 한 가지 의문점은, 불가지론자나 유한 계층이 아니고서야 도대체 누가 탐욕스러운 인간이 되도록 사람들을 세뇌할 필요가 있다고 상상하겠는가? 어떤 해석에 따르면 마귀가 인간에게 처음 직접 심어주었다고 알려진 소유 본능이 어쨌든 그런 식으로 상당히 자연스럽게 제기된 셈이다. 자본주의자가 희생자들로 하여금 "소비를 하도록 촉진하기 위해 수단과 방법을 가리지 않고 제품에 대한 욕심을 더욱 자극하며 새로운 필요성들에 대한 허튼소리를 잔뜩 늘어놓는다"라고 한 사람은 버나드 마르크스가 아니라 카를 마르크스Karl Heinrich Marx였다. 흔히 잊어버리거나 간과하기 쉬운 사실이지만 마르크스는 또한 이러한 충동이 개혁과 실험으로 이어졌으며, 때로는 경우에 따라 "창조적인 파괴력"이라고 일컬어지는 해방의 과정으로 발전한다고 생각했다. 다시 말해서, 그것은 대중의 지각을 마취시키는 단순한 수단이 아니라, 현상現狀, status quo에 대한 불만을 부추기는 한 가지 수단이라는 뜻이다. 이런 설명은 우리가 살아가는 현 시대의 세상은 자본의 원동력이 현황status과 쉽게 공존하지 못한다는 사실을 시사한다.

욕심이 많은 사람이 결코 아니었던 헉슬리는 이런 관점을 생각보다 쉽게 넘겨버렸다. 그리고 피론적인 회의주의 성향에 따라 그는 역시 별다른 저항을 하지 않고 대다수의 사람들보다 쉽게 소비자-자본주의자 형태로 이루어지는 열반涅槃, Nirvana*의 유혹에 응했다. 여기에서 『멋진 신세계』가 우리를 실망시킨다. 이에 대한 단서 역시

* 헉슬리는 몇몇 저서에서 약물에 의한 열반 환각의 경지를 서술했음

『1984』의 견본 한 권을 보내준 오웰과 헉슬리 사이에 오간 서신에서 발견된다. 1949년 말에 헉슬리는 답신에서 오웰의 책이 "대단히 중요하고도 훌륭한 저서"라고 평했다. 하지만 그는 미래의 통치자들이 맞게 될 세상에 대하여 나름대로 이런 견해를 피력했다.

> 통치의 수단으로서는 몽둥이와 감옥보다 유아 습성 훈련과 마약성 최면이 훨씬 더 효율적이라는 사실을, 그리고 그들에게 주어진 노예 생활을 좋아하도록 사람들에게 암시를 주어 유도함으로써 채찍질과 발길질로 복종을 강압하지 않으면서도 권력에 대한 자신들의 욕망을 철저하게 충족시키리라는 사실을 다음 세대가 끝나기 전에 세상의 지도자들이 깨닫게 되리라고 나는 믿어. 다시 말해서, 『멋진 신세계』에서 내가 상상했던 바와 훨씬 닮은 세상의 악몽으로 『1984』의 악몽이 필연적으로 바뀌어가리라고 나는 느낀다네. 그런 변화가 이루어지는 것은 능률성을 높여야 한다는 절실한 필요성의 결과겠지.

사상경찰Thought Police과 101호실에 대한 묘사가 너무나 처절하고 잊기 힘들 정도로 끔찍하기 때문에 어쩌면 그것은 부분적으로 오웰의 잘못일지 모른다. 하지만 전제 정치에 대하여 그가 나름대로 허구화한 방식이 오직 공포와 폭력의 힘에만 의존하지 않았다는 점은 언급해둘 필요가 있겠다. 하층 계급에게는 신경을 안정시키는 소마가 지급되지 않지만, 값싼 술은 넉넉히 나눠준다. 흥겨운 오락으로서 추첨 행사가 마련되고, 모든 빈곤한 자들은 싸구려 음란 서적을 공짜로 얻어서 본다. 영화는 쾌락의 탐닉이라기보다는 로마의 원형 경기장에서 즐기는 그런 차원의 기분 전환과 선전 활동의 난장판처럼 묘사해놓았다. 『1984』에 제시된 체제는 풍요보다 빈곤의 집단이지만, 물질주의의 전통적인 속성과 습성 훈련을 간과했다고는 말하기가 어렵겠다.

그러나 헉슬리는 거의 10년이 지난 1958년에 『다시 찾아본 멋진 신세계』를 펴내게 되었을 때, 도입부에서 상당한 지면을 할애하여 자신의 미래도와 오웰이 상상한 세계를 상세하게 대비시켜 보여주었는데, 이것은 1949년에 그가 편지에서 밝혔던 내용과 매우 비슷하다. 그는 경제 합리화의 필요성에 따라 전체주의 체제의 완화 정책이 소련에서 어느 정도 이루어졌다고 정확하게 지적했다. 하지만 우생학에 대한 전반적인 집념으로 인해 다시 한 번 그는 엉뚱한 양상에 보다 큰 비중을 두어 강조하게 되었다.

현재 미국은 인구 과잉 문제에 봉착한 국가는 아니다. 그러나 만일 (현재 멕시코나 과테말라의 증가율보다 다행히 크게 낮기는 하지만 인도보다는 높은) 현재의 속도로 계속해서 인구가 증가한다면, 동원이 가능한 자원에 입각한 인구수의 문제는 21세기 초에 부담스러워질 가능성이 크다. 지금 당장은 인구 과잉이 미국인들의 개인적인 자유에 직접적인 위협이 되지는 않는다. 하지만 그것은 걱정스러운 골칫거리에 1보 직전까지 근접한 간접적인 위협으로 남아 있다. 만일 인구 과잉이 저개발 국가들을 전체주의로 몰아넣게 된다면, 그리고 만일 이런 독재 집단들이 러시아와 연합하게 된다면, 그때는 미국의 군사적인 위치가 훨씬 불안정해지고, 국방과 보복을 위한 준비는 증강이 필요해진다. 하지만 누구나 다 알고 있듯이 전쟁의 위험에 끊임없이 시달리거나, 심지어는 유사한 잠재적 위험성에 노출된 국가에서라면 자유는 활개를 치지 못한다.

영구적인 위기는 모든 인간과 물자에 대한 영구적인 통제를 중앙 정부의 기관들이 장악하는 빌미를 정당화한다. 인구 과잉은 그런 사태를 초래하므로, 공산주의가 독재 국가들을 주도하는 세계에서라면 영구적인 위기가 거의 불가피해지리라는 것을 우리는 알아야 한다.

어떤 면에서 보더라도 앞에 인용한 문단은 선견지명이라고 하기가 어렵다. 지정학적인 대목들은 지나치게 세부적이거나 지나치게 막연하다. 2003년에 미국이 당면한 인구학적인 주요 문제는, 비록 '백발화白髮化' 현상이 합법적 혹은 불법적인 이민으로 어느 정도 지연되거나 늦추어지기는 했을지언정, 노령 인구라는 현실 역시 주목해야 할 사항이다.

아마르티아 센Amartya Kumar Sen[*]을 필두로 한 학자들은 맬서스의 인구론에 대한 갖가지 반론을 제기했다. '인구 폭탄' 이론가들, 그중에서도 특히 파울 에를리히Paul Ehrlich[**]의 외삽적 예언extrapolated predictions[***]들은, 적어도 부분적으로는 보외적補外的 추정이었던 탓이기는 했지만, 거듭거듭 빗나가고 말았다. 마지막으로 멕시코와 과테말라에 관한 그의 언급으로 미루어 볼 때, 분명히 헉슬리는 선인장이 자라는 지역의 원주민들이나 원시적인 벽돌집에 대하여, 『멋진 신세계』에서 겉으로 과시했던 만큼 그렇게까지는 호감을 가지고 있지 않았으리라고 보인다. 그러나 『멋진 신세계』와 『다시 찾아본 멋진 신세계』의 집필이 이루어진 시기 사이에 조상으로부터 대대로 전해 내려온 그곳 문화의 한 가지 요소가 그를 무

---

* 인도 태생의 경제학자이며, 기아와 빈곤 문제에 입각한 복지 경제학에 기여한 공로로 노벨 경제학상을 받았음
** 1908년 노벨상을 받은 독일 세균학자로서, 광속으로 인구 증가가 빨라진다는 '폭탄론'을 주장했음
*** 기지의 사실로부터 추정한 미지의 사실

척 매료시켰다. (D. H. 로렌스David Herbert Lawrence의 『서한집』을 편집하는 일을 맡았던 무렵에) 캘리포니아와 뉴멕시코 등지에서 체류했던 기간 동안 헉슬리는 메스칼린과 페요틀 선인장 추출물 그리고 (〈외로운 사람들이 모여서 만든 페퍼 악단〉에 수록되어 굉장한 인기를 끌었던 노래 '다이아몬드가 박힌 하늘에서 날아다니는 루시Lucy in the Sky with Diamonds'•가 잘 대변하는) LSD 따위의 파생품이 일으키는 환각적인 속성을 접했다. 거의 맹인이나 마찬가지였던 헉슬리로서는 그에게 주어진 상상력의 어떤 화려한 경험이라도 누릴 권리가 있으므로 필자는 이 문제를 놓고 지나치게 비판할 의도는 없다. 다만 『다시 찾아본 멋진 신세계』에서 그가 권장한 내용에서는 거의 판단력을 상실한 지경의 무분별함이 감지된다.

약리학자들은 최근에 (LSD-25라고 알려진) 리세르그산디에틸아미

• 제목의 머리글자를 따면 LSD가 됨

드lysergic acid diethylamide라는 물질에서, 거의 아무런 비용도 들이지 않고 인식을 향상시키며, 생리학적인 측면에서 표현하자면, 상상적 환영을 만들어내는 소마의 또 다른 한 가지 양상을 창출해냈다. 이 놀라운 약물은 1회에 5,000만 분의 1그램이나 심지어는 2,500만 분의 1그램만 복용하더라도 (페요틀처럼) 사람들을 다른 세상으로 보내주는 효과를 낸다. 대부분의 경우에 LSD-25가 데려다주는 다른 세상은 천국처럼 지극히 황홀하며, 때로는 연옥 같기도 하고 심지어는 지옥이 되기도 한다. 하지만 긍정적이든 부정적이든, 리세르그산 경험은 거의 모든 사람이 의미심장한 심오함이나 열반의 깨달음 차원에 이르게 해준다. 어쨌든 인체에는 그토록 적은 부담을 주면서 영혼으로 하여금 그토록 철저한 변화를 일으키게 한다는 사실은 대단히 놀라운 일이 아닐 수 없다.

헉슬리가 친분을 쌓았던 티머시 리리Timothy Leary 박사는 (경험을 통해서 필자가 증언해도 될 만큼) 대단한 매력과 재치를 갖춘 인물이요 느긋한 하버드 과학자로서, LSD 여행을 적극적으로 옹호한 덕택에 '60년대'의 상징이 되다시피 했다. 그들의 친분 관계는 비틀스와 짐 모리슨의 관심을 끌었다. 하지만 여기에서도 우리는 잠깐 숨을 돌려 어떤 모순성에 주의를 기울여야 한다. 리리는 향정신 작용성 약물의 사용은 본질적으로 파괴적이며, 개개인들이 '체제'를 회피하거나 무너트리도록 도와준다고 믿었다. 이런 관점에 있어서 정부 당국자들은 그와 견해를 같이했던 듯하며, 그를 붙잡아다 (한 때는 살인마 찰스 맨슨의 옆 감방에) 투옥하기까지 했고, LSD뿐만이 아니라 코카인과 마리화나에 관해서도 리리의 권고를 따르는 행위를 중대 범법으로 간주했다. 그렇다면 이러한 환각제, 진통제, 흥분제가 국가 통제의 이상적인 도구라고 믿었던 헉슬리의 신념은 어떻게 되는가? 국가에서 추진하는 '마약과의 전쟁'은 이제 담배와 주류와 진통제 차원으로까지 확대되는 추세인데, 만일 지배 계급이 시민들에게 황홀경에 빠져 정신을 잃게끔 만들기를 원한다면 그것은 이런 기초적인 목표를 추구하는 방법치고는 이상한 방법이다. 우리

시대에는 의무적인 소변 검사가 사생활에 간섭하는 국가의 상징이 되어버렸다.

유토피아가 나오지 않는 세계 지도라면 거들떠볼 가치조차 없다고 오스카 와일드Oscar Wilde는 말했다. 『멋진 신세계』와 그의 종결 소설 『섬』에서 헉슬리는 우리의 머릿속에 유토피아 지도의 제작법을 심어주려고 했다. 첫 번째 설정•에서는 어린아이들의 성생활과 약물과 습성 훈련이 비자유非自由의 징후요 괴리의 근원이며 무규범 혼돈 현상anomie으로 제시되지만, 두 번째 설정••에서는 그것들이 해방의 도구요 행복의 열쇠로 바뀐다. 『멋진 신세계』의 주민들에게는 두려움 때문에 질서를 지키도록 그들을 묶어두는 외부의 적이 없는 반면에, 『섬』의 팔라Pala••• 사람들은 침략적인 독재 국가의 통치자 디파 대령Colonel Dipa••••과 상극의 적대 관계다. 사담 후세

• 『멋진 신세계』
•• 이상향인 팔라 섬
••• 주인공이 표류하다가 상륙한 가상의 유토피아 섬
•••• 이웃 렌당 섬의 무자비한 독재자

인Saddam Hussein과 슬로보단 밀로셰비치Slobodan Milosevic를 닮은 디파 대령은, 충분히 그럴 만한 이유가 있기는 하지만, 몽둥이와 발길질과 총이 아직은 퍽 쓸모가 많다고 생각하는 인물이다. 올더스 헉슬리가 내면적으로 그토록 심한 모순덩어리였다는 사실을 우리는 고맙게 생각해야 한다. 그런 모순성에 힘입어 그는 근대성뿐 아니라 인간 조건에 있어서 찬란함과 참혹함을 작품에 함께 담아낼 능력을 얻었기 때문이다. 1928년 「배너티 페어Vanity Fair」 잡지에 기고한 논문 〈까마귀와 책상Ravens and Writing Desks〉*에서 그는 이렇게 말했다.

> 신은 존재하지만, 동시에 존재하지 않기도 한다. 우주는 종잡을 수 없는 우발성의 지배를 받지만, 동시에 윤리적인 편견이 좌우하는 섭리의 지배를 받기도 한다. 고통은 목적도 없고 정당성도 없지만, 또한 소중하고 필수적이기도 하다. 우주는 괴롭히기를 좋아하는 저능

* 『이상한 나라의 앨리스』에서 모자장수가 다과회를 하다가 내놓은 수수께끼

아지만, 동시에 또한 지극히 상냥한 부모이기도 하다. 만물은 엄격하게 미리 설정되었지만, 의지는 완전히 자유롭다. 지금까지 사상가들과 신학자들을 짜증나게 했던 이러한 모든 문제들을 열거한 이율배반성의 목록은 끝이 없다.

어쩌면 이 글은 비슷한 단어들을 이어가는 말장난이라고 간주해도 될 듯하지만, 우리 피론주의자가 위대한 스피노자에 대해 다른 곳에 발표한 글에는 이런 대목이 나온다.

"호메로스의 말은 틀렸다." 에페수스의 헤라클레이토스가 쓴 글이다. "'그 투쟁은 신들과 인간들 사이에서 혹시 사라지려는가'라고 한 호메로스의 말은 틀렸다. 그는 자신이 우주의 파괴를 위해 기도를 드리고 있음을 알지 못했으니, 만일 그의 기도가 이루어졌다면 만물이 소멸했으리라."

열반의 추구는, 유토피아나 역사의 끝 또는 계급 없는 사회를 추구하는 일과 마찬가지로, 결국 쓸데없고 위험한 짓이다. 그런 추구는 이성이 잠든 상태를 필연적으로 수반한다. 불안과 투쟁을 벗어날 길은 없으며, 그것이 바로 그가 여러 면에서 달가워하지 않았던 결론이기 때문에 결과적으로 헉슬리는 이런 소중하고 빤한 진리를 깨닫게끔 우리들을 도와준 셈이다.

2003년 11월 28일 워싱턴 D. C.에서

크리스토퍼 히친스 Christopher Eric Hitchens

재치를 지나치게 추구하다 보면 자칫 부실한 진리의 덫에 봉착하기도 한다. 아무리 우아하고 멋지다고 하더라도 간결함은 사물의 본질을 다룰 때 어떤 복합적인 상황의 모든 사실을 제대로 포괄하지 못한다. 그런 주제를 간결하게 정리하고 싶다면 무엇인가를 빼먹고 단순하게 줄이는 방법밖에는 없다. 어떤 대상에 관한 설명을 간소화하고 생략하면 사람들이 쉽게 이해하는 데 도움을 주기는 하지만, 많은 경우에 잘못된 내용을 받아들이게끔 유도하는 결과를 가져오기도 한다. 그 이유는 우리들이 파악하려는 대상을 생략자가 자신만의 공식에 따라 말끔하게 정리를 해놓은 개념으로 축소시키는 경우에, 그렇게 독단적으로 요약해놓으면 본디 개념들에 종속된 세밀하고 다양한 양상을 모두 성실하게 전달하기가 어렵기 때문이다.

그러나 인생은 짧고 정보는 무한하니, 모든 대상을 다룰 시간은 누구에게도 없다. 실제로 우리는 부당하게 간략한 설명을 듣고 만족하느냐 아니면 전혀 설명을 듣지 못하느냐 하는 양자택일을 억지로 해야 할 입장에 처해 있기가 보통이다. 생략은 필요악이고, 생략하는 일을 맡은 사람이라면, 비록 본질적으로는 나쁘지만, 그나마 없느니보다는 낫도록 최선을 다하는 수밖에 없다. 생략하는 사람은 짧게 간추리는 방법을 배워야 하지만, 왜곡하는 수준까지 가서는 안 된다. 그는 상황의 본질적인 요소들에 집중하는 방법을 터득해야 하지만, 적정한 부수적인 문제들을 현실에서 너무 많이 무시해서는 안 된다. 그렇게 함으로써 그는 (거의 모든 중요한 분야에 관련된 전체적인 진실은 간결함과 양립하기가 불가능하기 때문에) 비록 전체적인 진실이 아닐지라도 절반이나 4분의 1밖에 안 되는 위험한 진실을 어느 정도 능가하는 수준에서 최근 사상의 유통을 도모할 수가 있을 것이다.

자유 그리고 그것을 위협하는 적들에 관한 주제는 워낙 비중이 막대하여, 본격적으로 만족스럽게 파헤치기엔 필자가 지금까지 다룬 내용만으로는 지나치게 짧다. 하지만 적어도 필자는 이 문제의 여러 양상을 소홀히 하지 않기 위해 많은 노력을 기울였다. 각각의 양상을 어느 정도까지는 지나치게 단순화한 형태로 제시했다고 보일지도 모르지만, 지나치게 단순화한 이런 내용들을 서로 연결하여 하나의 그림으로 종합해보면 근본적인 개념의 복합적이고 방대한 어떤 의미를 파악하게 되리라고 생각한다.

(중요하지 않아서가 아니라 전에 이미 다른 곳에서 거론했었기 때문에 단순히 편의상) 이 그림에서 생략한 부분으로는 자유를 위협하는 기계적 및 군사적인 적들을 꼽을 수 있는데, 피지배자들에 대한 세계 통치자들의 장악력을 너무나 강력하게 증강시킨 무기와 '장비hardware', 그리고 더욱 막대한 비용이 들어가고 파멸을 초래하는 전쟁 준비 작업이 바로 그런 적들이다. 이제부터 서술하는 내용들은 헝가리의 봉기와 진압, 수소 폭탄, '국방'이라는 이름으로 모든 국가가 부담해야 하는 비용, 그리고 군복을 걸치고 공동묘지를 향해서 행군하는 흑인, 백인, 황인 그리고 갈색 피부의 청년들의 끝없는 행렬을 염두에 두고 읽어주기 바란다.

Brave
New World
Revisited

1

인구 과잉

『멋진 신세계』를 집필 중이던 1931년에 필자는 아직 시간이 넉넉하다고 확신했었다. 완벽하게 정돈된 사회, 과학적인 신분 제도, 조직적인 습성 훈련으로 제거한 자유 의지, 화학적으로 유도한 행복감을 정기적으로 처방함으로써 주입시킨 노예근성, 밤마다 실시하는 수면 교육으로 고취시키는 인습—이런 것들은 틀림없이 이루어질 테지만 내 생전에는, 심지어 내 손자들의 시대에는 실현되지 못할 현상이었다. 『멋진 신세계』에서 벌어지는 사건들의 정확한 날짜는 기억하지 못하지만, 시간적인 배경은 A.F.(포드 기원) 6세기나 7세기 언제쯤이었다. 서기 20세기에서 이사분기二四分期에 살던 무렵의 사람들은 소름 끼치는 종류의 세상을 살았다고 인정해야겠지만, 공황기의 악몽이란 『멋진 신세계』에서 묘사한 미래의 악몽과는 판이하게 다르다. 우리들이 겪었던 악몽은 지나치게 빈약한 질서의 탓이었던 반면에, A.F. 7세기에 그들이 겪게 될 악몽은 지나치게 막강한 질서로 인해서 빚어진 결과다. 하나의 극단적인 악몽에서 다른 극단적인 악몽으로 넘어가는 과정은 오랜 기간을 거쳐야 하고, 그래서 필자는 그 사이에 보다 운이 좋은 제3의 인간 집단이 양쪽 세계, 그러니까 무질서한 자유주의 세상과 완전한 능률성이 개인적인 진취성이나 자유를 전혀 용납하지 않을 정도로 과도하게 질서가 유지되는 멋진 신세계를 최대한 잘 활용하리라고 상상했다.

그로부터 27년이 지나 서기 20세기의 삼사분기三四分期가 된 지금, 그리고 포드 기원 1세기 말보다 더 오래전인 지금에 이르러서 필자는 『멋진 신세계』를 집필할 당시보다 훨씬 덜 낙관적인 기분을 느낀다. 1931년에 제시했던 예언들은 필자가 예상했던 것보다 훨씬 빨리 현실로 나타났다. 지나치게 빈약한 질서와 지나치게 과다한 질서의 악몽 사이에 찾아와야 할 축복의 기간은 시작되지 않았고, 앞으로도 시작될 아무런 기미조차 보이지 않는다. 유럽에서는 남녀를 불문하고 개인들이 아직 광범위한 자유를 누리기는 한다. 하지만 민주적인 통치의 전통을 이어온 이들 국가에서조차 그런 자유와, 심지어는 그 자유에 대한 갈망이 감퇴해가고 있는 듯하다. 나머지 다른 지역에서는 개인의 자유가 이미 사라졌거나, 곧 사라질 징후가 뚜렷하다. 필자가 포드 기원 7세기에 발생하리라고 설정한 전체주의 사회는 안전할 만큼 아득한 미래로부터 찾아와, 곧 우리들 앞에 나타나려고 기다리는 중이다.

조지 오웰의 『1984』에서는 나치 사상이 판을 치던 가까운 과거와 스탈린주의가 진행 중인 현재를 함께 확대하여 미래의 상황에 대입시켜 잘 보여주었다. 『멋진 신세계』는 독일에서 히틀러Adolf Hitler가

최고의 권력자로 등극하기 전에, 그리고 러시아의 폭군 스탈린Iosif Vissarionovich Stalin이 아직 본격적인 활동을 벌이지 못하던 시기에 발표한 작품이다. 1931년에는 조직적인 공포 통치가 1948년 때처럼 부담스러운 현실 문제로 대두하지 않았으며, 필자가 상상한 가상 세계에 등장하는 미래의 독재 국가는 오웰이 그토록 예리하게 묘사한 미래의 독재 통치보다는 훨씬 덜 잔혹하다. 1948년의 시점에서 본다면 『1984』는 끔찍할 정도로 실감이 난다. 그러나 어쨌든 폭군들도 언젠가는 죽고, 사정은 달라지기 마련이다. 최근에 러시아에서 전개된 사태들과 과학과 기술 분야에서 이루어진 발전은 오웰의 저서에서 소름 끼치는 신빙성을 어느 정도 완화시켰다. 물론 핵전쟁이 일어난다면 모든 예언이 우스꽝스러운 얘기가 되고 말 것이다. 그러나 당분간은 강대국들이 인류를 몰살시키지 않고 어떻게 해서든지 자제하리라고 가정한다면, 지금으로서는 『1984』보다 『멋진 신세계』가 좀 더 현실성에 접근했다고 하겠다.

일반적인 동물 행태, 특히 인간의 행태에 관하여 최근에 우리들이 알게 된 바로는, 바람직하지 못한 행동을 처벌하는 방식의 통제는, 장기적으로 볼 때 보상으로 바람직한 행동을 촉진시키는 통제 방식보다 덜 효과적이다. 또한 공포에 의존한 통치는 전체적으로 볼 때 남녀노소 개별적으로 정서와 사상과 환경을 비폭력적으로 조종하는 방식의 통치보다 덜 효과적이라는 사실이 분명해졌다. 처벌은 바람직하지 못한 행동을 일시적으로 막기는 하지만, 피해자의 만성적인 성향을 영구히 약화시키지는 못한다. 뿐만 아니라 처벌에 따른 심리적이고 육체적인 부작용은 처벌받을 만한 어떤 개인의 행동만큼이나 바람직하지 않은 결과를 가져오기도 한다. 정신과 치료는 과거의 처벌이 가져온 소침하거나 반사회적인 결과에 큰 관심을 보인다.

『1984』에서 묘사한 사회는 거의 전적으로 처벌이나 처벌에 대한 두려움에 의해서 통제가 이루어진다. 필자의 우화적 소설에 등장하는 가상 세계에서는 처벌이 일반적으로 가벼운 차원에서만 드물게 동원된다. 정부에서는 심리적·육체적으로 모두 거의 비폭력적인 여러 가지 조작이나 유전적 규격화를 통해 바람직한 행동을 조직적으로 증강함으로써 완전한 통제를 실시하고 성취한다. 유리병 속에 담긴 아기들과 번식의 집중적인 통제는 어쩌면 불가능한 방법일지는 모르겠지만, 앞으로 오랫동안 인간은 제멋대로 자식을 낳는 모체 태생 방식을 따르는 종으로 남아 있으리라는 사실은 거의 확실하다. 실리적인 여러 목적들 때문에 유전적 규격화는 실천 가능성을 배제해야 할지도 모른다. 사회 집단들은 과거에 그랬던 대로 처벌을 통해, 그리고 보상과 과학적인 조작이라는 보다 효과적인 여러 방법을 통해 계속해서 출생 후에 통제를 받게 될 것이다.

러시아에서는 스탈린의 『1984』식 낡은 독재 방식이 보다 현대적인 형태의 폭정으로 발전하기 시작했다. 계층 구조적 소련 사회의 상위층에서는 바람직한 행태의 강화가 바람직하지 못한 행동을 처벌하는 보다 낡은 통제 방식을 대치하기 시작했다. 공학자와 과학자, 교사와 행정가들은 훌륭한 공적을 세우면 후한 보수를 받는 한편 상당한 세금 혜택까지 주어지기 때문에, 일을 더 잘해서 훨씬 더 높은 보상을 타내려는 자극을 끊임없이 받는다. 어떤 분야에서는 소련인들이 어느 정도까지는 마음대로 생각하고 행동하는 자유까지 누린다. 그들에게 처벌이 가해지는 경우란 규정에 따라 그들에게 내려진 한계를 이념과 정치의 영역에서 임의로 이탈할 때뿐이다. 러시아의 교사, 과학자, 그리고 기술자들이 놀라운 성공을 달성한 까닭은 그들에게 직업상의 자유가 일정한 수준까지 용납되었기 때문이다. 소비에트의 권력 구조에서 밑바닥에 가까운 계층으로 살아가는 사람들은 특별한 재능을 타고났거나 운이 좋은 소수에게 베풀어지는 이런 혜택을 전혀 누리지 못한다. 그들이 받는 임금은 보잘것없는 수준이며, 불평등하게 부과된 많은 액수의 세금을 내느라 부당한 대가를 치른다. 그들이 마음대로 행동해도 되는 분야란 지극히 제한되어 있으며, 통치자들은 비폭력적인 조종이나 보상을 수반하는 바람직한 행동의 권장보다는 실질적인 처벌이나 처벌하겠다는 협박에 더 많이 의존하여 그들을 통제한다. 소비에트 체제는 『멋진 신세계』에서 신분이 높은 계층에 대해 예언한 요소들과 『1984』의 요소들을 결합한 형태라고 하겠다.

그런가 하면 인간에게서 연유하는 영향력이 아니기 때문에 우리들이 거의 아무런 통제를 가할 수가 없는 어떤 힘들이 우리 모두를

『멋진 신세계』적인 방향으로 몰고 가는 듯하다. 이런 비인간적인 영향력의 압력은 기업체와 정치 조직을 대표하는 인물들 때문에 두드러지게 가속화됐다. 그것은 그들이 어떤 소수 집단의 이익을 위해 대중의 생각과 정서를 배후에서 조종하기 위한 새로운 기술을 수없이 발전시켜 왔기 때문이다. 조종의 기술에 관해서는 나중에 다른 대목에서 논하기로 하겠다. 지금 당장은 우리의 관심을 오늘날 민주주의를 극도로 불안하게 만들고 개인적인 자유가 뿌리를 내리지 못할 정도로 우리 환경을 황폐화하는 비인간적인 영향력들에 국한시키기로 하자. 이런 영향력들은 과연 무엇인가? 그리고 필자가 포드 기원 7세기에 설정해놓은 악몽이 왜 이토록 빠른 속도로 우리를 향해서 달려오는가? 이런 질문에 대한 해답을 찾으려면 가장 문명이 앞선 인간 집단에서까지도 생명이 어디에서 시작되었는지를 생물학적 차원에서 따져봐야 한다.

첫 성탄절에는 우리들이 사는 지구의 인구가 2억 5,000만 명 정도로, 현대 중국 인구의 절반밖에 되지 않았다. 열여섯 세기가 지나 청교도들이 플리머스 바위에 상륙했을 즈음에는 인구의 수가 5억을 조금 넘었다. 독립선언서에 미국 의회가 서명했을 때는 세계 인구가 7억의 선을 넘어섰다. 필자가 『멋진 신세계』를 집필 중이던 1931년에는 20억에 조금 못 미쳤다. 겨우 27년이 지난 오늘날에는 인구가 28억 명이 되었다. 그리고 다음에는—얼마나 될까? 페니실린, DDT, 깨끗한 물을 값싸게 구할 수 있게 된 지금은 그런 혜택들이 공공 건강 분야에 미치는 효과가 과연 어느 정도인지 가늠할 수조차 없는 수준에 이르렀다. 아무리 가난한 정부라고 해도 백성들에게 죽음을 제어할 수단을 대단한 수준까지 제공할 경제력을 갖추고 있다. 산아 제한은 차원이 크게 다른 문제다. 사망 통제는 호의적인 정부로부터 보수를 받고 일하는 소수의 기술자들이 전 국민에게 제공하기가 어렵지 않은 업무다. 반면에 산아 제한은 국민 전체의 협조에 의존해야 한다. 그것은 수많은 개인들이 스스로 실천해야만 하는데, 그들은 세상에 넘쳐나는 문맹자 대부분이 갖춘 것보다는 훨씬 더 많은 지능과 의지력을 발휘하여 그들에게 배당된 책임을 부담해야 하고 (화학적 또는 기계적 피임 방법들이 필요한 지역에서는) 그들 수백만 명이 대부분 감당하기 어려울 만큼 많은 경비를 개인적으로 지출해야 한다. 뿐만 아니라 어느 곳의 어떤 종교적인 전통에서도 무제한의 죽음을 호의적으로 받아들이지 않는 반면에, 무제한의 출산을 옹호하는 종교적 및 사회적 전통은 널리 퍼져 있는 실정이다. 이러한 모든 이유들로 인해서 사망 통제는 아주 쉽게 이루어지는 반면에 산아 제한을 실현하기는 매우 어렵다. 따라서 사망률은 최근 몇 년 동안에 놀라울 정도로 갑자기 떨어졌다. 그러나 출생률은 예전처럼 높은 수준을 유지하거나, 감소했다고 하더라도 매우 느린 속도로 아주 조금만 떨어졌을 따름이다. 그런 결과로 지금 인간의 숫자는 인류 역사상 어느 때보다도 빠른 속도로 증가하는 중이다.

거기에다 연간 증가율 자체 또한 늘어나는 추세다. 연간 증가율은 복리 이자의 법칙에 따라 규칙적으로 증가하고, 또한 기술적으로 낙후된 사회에서 공중위생의 원칙들을 적용하는 온갖 방식에 따라 불규칙적으로 증가한다. 현재는 세계 인구의 연간 증가 수치가 거의 4,300만 명에 이른다. 이것은 4년마다 인도의 현재 인구에 해당하는 숫자만큼 인류가 늘어난다는 뜻이다. 그리스도의 탄생으로부터 엘리자베스 1세의 사망에 이르는 기간에 지속적으로 나타난 증가율로 계산한다면, 지구의 인구가 두 배로 늘어나는 데 1,600년이 걸렸다. 현재의 증가율로는 50년도 안 되어서 인구가 곱절로 늘어날 것이다. 그리고 이렇게 상상을 초월할 만큼 빠른 속도로 인구가 두 배로 늘어나는 현상이 전개될 지구에서는 가장 생산적이고 누구나 탐내는 지역들은 이미 인구가 밀집된 상태이며, 그곳의 토질은 더 많은 식량을 얻으려고 무리하게 남용하는 이기적인 농부들로 인해 황폐했고, 확보하기 쉬운 광물 자원은 봉급을 받아 모아둔 돈을 어서 써버리고 싶어서 법석을 부리는 술 취한 뱃사람처럼 사람들이 마구 낭비하고 있는 실정이다.

필자가 우화적으로 묘사한 『멋진 신세계』의 사회에서는 천연자원에 부담이 갈 만큼 늘어나는 인구 증가의 문제가 효과적으로 해소되었다. 세계 인구의 적정 수준을 계산하여 (필자의 기억이 정확한지는 모르겠지만 20억에 조금 못 미치는) 그 숫자를 대를 이어가며 유지한다. 지금의 현실 세계에서는 인구 문제가 해소되지 않았다. 그와는 반대로 해가 갈수록 문제는 점점 더 심각하고 훨씬 가중되기만 한다. 이런 암울한 생물학적인 배경 속에서 우리 시대의 모든 정치적, 경제적, 문화적, 심리적 연극이 펼쳐진다. 20세기가 저물어가면서, (필자의 손녀가 쉰 살이 될 때쯤이면 55억 명이 증가할 추세이므로) 기존의 수십억에 새로운 수십억이 더 늘어나면서, 이러한 생물학적인 배경은 점점 더 꾸준하게, 더 위협적으로, 역사의 무대에서 전방과 중앙으로 나올 것이다. 빠르게 증가하는 인구의 문제는 천연자원과 연관을 지어서, 그리고 사회적인 안정이나 개인의 안녕과 연관을 지어서 따져보면, 이제는 인류가 당면한 핵심적인 문제가 되었다. 그리고 앞으로 100년 동안, 어쩌면 그 후에도 수백 년에 걸쳐서 분명히 중대한 문제로 남아 있을 것이다. 사람들은 1957년 10월 4일*에 새로운 시대가 열렸다고들 말한다. 하지만 실제로는, 현재의 추세로 미루어 볼 때, 스푸트니크 이후에 우리가 신이 나서 떠들어대는 모든 얘기는 가당치도 않으며, 심지어는 가소롭기까지 하다. 지금까지 세계 대부분의 서민들이 걱정하던 것은 앞으로 닥쳐올 시대는 우주 시대가 아니라 인구 과잉의 시대가 될 것이라는 사실이다. 우리는 널리 알려진 노래의 가사를 바꿔 이런 질문을 할 수도 있다.

그대가 그토록 좋아하는 우주가

* 소련이 인류 최초의 인공위성 스푸트니크를 발사한 날

부엌의 불을 지펴주기를 하나요,

아니면 꼬치를 돌려주기라도 하나요?

대답은 보나마나 부정적이다. 달에 정착촌을 만들면 그것을 건설한 국가에 어느 정도 군사적인 편의가 돌아갈지는 모르겠다. 그러나 달나라 정착촌은 현재의 인구가 배로 늘어나게 될 50년 동안 앞으로 지구상에서 영양실조에 시달리며 급증하는 수십억 사람들의 삶에 아무런 보탬도 되지 못할 것이다. 그리고 미래의 어느 시점에서 비록 화성으로의 이주가 가능해진다고 하더라도, 그리고 상당한 수의 남녀가 에베레스트보다 두 배 높은 산 위에서 감수해야 할 그런 악조건을 무릅쓰면서까지 그곳에서의 새로운 삶을 선택할 정도로 절박한 처지에 빠진다고 하더라도, 도대체 무엇이 개선된다는 말인가? 지난 400년이 흘러가는 사이에 상당히 많은 사람들이 구세계에서 신세계로 배를 타고 건너갔다. 그러나 그들이 이주했다고 해서, 또는 거꾸로 식민지로부터 구세계로 식량과 원자재가 쏟아져 들어갔다고 해서, 유럽(구세계)의 문제들이 해결된 것은 아니다. 비슷한 얘기지만, (운송비와 정착비로 1인당 수백만 달러를 들여) 남아도는 인간 몇 명을 화성으로 날려 보낸다고 해서 지구에서 벌어지는 인구 증가의 부담이 조금이나마 해소되는 것은 아니다. 근본적인 문제가 해결되지 못한 상태에서는 다른 모든 문제들 역시 해결이 불가능하다. 더욱 심각하게 걱정해야 할 일은, 인구 문제로 인해 민주적인 생활양식에서 필수적인 개인의 자유와 사회 집단의 품위를 유지하기가 불가능하며, 아예 생각조차 하기 어려운 그런 조건들이 야기되리라는 점이다. 모든 독재 정권이 똑같은 과정을 거쳐 생성되지는 않는다. 멋진 신세계로 가는 길은 여럿이지만, 그 가운데 아마도 가장 넓고 빠른 길은 오늘날 우리가 나아가는 바로 그 길, 그러니까 엄청난 숫자와 가속화하는 증가율의 길이 될 것이다. 그러면 여기에서 잠깐, 너무나 많은 사람들 사이에서 이루어지는 밀접한 상관관계, 지나치게 빨리 진행되는 번식, 권위주의적인 갖가지 사상의 대두, 그리고 전체주의적인 통치 체제가 이루어지는 원인들을 살펴보기로 하자.

확보가 가능한 제한된 자원에 점점 늘어나는 엄청난 숫자가 더욱 부담스럽게 의존하는 가운데, 그런 시련을 직접 겪어야 하는 집단의 경제적인 위치는 더욱더 위태로워진다. 이런 현상은 특히 DDT, 페니실린, 깨끗한 물 덕택에 갑자기 사망률이 낮아지기는 하지만 출생률의 저하가 수반되지 않는 저개발 지역에서 다급한 눈앞의 현실로 다가온다. 아시아의 일부 지역과 대부분의 중앙 및 남아메리카 국가에서는 인구의 증가가 어찌나 빨리 진행되는지 20년이 조금 넘는 기간에 두 배로 늘어날 전망이다. 만일 공장 제품과 식량 생산의 증가, 그리고 주택과 학교와 교사의 확충이 인구가 늘어나는 속도보다 더 큰 규모로 이루어진다면, 인구 과잉에 시달리는 저개발 국가에서 살아가는 사람들의 비참한 운명이 향상될 가능성이 보인다. 하지만 불행히도 이런 나라들은 농기구와 그런 기계들을 생산할 능력을 갖춘 단순한 산업 시설뿐 아니라, 그런 공장을 건설하는 데 필요한 자금 역시 부족하다. 자금이란 전 주민의 일차적인 필수품들을 충분히 공급하고 남는 여력을 뜻한다. 그러나 저개발 국가에서는 대부분 국민을 위한 일차적인 소비품이 결코 충분하게 공급되지 않는다. 해마다 연말이 되면 거의 아무것도 남지 않고, 따라서 국민의 수요를 충족시킬 물자를 생산하는 산업 및 농업 시설을 마련할 자금을 조금이라도 확보하기가 거의 불가능하다. 나아가서 이런 모든 저개발 국가에서는 현대적인 산업 및 농업 시설을 가동하는 데 필요한 숙련된 인력이 심각하게 부족하다. 현재로서는 교육 시설들이 부족하고, 상황이 요구하는 만큼 신속하게 기존의 시설들을 개선하는 데 필요한 경제적 및 문화적 자원 역시 부족하다. 그런가 하면 이렇게 개발이 늦은 몇몇 국가의 인구는 1년마다 3퍼센트에 달하는 증가율을 보인다.

그들의 비극적인 현황을 다루는 중요한 저서가 1957년에 출판되었는데—캘리포니아 공과대학의 교수들인 해리슨 브라운Harrison Brown, 제임스 보너James Bonner, 그리고 존 위어John Weir가 저술한 『이후의 100년The Next Hundred Years』이 그것이다. 빠르게 증가하는 인구의 문제에 인류는 어떻게 대처해 나가는가? 별로 성공적이지 못하다. "대부분의 저개발 국가에서 평균적인 개인의 삶이 지난 반세기 동안 뚜렷하게 악화되었다는 증거가 상당히 강력하게 제시되었다. 식량 부족이 훨씬 심화됐다. 1인당 사용이 가능한 물품들이 줄어들었다. 그리고 상황을 개선하려는 모든 시도가 계속되는 인구 증가의 혹독한 압력에 밀려 사실상 수포로 돌아갔다."

한 국가의 경제생활이 불확실해질 때마다 중앙 정부는 전반적인 복지를 위해 추가로 부담을 떠맡지 않으면 안 된다. 중앙 정부는 위기 상황을 타개하기 위해 치밀한 계획을 수립해야 하고, 주민들의 활동을 한층 더 엄격하게 규제해야 한다. 그럴 가능성이 다분하지만, 경제적인 여건이 더 나빠진 결과로 만일 정치적인 동요나 노골적인 반란이 발생하면 정부는 권위를 확립하고 공공질서를 유지하기 위해 개입에 나서야 한다. 그래서 점점 더 많은 권력이 행정부의 관료와 관리들에게로 집중된다. 그러나 권력의 속성이 그러하기 때문에, 일부러 권력을 추구하지는 않았지만 강제로 떠맡게 된 사람들까지도 권력의 맛을 보면 더 많은 권력에 눈독을 들이는 경향이 나타난다. "우리를 유혹에 들지 말게 하옵소서"라고 우리는 기도를 드린다. 사실 그런 기도를 드려야 할 이유가 분명히 존재하기는 하지만, 인간은 너무 오래 유혹을 계속해서 받거나 유혹의 강도가 심해지면 대부분 덫에 걸려 넘어가기가 보통이다. 민주주의 헌법은 소수의 손에 너무 많은 권력이 집중되는 경우에 지역 통치자들이 각별히 위험한 그런 유혹에 넘어가지 않도록 방지하기 위한 장치다. 그런 헌법은 영국이나 미국에서처럼 헌법에 명시된 절차들을 사람들이 전통적으로 잘 준수하는 곳에서라면 상당히 효과적으로 운용

된다. 제한된 군주제나 공화 정체의 전통이 미약한 곳에서는 아무리 훌륭한 헌법이라고 해도 권력의 유혹에 기꺼이 그리고 즐겁게 응하려는 야심적인 정치가들을 막지는 못한다. 그리고 증가하는 인구가 제한된 자원을 심하게 압박하기 시작하는 모든 나라에서 이런 유혹은 틀림없이 머리를 들게 된다. 인구 과잉은 경제적인 불안정을 거쳐 사회적인 동요로 이어진다. 동요와 불안정은 더 많은 통제권을 중앙 정부로 집중시키고, 그들의 권력이 더욱 증가하는 결과를 가져온다. 헌법 정신의 전통이 부재하는 상황에서라면 이렇게 심화된 권력은 필시 독재적인 방식으로 자행될 것이다. 혹시 공산주의가 전혀 태동하지 않았다고 하더라도 그와 비슷한 현상이 어디선가 나타날 가능성이 크다. 그러나 공산주의는 이미 탄생했다. 이런 사실을 감안한다면, 인구 과잉이 사회 불안을 거쳐 독재로 발전할 가능성은 사실상 확실하다. 지금으로부터 20년쯤 후에는 세계에서 인구 과잉에 시달리는 모든 저개발 국가들이 어떤 형태이든 전체주의 통치를, 아마도 공산당의 통치를 받게 되리라고 확실하게 예언할 수 있다.

인구가 넘쳐나기는 하지만 아직 민주적인 유럽의 여러 나라에서는 이런 사태의 진전이 어떤 영향을 미치는가? 만일 새로 출범하는 독재 정권들이 그들에게 위협을 가한다면, 그리고 만일 저개발 국가들로부터의 정상적인 원자재 공급이 계획적으로 방해를 받는다면, 서방 국가들은 정말로 아주 난처한 입장에 처할 것이다. 그들의 산업 체제는 무너지고, 지금까지는 국내에서 확보가 가능한 자원으로

만 조달할 때보다 훨씬 더 쉽게 그들이 국민의 삶을 지탱해 나가도록 보장해주었던 고도로 발달한 기술은 너무나 많은 사람들이 너무나 좁은 영토에 갇혀 살아가야 하는 새로운 상황의 갖가지 결과로부터 더 이상 그들을 보호해주지 못하게 된다. 만일 정말로 이런 사태가 벌어진다면, 불리한 여건 때문에 자동적으로 중앙 정부에 집중된 막강한 권력을 전체주의적인 독재 정신에 입각하여 불가피하게 행사해야만 하는 상황이 닥칠지도 모른다.

현재 미국은 인구 과잉 문제에 봉착한 국가는 아니다. 그러나 만일 (현재 멕시코나 과테말라의 증가율보다 다행히 크게 낮기는 하지만 인도보다는 높은) 현재의 속도로 계속해서 인구가 증가한다면, 동원 가능한 자원에 입각한 인구수의 문제는 21세기 초에 부담스러워질 가능성이 크다. 지금 당장은 인구 과잉이 미국인들의 개인적인 자유에 직접적인 위협이 되지는 않는다. 하지만 그것은 걱정스러운 골칫거리에 1보 직전까지 근접한 간접적인 위협으로 남아 있다. 만일 인구 과잉이 저개발 국가들을 전체주의로 몰아넣게 된다면, 그리고 만일 이런 독재 집단들이 러시아와 연합하게 된다면, 그때는 미국의 군사적인 위치가 훨씬 불안정해지고, 국방과 보복을 위한 준비는 증강이 필요해진다. 하지만 누구나 다 알고 있듯이 전쟁의 위험에 끊임없이 시달리거나, 심지어는 유사한 잠재적 위험성에 노출된 국가에서라면, 자유는 활개를 치지 못한다. 영구적인 위기는 모든 인간과 물자에 대한 영구적인 통제를 중앙 정부의 기관들이 장악하는 빌미를 정당화한다. 인구 과잉은 그런 사태를 초래하므로, 공산주의가 독재 국가들을 주도하는 세계에서라면 영구적인 위기가 거의 불가피해지리라는 것을 우리는 알아야 한다.

2

양과 질과 도덕성

필자의 환상 소설 『멋진 신세계』에서는 우생학優生學과 열생학劣生學이 체계적으로 실시된다. 한 종류의 유리병들 속에서는 생물학적으로 우수한 난자들이 생물학적으로 우수한 정자들에 의해서 수정되어 가능한 최선의 산전產前 보살핌을 받다가 베타나 알파, 심지어는 알파 플러스 인간으로 배출된다. 숫자가 훨씬 많은 다른 한 종류의 병에서는 생물학적으로 열등한 난자들이 생물학적으로 열등한 정자들에 의해 수정되어 (단 하나의 난자로부터 96명의 일란성 쌍둥이가 태어나는) 보카노프스키Bokanovsky 과정을 거쳐 출산 이전에 알코올과 다른 단백질 독소 처리를 받는다. 그 결과로 배출된 생물체들은 거의 인간 이하의 수준이지만, 따로 특별한 기술이 필요 없는 일을 수행할 수 있는 능력을 갖추고 있다. 그래서 적절한 습성 훈련을 완료한 다음에는 자유롭고 빈번한 이성과의 접촉에 빠져 헤어나지를 못하고, 착한 행동을 어느 정도 모범적으로 보여주느냐에 따라 날마다 배급되는 적정량의 소마 그리고 보상으로 베풀어주는 오락에 끊임없이 정신을 빼앗겨, 그들의 윗사람들에게 전혀 걱정을 끼치지 않도록 길이 들게 된다.

20세기 후반에 사람들은 자손 번식에 대하여 아무런 체계적인 계획도 실시하지 않고 있다. 하지만 통제를 받지 않고 닥치는 대로 번식을 행하여 지구를 인구 과잉의 상태로 몰고 왔을 뿐 아니라, 더 늘어난 인구의 질이 생물학적으로 열등해지게끔 나름대로 확실한 기여까지 한다. 사정이 열악했던 과거에는, 유전적인 결함이 심하거나 심지어 미약한 경우에도, 아이들은 살아남지 못했다. 오늘날에는 위생 시설과 현대 약리학 그리고 사회적인 양심의 덕택으로 유전적인 결함을 가지고 태어난 대부분의 아이들이 성숙하여 그들과 같은 종류의 자손을 번식시킨다. 현재의 전반적 여건으로 미루어보면, 의학에서 이루어진 모든 발전은 그로 인해서 어떤 유전적인 결함 때문에 저주를 받던 개인들의 생존율이 증가함에 따라 수포로 돌아가는 경향을 보인다. 새로 나타난 신기한 약과 향상된 치료 방법에도 불구하고 (어떤 의미에서는 사실상 바로 이런 발전들 때문에) 전반적인 인구의 육체적인 건강은 전혀 향상되지 않는 데서 그치지 않고 오히려 감퇴할지도 모른다. 그리고 평균 건강 상태의 하락과 더불어 전반적인 지능의 저하 또한 병행할지도 모른다. 실제로 몇몇 명석한 권위자들은 그런 하락 현상이 이미 발생했으며 앞으로도 계속되리라고 확신한다. W. H. 셸던 박사William Herbert Sheldon•는 그

• 미국의 심리학자

의 저서에서 이렇게 밝혔다. "규율의 통제를 받지 않는 안이한 여건에서는 최우수 인간 집단의 번식률은 모든 분야에서 그들보다 열등한 집단보다 뒤떨어진다. (중략) 어떤 학구적인 단체들 사이에서는 종차種差를 드러내는 출산율에 대한 그런 놀라운 사실이 근거가 없는 낭설이라고 학생들을 안심시키며, 이러한 문제들은 단순히 경제적이거나 교육상, 또는 문화적인 현상이라는 등의 주장을 퍼뜨린다. 이것은 폴리애나Pollyanna* 식 순진한 낙관주의다. 번식에 있어서의 무책임한 태만은 기본적이고 생물학적인 문제다." 이어서 그는 이런 설명을 덧붙였다. "이 나라(미국)에서 평균 지능지수가 1916년 터먼Lewis Madison Terman**이 IQ 100의 의미를 표준화하려고 시도한 이후로 얼마나 심하게 떨어졌는지는 아무도 모른다."

전 국민 가운데 5분의 4가 하루에 2,000칼로리 미만을 섭취하고 5분의 1만이 충분한 식사를 즐기는 인구 과잉의 저개발 국가에서 저절로 민주적인 사회가 탄생할 수 있을까? 또는 외부나 상부에서 강제로 민주주의를 그들에게 떠맡긴다면, 과연 그들이 살아남을 가능성은 얼마나 될까?

그러면 이제는 자의적이고 효과적인 열생학의 실천으로 인해 신체적인 활력과 지능지수가 하락하는 국가들 가운데 부유하고 산업

---

* 엘리너 포터Eleanor H. Porter가 발표한 13권 연작소설의 주인공으로서, 어린 고아 소녀가 인생의 온갖 난관을 기쁜 마음으로 이겨나가는 내용임
** 지능을 추상적 사고를 하는 능력이라고 정의한 미국의 심리학자

화한 민주주의 사회의 경우를 살펴보도록 하자. 그런 사회가 개인의 자유와 민주적인 통치의 전통을 얼마나 오랫동안 존속시킬 수 있을까? 이제부터 50년 혹은 100년 후에 우리 자손들은 이 질문에 대한 해답을 깨닫게 될 것이다.

그러는 사이에 우리는 가장 곤란한 도덕적인 문제에 봉착하게 된다. 좋은 목적의 추구는 나쁜 수단의 채택을 정당화하지 못한다는 사실을 우리는 안다. 하지만 지금은 너무나 빈번하게 발생하는 사례이지만, 좋은 수단들이 어쩌다 보니 나쁜 결과를 낳는 그런 상황들은 어떠한가?

예를 들자면, 사람들이 열대 지방의 어느 섬으로 가서 DDT의 도움으로 말라리아를 퇴치해, 2~3년쯤 사이에 수십만 명의 생명을 구한다고 치자. 이것은 분명히 좋은 일이다. 하지만 그렇게 해서 구해낸 수십만 명의 사람들이 수백만 명의 아기를 임신하고 출산할 텐데, 그러면 충분히 옷을 입히고, 집을 마련하고, 교육을 시키고, 심지어는 섬에서 생산되는 제한된 식량으로 먹여 살릴 수가 없는 후유증이 발생한다. 말라리아에 걸려 빨리 사망하는 환경은 사라졌지만, 영양실조와 인구 과밀화로 인해서 대다수의 삶이 비참해지고, 만연한 굶주림으로 천천히 죽어가야 하는 위협이 그 어느 때보다도 더 많은 사람들을 괴롭히는 결과를 가져오고 말았다.

그리고 선천적으로 생존 능력이 부족하지만 우리의 의학과 사회복지가 보존하여 번식하도록 도와주는 유기체들은 또 어떠한가? 불우한 생명의 존속을 도와주는 것은 분명히 좋은 일이다. 하지만 달갑지 않은 돌연변이의 결과들을 무턱대고 몽땅 우리 후손들에게 물려주는 것, 그리고 인류의 구성원들이 인출해서 사용해야 하는 유전적 인자들을 보관하는 공동 저장소의 점진적인 오염은 분명히 나쁜 일이다. 우리들은 윤리적인 갈림길에 서 있다. 절충안을 찾아내기 위해서는 우리의 모든 지능과 선한 의지를 총동원할 필요가 있다.

3

과잉 조직화

『멋진 신세계』의 악몽으로 인도하는 가장 넓고 가까운 길은, 필자가 이미 지적했듯이, 과잉 인구 그리고 인간의 숫자가 증가하는 현상의 가속화이다. 지금은 28억이지만 20세기 말에는 55억*에 이르러, 인류의 대부분이 무정부 상태와 전체주의적 통제 사이에서 양자택일을 해야만 하는 지경에 봉착할 추세다. 그러나 늘어나는 인구가 제한된 자원에 부담시키는 압력의 증가만이 우리를 전체주의 방향으로 몰고 가는 유일한 힘은 아니다. 이렇게 자유를 막무가내로 침해하는 생물학적인 적은 우리들이 가장 자랑스러워하는 기술의 갖가지 발전에 힘입어 발생하는 엄청나게 막강한 힘들과 합세한다. '자랑스러워해야 할 일'이라고 앞에서 단서를 달아야 마땅한 이유는 이런 발전들이 끈질기고 힘겨운 노력과 천재성, 그리고 논리성과 상상력과 극기의 결실—다시 말해서 사람들이 오직 탄복밖에는 할 수 없는 도덕적 및 지적인 가치관의 결실이기 때문이다. 그러나 세상에

* 실제로는 1999년 10월 12일에 60억을 돌파했음

는 아무것도 공짜가 없다는 원칙이 사물의 당연한 본질이다. 이런 놀랍고 경이적인 발전들을 누리려면 그에 대한 대가를 치러야만 한다. 지난해에 구입한 세탁기와 마찬가지로 대가는 두고두고 치러야 하며, 그 할부금은 해가 갈수록 사실상 점점 더 많아진다. 많은 역사가와 사회학자, 심리학자들은 깊은 우려를 나타내며 장문의 글로 서구인들이 치러야 하고 앞으로 계속해서 기술적 발전에 대해 갚아나가야 할 대가에 대한 견해를 피력했다. 예를 들면, 그들은 정치 및 경제 권력이 점진적으로 중앙에 집중되는 국가들에서는 민주주의의 융성을 기대하기는 어렵다고 지적한다. 그러나 기술의 발전은 권력이 중앙으로 집중하는 바로 그런 상황으로 사회를 이끌어나갔고, 지금도 여전히 같은 방향으로 나아간다. 대량 생산의 기계화 조직이 더욱 효율적으로 이루어지면 그런 기계들은 보다 복잡하고 가격이 비싸져서, 제한된 자산에 의존하는 기업인이 활용하기가 점점 어려워진다. 거기에서 그치지 않고 대량 생산은 대량 소비 없이는 유지하기가 불가능하다. 대량 소비는 가장 큰 규모의 생산자들이 아니고서는 만족스럽게 해결하기가 어려운 문제들을 야기하기 때문이다. 대량 생산과 대량 소비의 세계에서는 활용할 자본의 축적이 부족한 소규모 사업자가 심각하게 불리한 입장에 처한다. 대규모 사업자와의 경쟁에서 그는 돈을 잃고 결국 독립된 생산자로서의 존재 자체를 상실하며, 대규모 사업자가 그를 집어삼킨다. 소규모 사업자들이 사라지면서 시간이 흐를수록 점점 더 많은 경제 권력을 점점 더 적어지는 소수의 사람들이 휘두르게 된다. 독재 정권하에서라면, 발전하는 기술과 필연적으로 뒤따르는 소기업들의 파산에 힘입어 비대해지는 대기업이 국가의 통제를 받게 되는데—그러니까 정당의 지도자들과 군인들, 그리고 그들의 명령을 수행하는 경찰관과 공무원들로 이루어진 소규모 집단의 통제를 받아야 한다. 미국과 같은 자본주의적 민주 국가에서는 C. 라이트 밀스Charles Wright Mills* 교수가 '핵심 권력Power Elite'이라고 호칭한 집단이 그들을 통제한다. 이들 핵심 권력은 공장과 사무실과 상점에서 일하는 전국의 노동력 수백만 명을 동원하고, 그들이 생산한 제품을 구매하도록 돈을 빌려주어 수백만 명을 더 장악하고, 대량 소통의 매체를 소유함으로써 사실상 모든 사람의 사고방식과 정서와 행동에 영향을 끼친다. 윈스턴 처칠이 한 말에 빗대어 풍자하자면, 그토록 소수의 병력으로 그토록 강력하게 다수를 주물러댄 전례가 없다.** 사실상 인류는 스스로 통치하는 단위 집단들이 계단식 구조를 이루고 전적으로 자유를 누리는 사회, 다시 말해서 "지역의 기초 단체, 군郡 단위의 소규모 공화국, 주 행정부, 그리고 합중국이 권위의 단계적인 구조를 형성하는" 사회를 꿈꾸었던 제퍼슨Thomas Jefferson***의 이상과는 동떨어진 삶

---

* 미국의 급진적 사회학자

** 1940년 8월 20일에 처칠 수상이 한 연설의 원문은 "Never was so much owed by so many to so few"로, 영국을 침공한 독일 항공기들을 공중전에서 물리친 영국 공군 전투기 조종사들을 칭송하는 내용. 쉽게 풀어서 번역하면 "그토록 많은 영국 국민이 그토록 적은 수의 조종사들에게 그토록 많은 신세를 졌던 사례는 아직까지 한 번도 없었다"는 의미임

*** 독립선언문의 기초 위원이었으며 미국의 3, 4대 대통령직을 역임

을 살아간다.

따라서 우리는 현대적인 기술이 경제적 및 정치적 권력의 집중을 가져오고, 비대한 기업과 정부에 의해서 (전체주의 국가에서는 무자비하게, 민주 국가에서는 눈에 안 띄도록 은밀하고 우아하게) 통제를 받는 사회가 발달하도록 유도해왔다는 것을 알고 있다. 그러나 사회는 개인들로 구성되었고, 각 개인들이 그들의 잠재력을 실현하여 행복하고 창조적인 삶을 영위하도록 도와주는 한에서만 가치를 발휘한다. 최근의 기술적인 발전은 개인들에게 어떤 영향을 끼쳤을까? 이 질문에 대해 사상가이며 사회심리학자인 에리히 프롬Erich Fromm 박사는 이런 대답을 내놓았다.

> 우리의 근대 서양 사회는 물질적이고, 지적이고, 정치적인 발전에도 불구하고 점점 더 정신 건강에 이바지하는 바가 적어지고, 개개인의 내면에서 이루어지는 사랑의 능력과 이성과 행복과 내적인 안정을 과소평가하는 경향을 보인다. 그런가 하면, 인간적인 실패에 대한 대가를 이른바 쾌락과 일에 대한 광란적 충동 속에 숨겨진 절망과 점점 심해지는 정신병으로 치르는 자동인형automaton• 으로 바꿔놓는 경향까지 드러낸다.

• 본디 사람이나 동물의 행동을 그대로 흉내 내도록 만든 인형을 뜻했지만, 요즈음에는 특수한 목적을 위해 자동적으로 정보를 처리하여 스스로 작동하는 기계나 제어 기구를 뜻함

우리 내면에서 '점점 심해지는 정신병'은 신경과민성 증상으로 표출되기도 한다. 이런 증상들은 확연하게 나타나고 지극히 고통스럽다. 프롬 박사는 이렇게 말한다. "그러나 증상을 예방하는 차원에서의 정신 위생을 정의할 때 우리는 조심해야 할 사항이 있다. 그런 증상들은 우리의 적이 아니라 친구다. 증상이 있는 곳에서는 충돌이 일어나고, 충돌은 항상 생명의 힘들이 통합과 행복을 위하여 투쟁을 벌이며 아직 싸우고 있다는 증거다." 정말로 희망이 없는 정신병의 희생자들은 가장 정상적으로 보이는 사람들 중에서 발견된다. "그들 가운데 많은 사람들이 정상적인 까닭은 그들이 우리의 존재 양식에 너무나 잘 적응했고, 그들의 인간적인 목소리는 너무나 일찍 어린 시절에 억압을 당해서 신경증 환자들처럼 증상이 겉으로 드러나지 않으며, 괴로워하고 투쟁하려는 의지조차 보여주지 않기 때문이다." 그들은 절대적인 의미에서의 정상이 아니라 심각하게 비정상적인 사회와 관련지어서 볼 때 상대적으로 정상일 따름이다. 비정상적인 사회에 대한 그들의 완벽한 적응은 그들이 앓는 정신병의 척도나 마찬가지다. 만일 완전한 인간이었다면 그들이 당연히 적응하지 못했을 사회에서 이렇듯 충돌을 일으키지 않고 살아가는 수백만 명에 이르는 비정상적으로 정상인 사람들은 여전히 '인격의 환상'을 소중히 간직하지만, 사실은 상당히 심하게 비인격화된 존재들이다. 그들의 순응주의적 복종은 획일성 비슷한 어떤 형태로 발전한다. 그러나 "획일성과 자유는 양립이 불가능하다. 획일성과 정신 건강 또한 공존하지 못한다. (중략) 인간은 자동인형이 되기 위해 태어나지 않았고, 만일 인형이 된다면 인간의 정신 건강은 기초가 무너진다."

진화의 과정에서 자연계는 저마다의 개체가 다른 어떤 개체하고도 다른 성품을 갖추도록 온갖 노력을 기울여왔다. 인간은 아버지의 유전자를 어머니의 유전자와 결합시켜 자신과 동류를 재생한다. 이런 유전적인 요인들은 거의 무한에 가까운 방법으로 조합이 가능하다. 육체적으로 그리고 정신적으로 우리들은 저마다 독특하다. 모든 문화권은 효율성을 추구하기 위하여 또는 어떤 정치적이거나 종교적 신조의 이름으로 인간 개체들을 표준화하는 방법을 찾으려 하고, 인간의 생물학적인 본성을 거역하는 폭력을 저지른다.

과학은 다양성을 단순성으로 추려내는 행위라고 정의 내려도 될 듯하다. 과학은 특이한 결과들의 개별적인 독특함을 무시하고, 그것들이 공통적으로 보유한 갖가지 양상을 집중적으로 관찰하여, 마지막으로 여러 사항을 합리적인 의미를 통해 효과적으로 설명할 수 있는 용어를 동원해서 어떤 종류의 '법칙'을 추출함으로써 한없이 다양한 자연의 현상들을 설명하는 방법을 찾아내려고 한다. 예를 들자면, 사과는 나무에서 떨어지고 달은 하늘을 가로질러 이동한다. 사람들은 이런 사실들을 까마득한 옛날부터 봐왔다. 거트루드 스타인 Gertrude Stein•의 말을 듣고 그들은 사과는 사과요 사과인 반면에,

• 실험적인 미국 문인으로서 파리에 살며 활동하던 여러 미국 작가들에게 큰 영향을 주었고, 1913년에 쓴 시 「거룩한 에밀리Sacred Emily」에서 선보인 'A rose is a rose is a rose장미는

달은 달이요 달이라는 확신을 얻었다. 그러다가 아이작 뉴턴Isaac Newton이 등장하여 이런 다른 현상들이 어떤 공통점을 가지고 있는지 파악하고는, 사과와 천체들뿐 아니라 물리적인 우주의 다른 모든 물체들의 양상에 입각하여, 단 하나의 개념 체제를 포괄하는 용어로 설명하고 이해하는 공식을 찾아내어 만유인력의 이론을 정립했다. 똑같은 정신으로 예술가는 자신의 상상과 외부 세계에 존재하는 무수한 다양성과 독특성을 종합하여 문학적이거나 음악적이거나 조형적인 여러 형식과 경향을 질서정연한 체제의 틀에 맞춰 의미를 부여한다. 혼란을 질서로 정리하고, 부조화의 불협화음에서 조화를 이끌어내고, 다양성으로부터 단일성을 찾아내려는 욕구란 일종의 지적인 본능이요, 이성이 지닌 근본적이고 기초적인 충동이다. 과학과 예술과 사상의 영역에서는 필자가 '질서를 잡으려는 의지'라고 정의하고 싶은 이런 작용이 대부분의 경우에 유익한 역할을 한다. 질서의지가 형이상학과 신학의 부조리한 갖가지 사상 체계와, 관념을 현실로 착각하는 갖가지 현학적 오류와, 직접적인 체험의 자료보다는 추상적이고 상징적인 개념에 의존하는 불충분한 증거를 기초로 삼아 여러 가지 미숙한 결론들을 도출해냈다는 견해가 사실이기는 하다. 그러나 이런 잘못들은 비록 한심하기는 해도 어쨌든 직접적으로는 별로 해를 끼치지 않는다. 그래도 불량한 사상 체계가 가끔은 몰상식

장미요 장미다'는 수많은 사람들이 인용하고 활용함. 그 유명한 문장의 첫 Rose는 여자의 이름이라고 함

하거나 비인간적인 행위를 정당화하는 수단으로 동원되어 간접적으로 해를 끼치기는 한다. 질서를 잡으려는 의지가 정말로 위험한 결과를 초래하는 것은 정치와 경제의 영역, 즉 사회적인 분야에서이다.

여기에서는 관리하기가 불가능한 다양성을 이해하기 쉬운 단일성으로 이론상 간소화하는 작업이 인간적 다양성을 인간 이하의 획일성으로, 자유를 노예근성으로 바꾸는 실질적인 축소 변형의 형태가 된다. 정치에서는 충분히 성숙한 학문적 이론이나 사상적 체계에 해당하는 체제가 전체주의적인 독재가 된다. 경제에서는 아름답게 구상한 예술 작품에 해당하는 개념이 노동자가 기계에 완벽하게 적응한 상태에서 순조롭게 운영되는 공장이 된다. 질서 의지는 불결한 혼란 상태를 말끔하게 정리하려는 단순한 욕구를 따르는 자들을 폭군으로 둔갑시킬지도 모른다. 질서정연함의 아름다움이라는 개념은 전제 정치를 정당화하는 데 동원되기 때문이다.

자유가 구축되어 의미를 갖게 되려면 자율적인 공동체 안에서 개인들이 자유롭게 활동해야만 하기 때문에 조직화는 절대적으로 필요하다. 그러나 비록 필수적이기는 해도 조직화는 치명적인 잠재성을 함께 지닌다. 지나치게 과도한 조직화는 남자들과 여자들을 자동인형으로 바꿔놓아서, 창의적인 정신을 말살시키고 자유의 가능성 자체를 파괴한다. 흔히 그렇듯이 안전한 길은 오직 중간에, 저울의 한쪽에는 자유방임 그리고 다른 한쪽에는 철저한 통제라는 양극이 균형을 잡는 곳에 위치한다.

지난 100년 동안에는 기술 분야에서의 지속적인 발전이 그와 맞먹는 조직화의 발전과 나란히 이루어졌다. 복잡해진 기계 설비는 새로워진 생산 수단에 맞춰 순조롭고 능률적으로 작업을 수행하도록 복잡하게 조직된 사회 구조를 수반해야 했다. 이러한 조직에 보조를 맞추며 적응하기 위해 개인들은 스스로 비개성화非個性化 과정을 거치며 저마다 타고난 다양성을 포기하고 표준 양식에 순응해야 했고, 자동인형이 되기 위해 최선을 다해야 했다.

과도한 조직화의 결과로 빚어진 비인간화 현상은 인구 과잉의 비인간화 효과로 인해 심화되었다. 팽창하는 과정에서 산업은 증가하는 인구를 점점 더 많이 대도시로 집중시키는 속성을 보인다. 그러나 (널리 알려진 바와 같이 정신 분열증 환자의 발생률은 산업화한 빈민 구역의 넘쳐나는 주민들 사이에서 가장 높으므로) 대도시의 삶은 정신 건강에 도움이 되지 않을 뿐 아니라, 순수한 민주주의의 첫 번째 조건인 소규모의 자치 집단 내에서 이루어지는 책임감을 수반한 자유의 분위기를 조성하지 못한다. 도시 생활은 개성이 없는 익명성을 지니며, 그래서 추상적인 면모를 띤다. 사람들은 상호간에 관계를 맺을 때 총체적인 인격으로서가 아니라 경제적인 기능의 상징으로, 또는 직장에서 일을 하지 않을 때는 오락을 추구하는 무책임한 집단으로서만 존재한다. 이런 종류의 삶에 종속된 개인들은 무의미한 존재로서 외로움을 느끼는 경향이 있다. 그들의 존재는 더 이상 아무런 의미나 목적을 갖지 못한다.

생물학적으로 따지자면 인간은 완전히 군거群居하지 않고 적당히 사회적인 동물이어서, 벌이나 개미보다는 늑대나 코끼리에 훨씬 가까운 편이다. 본래의 형태를 살펴보면 인간 사회는 벌집이나 개미탑과는 아무런 유사성이 없고, 단순히 무리를 짓는 차원이었다. 문명의 여러 가지 특성 가운데 하나는 원시적인 무리들이 천연 그대로 유사한 종끼리 모여 기계화하고, 군거성 곤충들의 조직화한 공동체 형태로 변해가는 과정이다. 현재는 인구 과잉과 기술의 변화가 가중시키는 압력으로 그 과정이 가속화되는 중이다. 흰개미집의 형태는 실현이 가능해 보이고, 심지어 바람직한 이상이라고 여기는 시각 또한 적지 않다. 언급할 필요조차 없겠지만 그런 이상은 절대로 실현되지 않을 것이다. 군거 성향이 별로 강하지 않고 뇌가 큰 포유류 동물들과 군거성 곤충 사이에는 격차가 많이 벌어져 있으며, 포유류가 최선을 다해 곤충을 모방한다고 하더라도 그 간격은 그대로 남아 있을 것이다. 아무리 열심히 노력해도 인간은 조직을 구성하기는 할지언정 사회 유기체social organism를 이룩하지는 못한다. 유기체를 이룩하려고 시도하는 과정에서 사람들은 그냥 전체주의적인 독재 체제를 만들어놓고 그칠 것이다.

『멋진 신세계』는 환상적이고 조금쯤은 야비한 사회의 모습을 그려내는데, 그곳에서는 흰개미를 닮은 인간을 재생산하려는 시도가 가능성의 한계에 근접하는 차원으로까지 이루어진다. 우리들이 『멋진 신세계』의 방향으로 밀려가고 있다는 사실은 분명하다. 그러나 우리들이 그럴 의욕만 있다면, 인간을 떠밀어대는 무분별한 세력들에 협조를 거부하기가 불가능한 일만은 아니라는 사실 또한 분명하다. 그러나 지금 당장은 거부하려는 의지가 매우 강하거나 아주 널리 확산되지는 않은 듯하다. 윌리엄 화이트William Hollingsworth "Holly" Whyte*가 그의 훌륭한 저서 『조직인組織人, The Organization Man』에서 지적했듯이 새로운 '단체 윤리Social Ethic'가 우리의 전통적인 윤리 체제, 즉 개인이 첫째인 체제를 밀어내려고 하고 있다. 이 단체 윤리의 으뜸 개념들은 '적응', '화합', '집단을 중시하는 행동 양식', '소속감', '집단적인 기술의 획득', '단체 활동', '집단생활', '집단에 대한 충성', '집단의 역학', '집단적인 사고방식', '집단적 창조성' 따위들이다. 그런 윤리 의식이 기초로 삼는 전제 조건은 전체적인 집단이 부분을 이루는 개인들보다 훨씬 더 가치와 의미가 크다. 그래서 타고난 생물학적인 차이들은 문화적인 단합을 위해 마땅히 희생시켜야 하고, 18세기에 '인권the Rights of Man'**이라고 정의했던 개념보다 집단의 권리가 우선한다는 것이다. 단체 윤리의 논리에 따르면, 안식일은 인간을 위해서 마련되었다는 예수의 주장은 완전히 틀렸다. 그와 반대로 인간은 안식일을 위해 마련되었으며, 물려받은 특이한 성격들을 제물로 바치고는, 집단을 조직하는 자들이 그들의

* 도시와 조직에 관심이 많았던 미국 언론인
** 프랑스 혁명을 옹호한 미국 혁명가 언론인 토머스 페인Thomas Paine의 1971년 저서의 제목이기도 함

목적을 위해서 만인과 잘 화합하는 이상적인 존재라고 간주하는 규격화된 인간답게 행동한다. 이런 이상적인 인간은 단체에 대한 깊은 충성심과, 스스로 하수인이 되려는 철저한 욕구와, (참으로 감미로운 표현이지만!) '역동적인 동질성'과 소속감을 발휘한다. 그리고 이상적인 남자가 맞이해야 하는 이상적인 아내는 친화력이 매우 뛰어나고, 적응력이 무한하며, 남편이 회사에 충성심을 바쳐야 한다는 사실을 단순히 수긍하고 받아들일 뿐 아니라, 아내 또한 나름대로 적극적인 충성심을 남편에게 바쳐야 한다. 아담과 이브에 대해 존 밀턴John Milton은 이렇게 말했다. "그에게는 오직 하나님뿐이고, 그녀에게는 오직 아담의 내면에 존재하는 하나님뿐이더라."* 그리고 한 가지 중요한 관점에서 조직의 이상적인 남자에게 잘 어울릴 아내는 우리의 최초의 어머니보다 훨씬 불리한 입장에 처해 있다. 아담과 이브는 '젊음의 희롱youthful dalliance'에 있어서 아무런 제약도 받지 않고 완전한 자유를 누리도록 하나님으로부터 허락을 받았다.

> 그리고 내가 믿기로는 그의 아름다운 아내로부터
> 아담을 쫓지도 않고, 이브는 부부간의 사랑이라는
> 신비한 예식들을 거부하지도 않았도다.**

---

* 존 밀턴의 『실낙원Paradise Lost』 제4권 299행에 나오는 말
** 『실낙원』 제4권 741~743행

「하버드 비즈니스 리뷰Harvard Business Review」의 어느 기고가에 의하면 오늘날에는 단체 윤리의 이상에 따라 살아가려고 노력하는 사람의 아내는 "남편의 시간과 관심을 지나치게 많이 요구해서는 안 된다. 직장에 대한 전적인 집중력 때문에 그의 성적인 활동까지도 부수적인 차원으로 밀려나야만 한다." 승려는 가난과 복종과 금욕의 서약을 한다. 조직인은 부자가 될 자유는 용납되지만, ("그는 불만을 나타내지 않고 권위를 받아들이며, 윗사람들을 섬겨야 한다"—"Mussolini ha sempre ragione"•라는 식으로) 복종을 약속하며, 그를 고용한 조직의 크나큰 영광을 위하여 부부간의 사랑까지도 저버릴 각오를 해야 한다.

『1984』에서는 당원들이 청교도적인 차원을 능가하는 엄격한 성적인 윤리에 순응하도록 강요받는다는 점을 언급해둘 필요가 있다. 반면에 『멋진 신세계』에서는 모든 사람이 구속이나 방해를 받지 않고 성적인 충동을 누리는 자유가 허락된다. 오웰의 우화 소설에서 묘사한 사회는 끝없이 투쟁에 임하는 사회여서, 그곳을 지배하는 통치자들이 추구하는 목적은 첫째로, 그 자체의 즐거운 속성을 만끽하기 위해 권력을 행사하는 것이고, 둘째로는, 백성들을 끊임없는 긴장 상태 속에, 그러니까 전쟁을 촉발시키는 자들이 필요해지는 끊임없는 전쟁 상태 속에 가둬두는 것이다. 지나친 성행위를 반대하

• "무솔리니 말씀이 당연히 항상 옳다"는 뜻으로 이탈리아 파시스트들이 늘 부르짖었던 구호임

는 성전을 벌임으로써 우두머리들은 추종자들 사이에서 필요한 만큼의 긴장을 유지하며 동시에 가장 만족스럽게 그들의 권력욕을 채워주는 방법을 찾아낸다. 『멋진 신세계』에서 묘사한 사회는 세계국 world state으로서, 그곳에서는 전쟁이 제거되었으며, 통치자들의 첫 번째 목적은 백성들이 말썽을 일으키지 않도록 수단과 방법을 가리지 않고 막아내는 일이다. 이런 목적을 달성하기 위해서 그들은 (여러 가지 방법을 동원하기도 하지만 무엇보다도 우선 가족이라는 개념을 해체함으로써) 어느 정도의 성적인 자유를 합법화하여 (창조적이거나) 파괴적인 온갖 긴장의 정서로부터 멋진 신세계 사람들이 해방되도록 보장한다. 『1984』에서는 권력에 대한 욕망을 해소하기 위해 고통을 가하며, 『멋진 신세계』에서는 그보다 덜 굴욕적이라고 말하기가 어려운 쾌락을 가함으로써 같은 목적을 달성한다.

최근의 단체 윤리는 과잉 조직화로 인해서 발생한 바람직하지 못한 결과들을 정당화하는 노골적인 수단임이 분명하다. 그것은 필요성을 미덕으로 둔갑시키고, 불쾌한 사실적 자료들로부터 긍정적인 가치를 추출하려는 사람들이 벌이는 우스꽝스러운 시도를 대변한다. 그것은 아주 비현실적이며, 따라서 아주 위험하게 도덕성을 설명하는 논리적 가설이다. 그런 가설에서는 전체적인 사회가 그것을 구성하는 개체들보다 우선하는 가치를 보유한다고 가정하는 시각이 강하지만, 전체 사회는 벌집이나 흰개미집을 유기체라고 해석하는 의미에서의 그런 유기체가 아니다. 그것은 단순히 하나의 조직이며, 사회 기구의 한 조각에 불과하다. 생활 또는 인지 상태와의 연관성 이외에는 그것은 어떤 가치도 내재하지 못한다. 조직은 의식할 능력이 없으며, 살아 있는 생명도 아니다. 조직은 이차적으로 파생하는 도구로서만 가치를 지닌다. 그것은 자체로서의 선이 아니며, 전체적인 집단을 구성하는 개체들인 개인의 선을 도모하는 한에서만 선으로 기능한다.

사람보다 조직을 우선시하는 행위란 목적을 수단에 종속시키는 격이다. 목적을 수단에 종속시키면 어떤 결과가 찾아오는지를 히틀러와 스탈린이 확실하게 보여주었다. 그들의 끔찍한 통치하에서 폭력과 선전이 판을 치는 와중에 체계적인 공포와 일사불란한 심성의 조종에 따라 개인의 목적은 조직의 수단에 종속되었다. 보다 능률적인 미래의 독재 국가에서는 아마도 히틀러와 스탈린보다는 훨씬 덜 심한 폭력이 동원될 것이다. 미래 독재자의 백성들은 고도로 훈련을 받은 사회 설계자들에 의해 아무런 고통도 받지 않으면서 통치 단위로 편성될 것이다. 이 새로운 학설을 열렬히 주창하는 어느 지식인은 이런 글을 썼다. "우리 시대에서 사회 공학이 당면한 도전은 50년 전에 기술 공학이 겪었던 도전과 같다. 20세기 전반기를 기술 공학자들의 시대라고 한다면, 후반기는 사회 공학자들의 시대라고 정의해도 괜찮겠다."

그리고 필자의 추측으로는 21세기가 『멋진 신세계』의 시대, 과학적 신분 제도의 시대, 세계 통제관들의 시대가 될 듯하다. "Quis custodiet custodes?"* 라는 질문, "우리들의 보호자는 누가 보호하고, 설계자들은 누가 설계하는가"라는 질문에 대한 답은 "그들에게는 어떤 감독이나 감시도 필요가 없다"는 막연한 부정이 고작이다. 어떤 사회학 박사들 사이에서는 사회학에서 박사 학위를 받으면 권력에 야합해서 부패하는 일이 결코 없으리라는 비장한 믿음이 유행하는 듯싶다. 갤러해드 경Sir Galahad** 과 마찬가지로 마음이 순결하기 때문에 그들의 힘은 열 사람의 힘과 맞먹는다는 것이다. 그들의 마음이 순결했던 까닭은 그들이 학자였고 사회학을 6,000시간이나 수강했기 때문인지도 모른다.

그러나 안타까운 일이지만 교육을 많이 받았다고 해서 꼭 덕망이 더 높다는 보증은 없고, 정치적인 지혜가 그만큼 많다는 뜻도 아니다. 그리고 이런 윤리적, 심리적인 면에서의 우려와 함께 순수한 과학적인 성격의 우려 또한 고려해야만 한다. 사회 설계자들이 그들의 관행을 위해 기초로 삼는 이론들, 그리고 인간을 그들 마음대로 조종하는 행위를 정당화하려는 목적으로 동원하는 해법들을 우리는 받아들일 수가 있는가? 예를 들면, 엘턴 메이오Elton Mayo*** 교수는 "직장에서 지속적으로 동료들과 연합하려는 남성****의 욕망은

---

* 영어로는 Juvenal이라고 표기하는 1세기 말 로마 시인 유베날리스Decimus Junius Juvenalis의 「풍자시집」 4부 347~348행에 나오는 유명한 말이며, "감시자는 누가 감시하는가?"라는 뜻임

** 가장 덕망이 높은 원탁의 기사로, 그의 눈에는 성배聖杯, the Holy Grail가 보였다고 함

*** 오스트레일리아의 사회인류학자이며 조직 이론가

**** 원문에서는 man이라고 했는데, 이것이 '남성'인지 아니면 '인간'을 뜻하는지는 분명치 않음

비록 가장 강력한 특성까지는 아닐지라도 하나의 강력한 인간적 특성임은 분명하다"고 단호하게 의견을 피력한다. 필자의 소견으로 이것은 명백하게 사실이 아니다. 어떤 사람들은 메이오가 설명한 그런 종류의 욕망을 지녔지만, 그렇지 않는 사람들도 적지 않다. 그것은 유전으로 물려받은 기질과 성격의 문제다. ('남성'이 정확히 누구를 뜻하는지는 모르겠지만) 어쨌든 '남성man'이 "직장에서 지속적으로 동료들과 연합하기를 원한다"는 가정을 기초로 삼아 이루어진 그런 집단이라면 어떤 사회이든지 간에 많은 개인적인 남녀에게는 프로크루스테스Prokrustes*의 침대나 마찬가지다. 고문대 위에 올려놓고 몸을 잡아 늘이거나 잘라버리지 않고서는 그들은 그런 조직에 적응하기가 불가능하다.

그런가 하면 사회적인 관계를 다루는 현대의 여러 이론가들이 갖가지 서정적인 중세의 이야기들로 그들의 글을 얼마나 낭만적으로 장식하고 사람들을 현혹하여 우리의 판단을 흐려놓는가! "장원 영지와 마을, 그리고 장인匠人 조합의 구성원들은 중세인들을 평생 보호하고 그들에게 평화와 안정을 마련해주었다." 무엇으로부터 그들을 보호해주었다는 뜻인지 우리는 따져봐야 한다. 물론 그들의 윗사람들이 무자비하게 자행했던 폭력으로부터는 보호를 받지 못했으리라. 그리고 그토록 대단했다는 '평화와 안정'과 더불어 그들은 사

* 그리스 신화에 등장하는 도적으로, 손님을 초대하여 자기 집 침대에 눕히고는 다리가 길어 침대 밖으로 나가면 잘라버리고 키가 작은 사람은 침대만큼 강제로 잡아 늘였다고 함

회 구조에서 상승하기가 불가능한 가혹한 수직적 계급 체제, 그리고 토지에 종속된 사람들로서는 수평적인 공간 이동이 아주 조금밖에는 용납되지 않았던 구조에 대하여 중세가 다 가도록 엄청난 양의 만성적인 좌절감과, 모진 불행과, 피 끓는 원한 또한 감수해야 했다. 인구 과잉과 과잉 조직화라는 비인간적인 힘, 그리고 그런 힘들을 장악하려고 획책하는 사회 공학자들은 우리를 새로운 중세 체제의 방향으로 몰아간다. 이러한 부활의 움직임은 유아기의 습성 훈련, 수면 학습, 약물로 유도하는 황홀경 같은 『멋진 신세계』의 쾌적한 장치들 덕택에 원형의 형태보다 받아들이기가 훨씬 쉽겠지만, 대다수의 남자들과 여자들에게 그것은 여전히 일종의 노예 생활이라고 여겨질 것이다.

4

민주 사회의 선전

제퍼슨은 이런 글을 썼다. "무수한 갖가지 단체에 소속된 사람들은 그들의 의지와는 관련이 없는 독립된 권위 집단이 그들에게 휘두르는 물리적 및 도덕적 힘에 의해서가 아니고서는 질서와 정의의 한계 안에서 억제하기가 불가능하다는 것이 유럽인들의 신조였다. (중략) (아메리카의 새로운 민주주의를 수립한) 우리들은 인간이 본성에 따라 여러 가지 권리를 그리고 정의에 대한 본유적인 인식을 타고난 이성적인 동물이어서, 온건한 권력으로부터의 통제에 따라 잘못을 경계하고 권리에 의해 보호를 받으며, 스스로 선택한 사람들을 신뢰하고 자신의 의지에 의거하여 의무를 준수해왔다고 믿는다."

지그문트 프로이트Sigmund Freud 이후 시대의 사람들이 들으면 이런 종류의 화법은 비장할 정도로 기이하고 특이한 표현이라고 여겨질 듯싶다. 인간은 18세기의 낙관주의자들이 상상했던 것보다 훨씬 덜 이성적이고 천성이 의롭지 못하다. 그런가 하면 그들은 20세기의 비관주의자들이 우리들에게 얘기하듯 그렇게까지 도덕적으로 몰이해하거나 한심할 정도로 비논리적이지도 않다.

이드Id[•]와 무의식의 세계가 어떠하든 간에, 특정 민족에게만 고유한 신경증과 낮은 지능지수의 확산에도 불구하고, 대부분의 남자와 여자들은 그들 자신의 운명이 정해준 방향으로 가도록 믿고 내버려 두어도 괜찮을 만큼은 품위를 지키고 이성적으로 행동할 것이다.

민주적인 기구와 체제들은 개인의 자유나 독창성을 사회적인 질서와 화합시키고, 또한 국가의 통치자들이 장악한 직접적인 권력을 피지배자들의 궁극적인 세력에 종속시키기 위한 장치다. 서부 유럽과 아메리카에서 이런 장치들이 별로 나쁘지 않은 효과를 거두었다는 사실은, 모든 상황을 참작할 때, 18세기의 낙관주의자들이 전적으로 잘못 판단한 것은 아님을 밝혀주는 증거로서 충분하다. 제대로 기회가 주어지기만 한다면 인간은 스스로 통치하고, 비록 "그들의 의지와는 관련이 없는 독립된 권위 집단"이 통치할 때보다 기계적인 능률성은 좀 떨어질지 몰라도 더 훌륭하게 통치할 능력을 충분히 지니고 있다. "제대로 기회가 주어지기만 한다면"이라고 필자가 토를 달아놓은 까닭은 정당한 기회가 필수적인 전제조건이기 때문이다. 독재자의 통치를 받던 비굴한 노예 상태에서 완전히 생경한 정치적 독립이 주어진 국가로 바뀌는 갑작스러운 변화를 겪는다면 어떤 민족도 민주주의 체제가 제대로 작동하는 환경을 만들어나갈 정당한 기회를 얻었다고 말하기가 어렵다. 또한 불안정한 경제적 여건

• 프로이트의 정신분석 용어로, 자아 및 초자아와 함께 인간 정신을 구성하는 요소

에 처한 어떤 국민도 민주적인 자치를 수행할 정당한 기회를 누리지 못한다. 자유주의는 번영의 분위기 속에서 만발하고, 번영이 쇠락하여 정부가 점점 더 자주 그리고 대폭적으로 백성들의 일상사에 간섭해야 할 필요성이 대두할 때는 시든다. 인구 과잉과 과잉 조직화는, 필자가 앞에서 이미 지적했듯이, 민주주의가 효과적으로 작동할 정당한 기회를 사회로부터 박탈하는 두 가지 주요 여건이다. 그런 상황이 닥친다면 어떤 특정한 역사적, 경제적, 인구학적, 기술적 조건들로 인하여, 양도할 수 없는 권리와 정의에 대한 인식을 타고났다고 제퍼슨이 거론한 이성적인 동물들이 민주적으로 조직된 사회에서 그들의 이성을 활용하고, 권리를 주장하고, 정당하게 행동하기가 매우 어려워지리라는 사실을 우리는 알게 된다. 지극히 다행스럽게도 서양에 사는 우리들에게는 자치를 실천하는 위대한 실험을 거칠 정당한 기회가 베풀어졌다. 불행히도 지금은 주변에서 벌어진 최근의 변화들로 인해 마치 한없이 소중한 이런 정당한 기회가 조금씩 우리들에게서 멀어지는 것처럼 보인다. 그리고 물론 거기에서 얘기가 끝나지도 않는다. 이런 비인간적이고 무차별적인 힘들만이 개인의 자유와 민주 체제를 위협하는 유일한 적은 아니다. 보다 덜 추상적인 다른 종류의 힘들도 작용을 하는데, 이런 영향력들은 같은 시대의 사람들을 부분적으로나 전면적으로 통제할 기반을 마련하려는 목적으로 권력을 추구하는 개인들이 의도적으로 활용한다. 필자가 어린 소년이었던 50년 전에는 우리가 험난한 과거를 벗어났고,

고문과 학살 그리고 노예제도와 이교도들의 처형이 모두 과거지사가 되어버렸다는 것이 자명한 사실처럼 여겨졌다. 멋쟁이 모자를 쓰고, 기차 여행을 즐기고, 아침마다 목욕을 하는 사람들 사이에서 그런 공포들은 완전히 사라졌다. 누가 뭐라고 해도 우리는 20세기를 살아가는 사람들이었다. 몇 년이 지난 후에 날마다 목욕을 하고 멋쟁이 모자를 쓰고 교회로 가는 바로 그 사람들이 미개한 아시아인과 아프리카인들은 꿈조차 꾸지 못할 정도로 잔혹한 행위를 저질러댔다. 최근의 역사로 미루어보건대, 이런 사태가 절대로 다시는 일어나지 않으리라고 속단하는 것은 어리석은 짓이다. 그런 가능성은 존재하며, 필시 언젠가는 현실로 나타날 것이다. 그러나 가까운 장래에는 『1984』의 처벌 방법들이 『멋진 신세계』에서 이루어지는 조작과 보상 학습으로 바뀔 가능성이 크다고 믿어도 될 만한 이유가 적지 않다.

선전에는 두 종류가 있다. 선전을 행하는 자들과 설득의 대상인 자들의 이해관계와 일치하는 행동을 선호하는 계발된 이성적인 선전, 그리고 사리에 밝은 어느 누구의 개인적인 이해관계와도 일치하지 않으며 흥분하기 쉬운 감정에 호소하거나 그런 격렬한 감정을 앞세운 비이성적인 선전이 그것이다. 개인들의 행동이 앞장을 서서 이끄는 경우라면 계발된 이기심보다는 훨씬 숭고한 동기들이 크게 작용하겠지만, 집단적인 행동이 정치와 경제 분야에서 채택되는 경우에는 차원이 높은 사리사욕이 가장 강력한 원동력으로 작용할 것이다. 만일 정치가와 유권자들이 항상 그들 자신과 나라의 장기적인 이익을 도모하는 적절한 행동을 취해왔더라면 이 세상은 지상의 천국이 되었으리라. 현실을 돌아보면 사람들은 흔히 가장 격렬하고 명예롭지 못한 감정을 충족시키기 위해 그들 자신의 이익에 반하는 행동을 취해왔고, 그런 결과로 세상은 비참한 곳이 되고 말았다. 개인적인 이해관계에 일치하는 행동을 선호하는 계발된 이성적인 선전은 정직하게 그리고 충분히 밝혀놓은 가장 훌륭한 증거를 기초로 삼아 논리적인 토론을 통해서 이성에 호소한다. 자신의 이해관계보다 탐탁지 못한 충동의 지배를 받는 행동을 지지하는 선전은 거짓이거나 왜곡되었거나 불완전한 증거를 제시하고 논리적인 토론을 회피하면서, 단순히 구호만 반복하여 희생자들에게 영향을 끼칠 방법을 모색해, 국내외의 엉뚱한 희생양을 맹렬히 비난한다. 그리고 가장 질이 낮은 감정을 가장 숭고한 이상들과 교활하게 결부시킴으로써, 신의 이름을 동원하여 각종 만행을 자행하는가 하면 지극히 냉소적인 종류의 '현실 정치Realpolitik'를 종교적인 원칙이며 애국적인 의무로 간주하도록 설득한다.

존 듀이John Dewey•의 말을 빌리자면 "공통된 인간 본성에 내재하는 전반적인 잠재성들을 고려할 때, 특히 이성과 진리에 반응하는 힘을 참작한다면, 신념의 쇄신은 물질적인 성공의 과시 또는 정

• 미국의 철학자이며 교육학자

치적·법적인 특별한 형태를 취한 종교적인 예식보다는 전체주의와 맞설 힘을 지닌 훨씬 확실한 보루라고 하겠다." 이성과 진리에 반응하는 힘은 우리 모두가 지닌 속성이다. 하지만 불행히도 비이성과 거짓에 반응하는 성향 역시 존재한다. 거짓이 어떤 즐거운 감정을 불러일으키거나 비이성을 자극하는 호소력이 우리의 깊은 내면에서 원시적이고 야수적인 어떤 호응을 유도하는 경우라면 더욱 그렇다. 어떤 활동 분야에서는 사람들이 상당한 일관성을 보이며 이성과 진실에 반응하도록 길들여졌다. 학구적이고 어려운 논문을 발표하는 저술가들은 동료 과학자나 전문가들의 격한 감정에 호소하지 않는다. 그들은 우선 현실의 어떤 특정한 양상에 관해서 나름대로 최선을 다해 알아낸 진리부터 제시하고는, 그들이 관찰한 사실을 설명하기 위해 이성을 동원하고, 다른 사람들의 이성에 호소하는 논리를 곁들여가며 그들의 관점을 보완한다. 이런 모든 과정은 물리학이나 응용과학의 분야에서는 상당히 간단하게 이루어진다. 정치와 종교와 윤리학의 분야에서는 문제가 훨씬 더 까다로워진다. 여기에서는 타당한 관련 사실들이 걸핏하면 우리를 당혹시킨다. 주어진 사실들의 의미를 납득시키는 과정은 물론 사람들이 저마다 선택하는 해석에 따라 다른 용어로 이루어진 특정한 개념 체계에 의존한다. 그리고 합리적인 진리를 추구하는 사람들이 봉착하는 어려움은 이런 해석의 체계만이 아니다. 개인적이거나 공적인 삶에서는 관련된 사실들을 충분히 수집하거나 개별적인 의미를 따져볼 시간이 없는 상황이 자주 벌어진다. 사람들은 논리성이 부족하고 상당히 불안정한 견해와 불충분한 증거에 따라 맹목적인 행동을 취해야만 하는 입장으로 내몰린다. 아무리 최선의 의지를 따른다고 해도 우리는 항상 완전히 진실하거나 시종일관 변함없이 견실하고 합리적인 존재가 되기는 어렵다. 인간의 능력으로서는 기껏해야 주변 환경이 용납하는 한에서만 진실하게 그리고 합리적으로 판단하고, 우리가 고찰하고 고려하도록 타인들이 허락하는 제한된 진실과 불완전한 추리의 테두리 안에서 최선의 반응을 할 따름이다.

제퍼슨은 이렇게 말했다. "무지한 상태에서 자유로운 국가를 추구하는 민족은 과거에 전혀 존재하지 않았고 앞으로도 전혀 존재할 가능성이 없는 것을 기대하는 셈이다. (중략) 정보 없이는 국민의 안전이 보장되지 않는다. 언론이 자유롭고 모든 사람이 글을 읽을 수 있는 곳이라면 모두가 안전하다." 대서양 건너편에서는 이성을 열정적으로 믿는 또 다른 사람이 비슷한 시기에 거의 똑같은 개념을 피력했다. 공리주의적 사상가인 아버지 제임스 밀James Mill에 대하여 존 스튜어트 밀John Stuart Mill은 이런 글을 썼다. "인간의 정신적인 세계에 영향력을 끼칠 가능성이 주어지기만 한다면, 이성이 감성에 미치는 영향이 얼마나 대단할지에 대한 아버지의 믿음이 워낙 전폭적이었기 때문에, 만일 누구나 다 글을 읽는 능력을 갖추고, 말이나 글을 통해 온갖 종류의 견해들이 그들에게 전해지고, 참정권을 행사하여 그들이 채택한 의견들을 입법 기관에 제시함으로써 효과적인 결과를 유도해내는 길이 열리기만 한다면, 인류는 모든 것을 얻으리라고 아버지는 믿었다." 그러면 모두가 안전하고, 모든 것을 얻으리라! 여기에서 또다시 우리는 18세기 낙관주의를 접하게 된다. 제퍼슨이 낙관주의자일 뿐 아니라 현실주의자이기도 했다는 것은 사실이다. 그는 쓰라린 경험을 통해서 언론의 자유가 수치스러울 정도로 악용을 당하기도 한다는 사실을 알게 되었다. 그는 "신문에 실린 글은 이제 하나도 믿지 못하게 되었다"고 선언했다. 그러면서도 그는 (우리로서는 그의 말에 동의할 수밖에 없지만) "진실의 울타리 안에 서라면 언론은 숭고한 전통이며, 시민의 자유와 학문을 수호하는 친구가 되기도 한다"고 주장했다. 간단히 정리하자면, 언론 매체는 선하지도 악하지도 않고 그저 한 가지 영향력일 따름이며, 다른 모든 영향력과 마찬가지로 잘 사용하거나 잘못 사용하는 경우만 존재할 따름이다. 좋은 방향으로 사용한다면 신문과 방송과 영화는 민주주의의 존속을 위해 필수적인 요소다. 나쁜 방법으로 사용한다면 그런 매체들은 독재자의 병기창에서 가장 강력한 무기 노릇을 하게 된다. 대중 매체의 분야에서는, 거의 모든 다른 기업 분야에서와 마찬가지로, 기술적인 발전이 거인들은 도와주고 소인들에게는 상처를 주었다. 50년 전까지만 하더라도 모든 민주 국가에서는 대단히 많은 소규모 잡지와 지방 신문들이 건재했었다. 수천 명의 지방 편집자들이 수천 가지 독립적인 견해를 피력했다. 어디에서든 거의 모든 사람이 거의 어떤 인쇄물이라도 구할 수 있었다. 오늘날에는 언론이 법적으로는 여전히 자유롭지만, 대부분의 소규모 매체들은 자취를 감추었다. 펄프지와, 현대적인 인쇄 설비와, 기사의 통합적인 배포를 위해 들어가는 비용은 소규모 매체가 감당하기 어려울 정도로 막대하다. 전체주의 체제의 동양에서는 정치적인 검열이 가해지고, 대량 소통의 매체는 국가의 통제를 받는다. 민주적인 서양에서는 경제적인 검열이 횡행하고, 대량 소통의 매체가 핵심 권력에 속하는 사람들로부터 통제를 받는다. 치솟는 경비와 통신 집단의 집중화에 따라 소수의 대형 기업들의 손아귀에서 이루어지는 검열은 국가의 소유가 되거나 정부에서 선전을 주도하는 현상에 비하면 그나마 상대적으로 덜 부당하지만, 제퍼슨식 민주주의자가 받아들이기에는 확실히 미흡한 실정이다.

문맹의 완전 퇴치와 자유 언론을 주창하던 초기의 대변자들이 내세운 선전을 살펴보면 오직 두 가지 가능성만을 예견했으니, 그것은 선전이 진실이라고 밝혀지거나 아니면 거짓으로 드러나리라는 가능성이었다. 그들은 사실상 어떤 상황이 훗날 실제로 벌어졌는지를, 특히 우리 서양 자본주의 민주 국가들에서 벌어진 상황을 미리 예측하지 못했다. 진실이냐 거짓이냐 하는 기본적인 문제가 아니라, 정도의 차이만 있을 뿐 전혀 부적절하고 황당한 비현실적인 분야에 주로 관심을 둔 거대한 대중 매체 산업의 발전이 그것이었다. 간단히 얘기하자면 그들은 오락 활동에 대한 거의 무한에 가까운 인간의 욕구를 계산에 넣고 적절히 고려하는 데 실패했다.

과거에는 대부분의 사람들이 오락을 즐기려는 욕구를 한껏 충족시킬 기회를 전혀 갖지 못했다. 그들은 오락 활동을 갈망했을지도 모르겠지만, 오락은 그들에게 제공되지 않았다. 성탄절은 1년에 한 번밖에 오지 않았고, 잔치는 '엄숙한 분위기에서 가끔 어쩌다 열리고' 말았으며, 읽을거리는 아주 드물고 구독자는 극소수였다. 그런가 하면, 동네 극장과 가장 비슷한 시설이라고는 교구의 예배당이 고작이었는데, 그곳에서는 자주 행사가 열리기는 했지만 상당히 따분한 분위기에서 진행되었다. 요즈음 어디에나 널린 오락 시설들과 조금이나마 비슷한 여건들을 찾아보려면 우리는 로마 제국으로 돌아가야만 한다. 그곳에서는 다양한 종류의 여흥이 무료로 자주 열려 백성들이 즐겁게 시간을 보냈다. 시극詩劇에서부터 검투사들의 경기, 베르길리우스Publius Vergilius Maro의 낭송회에서부터 무제한 권투, 음악회에서 군대 열병식이나 공개 처형에 이르기까지 구경거리가 얼마든지 많았다. 그러나 지금 신문과 잡지, 라디오, 텔레비전, 그리고 영화관에서 쉬지 않고 제공하는 그런 오락은 로마에도 없었다. 『멋진 신세계』에서는 (촉감 영화, 흥겹고도 흥겹구나 혼음 모임, 내쏘고 치기 게임 같은) 지극히 환상적인 놀이와 경기가 의도적으로 끊임없이 제공되어, 사회적·정치적 상황이라는 현실에 사람들이 지나치게 관심을 쏟지 못하도록 막기 위한 정책적인 도구로 동원된다. 종교라고 일컬어지는 다른 세계는 오락의 다른 세계와 다르기는 하지만, "현실 세계가 아니다"라는 가장 결정적인 점에서 사실은

둘 다 비슷하다. 두 가지 모두 현실을 도피하는 수단이어서, 만일 지나치게 지속적으로 그런 세계에서 살다 보면, 마르크스의 표현 그대로 "인민들의 아편"이 된 다른 세계가 자유를 위협하기도 한다. 정신을 바짝 차린 사람들만이 그들의 자유를 온전하게 간직할 수가 있고, 끊임없이 현장을 지키는 이지적인 사람들만이 민주적인 절차에 따라 효과적으로 자치를 계속할 희망을 키워나갈 수 있다. 대부분의 구성원이 그들의 삶에서 대단히 큰 부분을 현장이 아닌 곳에서, 지금 현재의 상황 그리고 예측이 가능한 미래가 아니라 어딘가 다른 곳, 그러니까 운동 경기나 연속극, 신화와 형이상학적 환상으로 가득한 세계에서 보내는 사회는 그것을 조종하고 통제하려는 자들의 은밀한 침투와 강탈에 저항하기가 힘들어진다.

오늘날의 독재자들은 선전 활동에 있어서 대부분의 노력을 반복과 억압과 합리화에 기울인다. 반복을 통해 그들의 구호가 진실로 받아들여지기를 바라고, 소홀히 하기를 바라는 사실들은 억압하여 제거하고, 당이나 국가의 이해관계에 보탬이 될 격한 감정들은 일부러 자극하고 합리화한다. 조종의 기술과 이론을 좀 더 잘 이해하게 되면 미래의 독재자들은 틀림없이 이런 기술들을 끊임없이 계속되는 오락과 결합하는 방법을 터득하게 될 것이다. 서양에서는 넘쳐나는 오락이 지금 개인의 자유와 민주주의 체제의 존속을 위해 없어서는 안 될 합리적인 선전을 빗나간 개념들의 바다에 침몰시켜 곧 없애버릴 기세다.

5

독재 국가의 선전

제2차 세계대전이 끝난 후 재판을 받던 히틀러의 군수장관 알베르트 스피어Berthold Konrad Hermann Albert Speer•는 장황한 연설을 하다가, 대단히 예리한 시각으로 나치의 포악성을 설명하고 그들의 수법을 분석했다. 그가 말했다. "히틀러의 독재는 한 가지 근본적인 양상에 있어서 역사상 먼저 등장했던 모든 독재와 달랐습니다. 그것은 현대적인 기술의 발달이 이루어진 오늘날의 첫 번째 독재 정권으로서, 국가를 통치하고 지배하기 위해 모든 기술적인 수단들을 철저히 동원했습니다. 라디오와 확성기 같은 기술적인 장치와 설비들로 인해서 8,000만 국민은 독자적인 사고를 할 능력을 박탈당했습니다. 그럼으로써 그들을 한 사람의 의지에 종속시키는 일이 가능해졌습니다. (중략) 전에는 가장 낮은 계층에서까지도 자질이 아주 뛰어난 조수들이, 그러니까 독자적으로 생각하고 행동하는 능력을 갖춘 부하들이 독재자들에게는 필요했습니다. 현대적인 기술이 발달

• 건축가 출신으로 군사력의 무장 강화를 총괄했던 인물로서, 뉘른베르크 전범 재판에서 공개적으로 히틀러를 비판했음

한 시대의 전체주의 체제는 그런 사람들을 필요로 하지 않게 되었는데, 현대적 통신 방법들에 힘입어 하급 지도자들을 기계화하기가 가능해졌기 때문입니다. 그러한 결과로 비판 없이 명령을 받아들이는 새로운 유형의 인간들이 생겨났습니다."

필자의 예언적인 우화 소설 『멋진 신세계』에서는 기술의 수준이 히틀러 시대에 이룩한 것보다 훨씬 더 크게 발전했으며, 결과적으로 명령을 수행하는 자들은 히틀러의 부하들보다 훨씬 비판력이 약해졌고, 명령을 내리는 소수 세력에 훨씬 더 순종하도록 길이 들었다. 그뿐 아니라 그들은 유전적으로 표준화했고, 산후 훈련을 거쳐 그들에게 주어진 종속적인 기능을 수행하도록 길이 들었다. 따라서 그들은 거의 기계처럼 예측이 가능한 행동만 한다고 믿어도 안심할 수 있는 존재가 되었다. 나중에 다시 살펴보겠지만, 하급 지도자들에 대한 이런 습성 훈련은 공산주의 독재 국가들에서 이미 진행 중이다. 중국인들과 러시아인들은 단순히 발전하는 기술에 의존하는 간접적인 노력에서 그치지 않고, 하급 지도자들의 정신물리학적인 유기적 조직체들에 직접 간섭하여, 모든 면에서 대단히 효과적이고 무자비한 체제에 육체와 정신을 종속시킨다. 스피어는 이렇게 말했다. "언젠가는 여러 민족이 기계적인 수단의 지배를 받게 될 날이 올지도 모른다는 악몽에 많은 사람들이 시달려 왔습니다. 히틀러의 전체주의 체제의 치하에서 그 악몽은 거의 현실이 되었습니다." 거의 그렇게 되었지만, 별로 성공적이지는 못했다. 나치 정권은 하급 지도

자들을 세뇌하고 유도할 충분한 시간이 없었다. 어쩌면 그에 필요한 지식과 지능 또한 없었던 듯싶다. 이것이 아마도 그들이 실패한 이유들 가운데 하나인지도 모른다.

히틀러 시대 이후로 잠재적 독재자들이 기술적인 장치를 손쉽게 무기로 활용할 기회의 폭이 상당히 넓어졌다. 최근의 선전 활동가들은 라디오, 확성기, 영화 촬영기, 윤전기뿐 아니라 텔레비전을 이용하여 고객의 목소리와 더불어 영상까지 전파로 내보내고, 영상과 음성을 동시에 자기 테이프magnetic tape에 기록할 수 있게 되었다. 기술적인 발전 덕택에 '큰형님Big Brother'* 은 이제 거의 하나님처럼 동시에 어디에나 존재하게 되었다. 잠재적 독재자가 손아귀에 더 많은 힘을 장악하도록 도와주는 것은 기술 분야만이 아니다. 히틀러 시대 이후에 상당히 많은 작업을 수행해온 응용심리학과 신경학 분야는 선전 활동이나 세뇌 공작, 사상 훈련을 담당하는 자들의 특수 영역이 되어버렸다. 과거에 사람들의 마음을 조종하는 기술을 구사하던 이런 전문가들은 학문적인 이론을 경시하고 경험에 주로 의존했다. 실수를 통해 올바른 방법을 깨우치던 그들은 여러 가지 기술과 절차를 고안해내고는, 그런 방법들이 왜 효과적인지 정확히 파악하지도 못한 채 아주 효과적으로 활용했다. 오늘날에는 심리를 통제하는 기술이 하나의 학문으로 진입하는 과정을 거치는 중이다. 이

* 조지 오웰의 『1984년』에서 정보를 독점하여 사회를 통제하는 독재자

학문에 종사하는 사람들은 그들이 취하는 행동이 무엇이며 왜 그렇게 하는지 잘 알고 있다. 그들은 수많은 실험을 거쳐서 얻은 견실한 증거를 기초로 이룩한 갖가지 이론과 가설을 길잡이로 삼아 그들의 일을 처리한다. 새로운 통찰력과 그런 통찰력에 힘입어 가능해진 새로운 기술들로 인해 "히틀러의 전체주의 체제의 치하에서 거의 현실이 되었던" 악몽은 머지않아 완전히 실현될지도 모른다.

하지만 이런 새로운 통찰력과 기술들을 논하기에 앞서서 나치 독일이 거의 실현에 성공했던 악몽을 잠시 살펴보기로 하자. "8,000만 국민으로부터 독자적인 사고를 할 능력을 박탈함으로써 그들을 한 사람의 의지에 종속시키는 일"을 실현하기 위해서 히틀러와 괴벨스가 사용한 방법들은 무엇이었는가? 그리고 가공할 정도로 성공한 그런 방법들이 기초로 삼았던 인간 본성의 이론은 무엇이었는가? 이런 질문들에 대한 해답은 대부분 히틀러 자신이 한 말에서 찾아볼 수 있다. 그리고 그의 말은 얼마나 기막힐 정도로 노골적이고 교활했던가! 히틀러는 '인종'과 '역사'와 '섭리'처럼 대단히 추상적인 개념들을 논하는 대목에서는 그냥 횡설수설 늘어놓는다. 그러나 독일 민중을 언급하거나 그들을 이끌고 지배하려는 목적으로 동원한 방법들을 설명할 때면 문체가 확연히 달라진다. 말도 안 되는 얘기들은 사라지고 직관이 번득이며, 허황된 장광설 대신에 통렬하게 정곡을 찌르는 명석함이 빛난다. 현학적인 사상을 피력할 때는 히틀러의 화법이 애매한 몽상에 젖거나, 다른 사람들의 어설픈 주장들을 그대로 베껴낸 인상을 준다. 반면에 군중과 선전에 관한 언급에서는 그가 직접 체험하여 잘 아는 내용들을 서술한다. 그의 전기를 쓴 유능한 작가 앨런 불럭Alan Louis Charles Bullock[*]의 말을 빌리면, "히틀러는 역사상 가장 위대한 선동 정치가다." 나아가서 그를 "기껏해야 선동 정치가밖에 안 된다"고 말하는 비평가들은 군중 정치의 시대에 정치권력이 무엇인지 그 본질을 제대로 파악하지 못한 사람들이다. 히틀러 자신이 말했듯이, "지도자가 된다는 것은 군중을 움직이는 능력을 의미한다." 히틀러의 목적은 우선 군중을 움직이고, 전통적인 충성심과 도덕성을 강제로 해체시킨 다음, 그들에게 (최면에 걸린 다수의 동의를 얻어) 그가 마련해놓은 새로운 권위주의적인 질서에 따르도록 유도하는 것이었다. 1939년에 헤르만 라우슈닝Hermann Rauschning[**]은 이런 글을 썼다. "히틀러는 천주교와 예수회에 대해서 깊은 존경심을 느꼈는데, 그 이유는 그리스도교의 교리 때문이 아니라, 그들이 치밀하게 수립하고 통제하던 '조직'과 위계 질서, 지극히 교활한 전술들, 인간의 본성에 대한 이해, 신자들을 지배하는 데 있어서 인간의 약점을 현명하게 이용하는 기술 때문이었다." 개인적인 구원을 성취하거나 하나님을 섬기기 위해서가 아니라 국가를 위해서, 총통이 된 선동 정치가의 보다 큰 영광과 권력을 위해서 구축하려던 체제, 즉 수도원의 금욕적인 규율을 방불케 하는

---

[*] 영국 역사학자

[**] 독일의 보수적인 혁명가로 한때 나치에 동조했다가 결별했음

기강과 기독교 사상을 배제한 교회의 독단—군중을 조직적으로 움직여서 성취하려던 목적은 바로 이것이었다.

그가 움직였던 민중, 그리고 그들을 움직인 방법에 대해서 히틀러가 무슨 생각을 했는지 알아보자. 그가 출발의 기점으로 삼았던 첫 번째 원칙은 민중이란 철저히 경멸해야 마땅한 집단이라는 가치 판단이었다. 민중은 추상적인 사고를 할 능력이 없고, 눈앞의 현실에서 조금이라도 벗어난 어떤 사실에 대해서도 관심이 없다고 그는 판단했다. 그들의 행동을 결정짓는 요인은 지식과 이성이 아니라 감정과 무의식적인 충동이었다. 이런 충동과 감정 속에 "그들의 긍정적인 태도뿐 아니라 부정적인 태도 또한 뿌리를 내린다." 선전 활동을 하는 자가 성공을 거두려면 이러한 정서와 본능을 조종하는 방법을 터득해야 한다. "이 세상에서 가장 획기적인 혁명들을 실현한 추진력은 일반 대중을 사로잡은 과학적인 가르침의 체계가 아니라, 언제나 그들에게 영감을 불어넣었던 강렬한 신념이었으며, 흔히 그들로 하여금 행동을 취하도록 충동질을 했던 그런 종류의 발작적인 열정이었다. 군중의 호감을 사려는 사람이라면 누구나 그들의 마음을 여는 열쇠가 무엇인지를 올바르게 파악해야 한다." 프로이트가 등장한 이후의 특수 용어를 쓰자면, 그들의 '무의식'을 조종할 줄 알아야 한다는 뜻이다.

히틀러의 호소력이 가장 크게 주효했던 집단은, 1923년 경제 공황으로 파탄을 맞고 다시 1929년과 그 이듬해의 불황으로 시달렸던 중하류 계층이었다. 그가 호소의 대상으로 삼았던 '민중'은 이렇게 혼란에 빠지고, 욕구 불만이 가득하고, 만성적인 불안에 시달리는 수백만 명이었다. 그들을 더욱 불안한 군중 심리로 몰아넣어 자신들이 인간 이하의 존재라는 동질성을 느끼게 만들기 위해서 히틀러는 그들을 수천, 수만 명씩 넓은 회관이나 경기장에 집결시켰다. 그러면 개인들은 저마다의 정체성을 상실하고, 심지어는 기본적인 인간성조차 잃어버리고는 군중 속으로 섞여들었다. 개별적인 남자나 여자는 두 가지 방법으로 사회 집단과 직접적인 교류를 하는데—하나는 가족이나 직장, 혹은 종교적인 단체의 구성원으로서, 다른 하나는 군중의 한 사람으로서 접촉을 하게 된다. 집단은 그것을 형성하는 개인들에 따라 도덕적이거나 지적인 수준이 설정되기 때문에, 잡다한 군중은 혼란스럽고, 스스로 추구하는 목적의식이 희박하며, 지적인 행동과 현실적인 사고를 할 능력이 전혀 없다. 군중 속으로 섞여들면 민중은 합리적으로 사고하는 힘과 도덕적인 선택을 하는 능력을 상실한다. 암시에 쉽게 휩쓸리는 성향으로 인해서 군중은 그들 자신의 의지나 판단력이 사라지는 수준까지 현혹당한다. 그들은 흥분하기가 아주 쉽고, 개인적이거나 집단적인 책임감을 모두 상실하고, 급격한 분노와 열광과 공포에 휘말리는 속성을 드러낸다. 간단히 얘기하자면, 군중 속의 한 사람은 마치 어떤 강력한 마취제를 대량으로 삼킨 듯한 행동 양상을 보인다. 그는 필자가 "무더기 중독herd-poisoning"이라고 표현한 현상의 희생물이 된다. 술과 마찬가지로 무더기 중독은 적극적이고 외향적인 효과를 유발하는 마약이다. 군중에 도취한 개인은 책임감과 지성과 도덕성을 벗어던지고, 이성이 부재하는 일종의 동물적 광란 상태로 빠져든다.

히틀러는 오랫동안 선동가로 활동하면서 무더기 중독의 효과를 열심히 연구했고, 자신의 목적을 위해 그런 현상을 활용하는 방법을 터득했다. 그는 웅변술에 능한 사람이 글을 쓰는 사람보다 훨씬 더 효과적으로 '숨은 세력'을 설득하여 사람들에게 어떤 행동을 취하도록 동기를 부여하는 성공률이 크다는 사실을 깨달았다. 글을 쓰는 사람은 맑은 정신으로 혼자 앉아 있는 정상적인 개인들에게만 얘기를 한다. 웅변가는 이미 무더기 중독으로 감정이 고조된 개인들의 거대한 집단을 상대한다. 군중은 웅변가의 뜻에 따라 움직이기 때문에, 웅변을 잘 구사하기만 한다면 그는 군중을 마음대로 부릴 수가 있다. 웅변가로서의 히틀러는 극도로 유능한 인물이었다. 스스로 밝혔듯이 그는 "거대한 집단의 성향을 워낙 잘 파악해서, 그의 연설을 듣는 청중의 생생한 감정으로부터 그에게 필요한 어휘들을 추출함으로써, 청중의 마음을 곧장 파고드는 표현을 구사"할 능력을 갖추고 있었다. 오토 슈트라서Otto Johan Strasser•는 그를 "온 국민의 개인적인 저항과 고통 그리고 가장 은밀한 욕망들과 가장 받아들이기

• 나치당 창당에 크게 기여한 독일 정치 평론가

힘든 본능들을 우렁차게 선포하는 확성기"라고 불렀다. 매디슨 애비뉴Madison Avenue*에서 '동기 유발에 관한 연구'를 개시하기 20년 전에 히틀러는 조직적으로 독일 민중의 열망과 좌절과 불안감, 그리고 비밀스러운 공포심과 소망을 탐색하여 활용했다. 광고 전문가들은 '숨은 세력들'을 뒤에서 조종함으로써 우리에게 그들이 선전하는 어떤 후보 정치가를 지지하거나 치약이나 특정 담배 따위의 제품을 구입하도록 유도한다. 그리고 똑같은 비밀의 힘들에 호소하고, 매디슨 애비뉴가 함부로 간섭하기 어려울 정도로 위험한 다른 힘들에 호소함으로써, 히틀러는 독일 민중을 선동하여 그가 총통이 되도록 지지하고 미친 사상과 제2차 세계대전을 받아들이도록 유도했다.

일반 대중과는 달리 지식층은 합리성을 선호하고 사실에 대한 관심이 많다. 그들은 비판적인 이성의 습성에 따라 다수의 군중에게는 그토록 효과적인 그런 선전에 반발한다. 일반 대중에게는 "본능이 최우선이고, 본능에서 신뢰가 생겨난다. (중략) 건강한 평민 계층은 본능적으로 단결하여 (구태여 설명할 필요도 없이, 지도자 휘하에서) 평범한 사람들의 공동체를 쉽게 형성하는 반면에, 지식인들은 닭장 속의 암탉들처럼 이리 뛰고 저리 뛰며 흩어진다. 그들과 더불어 역사를 만들어가기는 불가능하며, 그들은 공동체를 구성하는 분자로서는 아무런 쓸모가 없다." 지식인들은 증거를 요구하는 그

* 맨해튼 동쪽의 거리 이름으로, 광고 회사와 방송국이 많아 '광고의 거리'라는 별명이 붙었음

런 종류의 사람들이며, 논리적인 모순이나 허위를 접하면 충격을 받는다. 그들은 지나친 단순화를 지성의 원죄로 간주하고, 선전 전문가들의 주특기인 근거가 미흡한 주장, 전폭적인 보편화, 구호의 효용 가치를 불신한다. 히틀러는 이렇게 썼다. "모든 선전은 효과를 거두려면 최소한의 원시적인 필요성을 벗어나서는 안 되고, 그런 필요성은 몇 가지 판에 박힌 공식에 따라 표현해야 한다." 이런 판에 박힌 공식은 "끝없는 반복만이 결국 군중의 기억 속에 개념을 심어주기 때문에" 끊임없이 반복되어야 한다. 철학은 자명하다고 여겨지는 사물에 대해서도 확신을 가져서는 안 된다고 우리에게 가르친다. 반면에 선전은 우리가 의혹을 갖거나 판단을 보류해야 옳다고 여겨지는 문제들을 자명한 개념이라고 받아들이도록 가르친다. 선동 정치가의 목적은 자신의 지휘를 받는 사회적인 유대를 만들어내는 것이다. 하지만 버트런드 러셀Bertrand Russell이 지적했듯이, "실험과 관찰을 제대로 거쳤다는 근거가 별로 없는 스콜라 철학이나 마르크스주의, 파시즘 같은 교조 체계는 후계자들 사이에서 오히려 상당히 넓은 사회적 유대를 생성하는 장점이 있다." 따라서 선동적인 정치 선전가는 교조적인 일관성을 유지해야 한다. 모든 발언은 수정을 거치지 않고 이루어진다. 그가 제시하는 세상에는 회색이 없고, 모든 것이 끔찍할 정도로 검거나 황홀할 지경으로 하얗기만 하다. 히틀러의 말을 빌리면, 선전가는 "타개해야 할 모든 문제에 있어서 체계적으로 한쪽으로만 치우친 일방적 자세"를 채택해야 한다. 그는 견해가 다른 사람들의 주장이 부분적으로나마 옳다거나 자신이 틀렸을 지도 모른다는 가능성을 절대로 시인하면 안 된다. 반대파와 논쟁을 벌여서는 안 되고, 고함을 질러 적의 입을 다물게 하거나 공격해야 하고, 혹시 너무 귀찮게 굴면 제거해야 한다. 이런 소리를 들으면 도덕적으로 비위가 약한 지성인들은 충격을 받을지도 모른다. 하지만 일반 대중은 항상 "적극적인 공격을 가하는 쪽의 말이 옳다"라는 확신을 가지고 있다.

민중이 지닌 인간성에 대한 히틀러의 견해는 그런 식이었다. 그것은 아주 저급한 개념이었다. 그렇다면 그것은 부정확한 견해이기도 했을까? 나무는 그것이 맺는 열매로 알 수 있다. 그토록 흉악할 정도로 효과적인 기술을 고취한 인간 본성의 이론이라면 적어도 진실의 한 가지 요소는 담고 있을 가능성이 크다. 미덕과 지성은 소규모 집단 내에서 다른 개인들과 자유롭게 교류하는 개인으로서의 인간이 지닌 속성이다. 죄악과 우매함도 마찬가지다. 그러나 선동 정치가들이 호소하고 의존하는 인간 이하의 어리석음, 그리고 그들의 희생자들이 속아서 행동을 취하게 만드는 도덕적 저능함은 개인으로서의 남녀가 아니라, 군중을 이룬 남녀의 특성이다. 도덕적 우매함과 어리석음은 두드러진 인간의 속성이 아니라, 무더기 중독의 징후들이다. 세상의 모든 고차원적인 종교에서는 구원과 깨우침이 개인들을 위한 것이다. 천국은 군중의 집단적인 어리석음이 아니라, 한 개인의 마음속에 존재한다. 그리스도는 두세 사람이 모인 곳에 찾아가리라고 말했다. 그는 수천 명이 모여서 무더기 중독으로 서로를 홀리는 그런 곳에 가리라는 말은 하지 않았다. 나치의 선동하에서는 엄청난 수의 사람들이 엄청난 시간을 들여가며 A 지점에서 B 지점까지, 그리고 다시 A 지점까지 빽빽하게 대오를 지어 행진하도록 강요당했다. "이렇게 전 국민에게 계속해서 행진을 하도록 만드는 짓은 한심한 시간 낭비와 정력의 낭비처럼 여겨졌다." 헤르만 라우슈닝이 설명을 덧붙였다. "그들이 목적과 수단을 잘 판단하고 훌륭하게 조절하여 교묘하게 성취하려던 의도는 한참 더 시간이 지난 다음에야 은밀하게 드러났다. 행진은 사람들의 생각이 빗나가도록 유도한다. 행진은 생각을 죽여 없앤다. 행진은 인간의 개성을 종식시킨다. 행진은 사람들에게 기계적인 사이비 종교 예식이 제2의 본성처럼 익숙해지도록 길들이기 위해 행하는 필수적인 마술이다."

그가 저지르기로 작정한 끔찍한 일의 차원과 그의 관점에서 보자면, 인간 본성에 대한 히틀러의 판단은 완전히 옳았다. 기계화한 집단이나 군중의 구성원보다 개별적인 인간으로 사람들을 보려는 우리에게는, 그의 생각은 가공할 정도로 잘못이었다. 과잉 인구와 과잉 조직이 가속화되며 대량 소통의 매체가 그 어느 때보다도 능률적으로 응용되는 시대를 살면서, 우리는 어떻게 고결함을 간직하고 인간 개인의 가치를 다시금 주장할 것인가? 이것은 아직도 우리가 물어야 하며, 적절한 해답을 찾아내야 할 질문이다. 지금부터 한 세대가 지나고 난 다음에는 그 해답을 찾아내기엔 너무 늦고, 미래의 숨

막히는 집단적인 풍토에서는 어쩌면 아예 그런 질문을 하기조차 불가능해질지도 모른다.

6

상술

민주주의의 생존 여부는 많은 수의 사람들이 충분한 정보에 입각하여 현실적인 선택을 하는 능력에 따라서 좌우된다. 그런 반면에 독재 체제는 사실들을 검열하거나 왜곡하고, 자신의 이익이 무엇인지를 깨우친 이성이 아니라 모든 인간의 마음속 깊은 곳 무의식의 차원에 존재하는 강력한 힘, "숨은 세력"이라고 히틀러가 정의한 과격함과 편견에 호소함으로써 명맥을 유지해 나간다.

서양에서는 민주적인 원칙들을 선포하고, 양심적이며 유능한 많은 홍보 전문가들이 최선을 다해 유권자들에게 충분한 정보를 제공하면서 그 정보에 입각하여 현실적인 선택을 하도록 합리적인 논쟁을 통해 그들을 설득한다. 이런 모든 노력은 좋은 결과를 창출하는데 크게 기여한다. 그러나 불행히도 서양의 민주 국가들, 특히 미국에서는 선전 활동이 두 얼굴을 한 이중인격의 양상을 보인다. 편집국의 책임자는 흔히 민주적인 제킬 박사의 모습을 해서—진리와 이성에 반응하는 인간 본성의 능력에 대한 존 듀이의 주장이 옳았다는 것을 매우 기꺼이 증명하려는 선전 전문가 노릇을 한다. 하지만 이 훌륭한 편집국장은 대량 소통 기구에서 겨우 한 부분만을 관장한다. 광고 업무의 책임자를 살펴보면, 비이성적이기 때문에 그가 비민주적인 하이드 씨가 되었다는 사실을 깨닫게 된다. 아니, 그보다는 하이드가 사회 과학 분야에서 석사 학위를 획득했을 뿐 아니라 심리학에서 박사 학위를 받았기 때문에 이제는 '하이드 박사'라고 해야 옳겠다. 만일 누구나 다 인간 본성에 대한 존 듀이의 신념에 걸맞게 행동하며 살아간다면 이 하이드 박사라는 사람은 정말로 아주 행복해질 것이다. 진실과 이성은 제킬이 알아서 따질 일이고, 하이드로서는 관심 밖의 일이다. 하이드는 여러 행동의 동기를 분석하는 사람으로서, 그가 할 일은 인간의 약점과 단점만을 연구하고, 사람들의 의식적인 사고와 겉으로 드러나는 행동의 방향을 결정하는 무의식적인 욕망과 두려움들을 알아내면 그만이다. 그리고 그가 이런 일을 하는 까닭은 사람들을 보다 훌륭하게 만들길 원하는 도덕주의자나 건강을 향상시키려는 의사의 정신에 따라서가 아니라, 그들의 무지함을 이용해 비합리적인 사고를 조종함으로써 그를 고용한 윗사람들의 금전적인 이익을 위해 최선의 착취 방법을 알아내려는 목적이 전부다. 하지만 누가 뭐라고 해도 "자본주의는 죽었고 소비주의 consumerism*가 왕"이라는 세상이고 보니—소비주의는 (비교적 음흉하고 교활한 수법들을 포함한) 모든 기술을 능숙하게 구사하는

* 건전한 경제의 기초로서 소비를 확장하자는 주장

노련한 판매원들을 필요로 하게 되었다. 자유 기업 체제에서는 수단과 방법을 가리지 않는 상업적인 선전 활동이 절대적인 필수 사항이다. 그러나 필수적이라고 해서 꼭 바람직한 요소는 아니다. 경제학의 영역에서 좋은 표본이라고 제시하는 것들은 유권자들이나 심지어 그냥 평범한 인간으로서의 남자들과 여자들에게는 전혀 좋지 않을 가능성도 존재한다. 보다 도덕적인 과거에 살았던 세대라면 동기를 분석하는 자들의 냉소적인 느긋함에 대하여 심각한 충격을 받았을지도 모른다. 오늘날 우리는 밴스 패커드Vance Packard•의 『숨어서 설득하는 사람들The Hidden Persuaders』 같은 저서를 읽으면 공포를 느끼기보다는 웃음이 나오고, 화를 내기는커녕 차라리 포기해버리고 만다. 프로이트를 전제로 하고, 행동주의Behaviorism••를 수용하고, 대량 생산자가 끊임없이 대량 소비를 절대적으로 필요로 한다는 주장을 받아들인다면, 우리는 당연히 그런 종류의 결과를 예상할 수밖에 없다. 하지만 미래에는 어떤 종류의 결과를 기대할 수 있는가라는 질문을 던져야 할지도 모른다. 장기적인 안목으로 볼 때 하이드의 활동들은 과연 제킬의 행태와 양립이 가능할 것인가? 합리성을 추구하는 사회 운동이 비합리성을 도모하려고 훨씬 더 활발하게 밀어붙이는 다른 운동의 발톱 앞에서 성공을 거둘 수 있을 것인가? 지금으로선 필자는 이런 질문들에 대답을 내놓으려고 시도하

• 미국의 언론인이며 사회비평가
•• 의식보다는 외현적으로 나타나는 행동을 심리적 탐구의 대상으로 삼는 학파

지는 않을 것이다. 비유적으로 말하자면, 기술이 발달한 민주 사회에서 대량 설득의 방법에 관해 우리가 토론할 주제의 배경으로 삼기 위해 일단 뒤에 걸어놓기로 하겠다.

민주 사회에서 상업적인 선전을 담당한 사람의 업무는, 독재자의 길을 가거나 이미 독재자로서의 위치를 굳힌 인물 밑에서 일하는 정치적인 선전책의 임무보다 어떤 면에서는 훨씬 쉽지만 또 어떤 면에서는 더 어렵다. 거의 모든 사람이 애초부터 맥주나 담배, 냉장고 따위의 소비 제품을 선호하는 편견에서 시작하는 반면에 거의 아무도 처음에는 폭군에게 호감을 보이는 편견으로 기우는 예가 드물다는 점에 있어서는 더 쉽다. 그러나 상업적인 선전 책임자는 그가 맡은 업무의 특이한 규칙을 따라야 하기 때문에 그가 상대하는 대중의 보다 야만적인 본능에 호소하는 방식은 용납되지 않는다는 점에서 더 어렵다. 낙농 제품을 광고하는 사람은 그가 작성한 내용을 보거나 청취하는 사람들에게, 사악한 마가린 생산자들이 국제적인 조직을 동원하여 추진해온 기계화로 그들이 겪는 온갖 어려움에 대해, 그리고 용감하게 박차고 나아가 경쟁자들의 공장에 불을 질러버려야 한다는 것이 그들의 애국적인 의무라는 점을 호소할 기회가 주어지기를 정말로 간절히 원할지도 모른다. 하지만 이런 종류의 행동은 실행할 수가 없으며, 보다 부드러운 접근 방법으로 만족해야만 한다. 그러나 온순한 접근 방법은 언어나 육체적인 폭력에 의거한 방법만큼 신이 나지 않는다. 긴 안목으로 본다면 분노와 증오는 패배를 자초하는 감정이다. 그러나 짧은 안목으로 볼 때는 그런 감정이 심리적인 형태 그리고 (많은 양의 아드레날린과 노르아드레날린을 분비하기 때문에) 심지어는 생리학적인 형태로 훨씬 큰 효과를 거둔다. 국민은 처음에는 폭군들에 반발하는 편견에서 출발하겠지만, 현재 또는 미래의 폭군이 적들의 사악한 면을 들춰 아드레날린을 발산하는 선전 책동으로 달구면, 특히 박해를 가해도 좋을 만큼 적이 나약할 경우에는, 그들은 당장 열광하며 독재자의 뒤를 따르게 된다. 연설에서 히틀러는 '증오', '힘', '무자비한', '짓밟다', '쳐부수다' 따위의 단어들을 반복하여 사용했고, 이런 격렬한 단어들과 더불어 훨씬 더 격렬한 동작들을 함께 구사했다. 그는 고함을 지르거나 악을 썼고, 핏줄이 부풀어 오르고, 얼굴이 파랗게 질리고는 했다. (모든 배우들과 연극인들이 잘 알고 있듯이) 극도로 강렬한 감정은 전염이 잘 된다. 악의에 가득 찬 웅변가의 발광 상태에 오염된 청중은 무제한의 거침없는 격정을 통해 황홀경에 빠져 신음을 하고 흐느껴 울고 비명을 지른다. 그리고 이런 황홀경은 어찌나 즐거운지 일단 경험한 사람들은 대부분 더 많은 흥분을 맛보기 위해 다시 돌아온다. 우리들 대부분은 평화와 자유를 갈구하지만, 그와 관련된 생각이나 감정, 행동에 대해서는 우리 가운데 극소수만이 크게 열광한다. 역으로 말하자면, 독재나 전쟁을 원하는 사람은 거의 없지만, 굉장히 많은 사람들이 전쟁이나 폭정과 관련된 생각, 감정, 행동으로부터 강렬한 쾌감을 경험한다. 이러한 생각이나 감정, 행동들은 상업적인 목적을 위해서 동원하기에는 지나치게 위험하다. 이런 장애를 극복하면서 광고인은 그보다 덜 도취하게 만드는 감정들 그리고 훨씬 조용한 형태의 비이성적인 수단을 구사해가면서 최선을 다해야 한다.

합리적인 선전은 제시된 상징들의 본질과 그것이 상징하는 사물이나 사건들의 연관성을 관련된 대상자 모두가 확실히 이해하는 경우에만 효과를 거두게 된다. 비이성적인 선전은 상징들의 본질에 대한 이해가 전반적으로 실패하는 경우에 오히려 효과를 거둔다. 머리가 단순한 사람들은 상징을 그것이 대변하는 대상과 똑같다고 착각하며, 동원된 어휘들이 서술하는 몇몇 특성들을 선전 담당자가 자신의 목적을 달성하기 위해 선택한 의미로 사물들과 사실들에 결부시키는 경향을 보인다. 한 가지 간단한 예를 살펴보자. 대부분의 화장품은 면양의 털에서 추출한 기름을 물과 섞어 유탁액 상태가 된 라놀린lanolin으로 만든다. 이 유탁액은 피부로 침투하기는 하지만, 고약한 냄새를 풍기지는 않고, 미약하게나마 살균 효과를 내는 따위의 여러 가지 중요한 특성이 있다. 그러나 상업적인 선전가들은 유탁액의 진짜 효력에 대한 얘기는 하지 않는다. 그들은 거기에다 어떤 그림 같고 육감적인 이름을 붙이고, 여성적인 아름다움에 대하여 황홀하고도 엉뚱한 미사여구를 늘어놓고, 피부에 영양제를 바르는 탐스러운 금발 미녀의 사진을 보여준다. 화장품 업계에 종사하는 어떤 사람이 쓴 글이다. "화장품 생산자들은 라놀린을 파는 것이 아니라, 희망을 판다." 이 희망을 위해서, 새로운 몸으로 다시 태어나리라고 암시하는 이런 거짓된 약속을 위해서, 여자들은 선전 담당자들이 착각을 일으키는 상징들을 이용해 거의 모든 여성들의 마음속 깊이 자리 잡은 보편적인 소망—이성에게 조금이라도 더 매력적으로 보이고 싶어 하는 소망과 너무나 교묘하게 결부시키며 제시된 약속을 위해 유탁액의 가치보다 10배나 20배의 돈을 낸다. 이런 종류의 선전은 지극히 단순한 원칙을 기초로 삼는다. 공통된 어떤 욕망, 또는 널리 퍼진 무의식적인 두려움이나 불안감을 찾아내고, 이런 소망이나 두려움을 팔아야 할 제품과 결부시키는 방법을 생각해낸다. 그런 다음에는 어휘나 사진으로 마련한 상징들의 다리를 놓아 고객으로 하여금 진실에서 보상을 받는 꿈으로, 그러고는 선전하는 제품을 구매하기만 하면 꿈이 실현되리라고 설득해서, 꿈에서 환각으로 건너가게 해준다. "우리는 오렌지를 사는 것이 아니라 활력을 산다. 우리는 그냥 자동차를 사는 것이 아니라 품위를 산다." 모두가 다 그런 식이다. 예를 들면, 우리는 치약에서 단순히 닦아내고 살균하는 물건을 구입하는 것이 아니라, 성적으로 역겨운 존재가 될지도 모른다는 두려움으로부터 해방된다는 착각을 구입한다.

보드카와 위스키에서도, 조금씩만 마시면 심리적인 도움을 주는 방법으로 신경 체계를 억압하는 원형질독原形質毒, protoplasmic poison을 사는 것이 아니라, 다정함과 좋은 우정, 딩글리 골짜기

Dingley Dell[•]의 즐거운 분위기와 인어 주점the Mermaid Tavern[••]의 재기발랄함을 구입하는 셈이다. 대변이 잘 나오게 하는 하제를 살 때면 우리는 그리스의 신으로부터 건강을, 그리고 디아나Diana[•••]를 모시는 어느 요정의 찬란함을 구입하는 셈이다. 이달의 인기 소설을 구입하면 우리는 교양을 갖추어서, 문학적 소양이 낮은 우리 이웃에게는 선망의 대상이 되고, 지적인 집단으로부터는 존경을 받는다. 어떤 경우에도 동기 유발 분석가는 깊이 숨겨진 소망이나 두려움을 찾아내어, 그 힘을 빌려 고객에게 돈을 기꺼이 내놓고, 그리하여 산업의 바퀴가 돌아가도록 간접적으로 기여하게끔 유도해왔다. 무수한 개인들의 몸과 마음속에 담긴 이 잠재적 동력이 밖으로 분출하여 합리성을 벗어나고 참된 쟁점을 모호하게 흐려놓도록 치밀하게 배열한 상징들의 줄을 따라서 옮겨간다.

상징들은 때로는 어울리지 않을 정도로 균형이 맞지 않는 인상을 줌으로써 나름대로 사람을 홀리는 매혹의 효과를 거두기도 한다. 이런 종류의 상징으로는 종교의 화려한 허식이 있다. '거룩함의 아름다움'은 이미 존재하는 신앙을 강화하는 효과를 내고, 믿음이 없는 경우라도 개종을 시키는 데 도움이 된다. 미학적인 면에서만 호소력을 지닌 이런 상징들은 그것과 연관 지어 다분히 독단적으로 종교

• 찰스 디킨스Charles Dickens의 소설 『픽윅 클럽의 유문록The Pickwick Papers』 제5장에서 픽윅 일행이 놀러가는 곳

•• 벤 존슨Ben Jonson, 윌리엄 셰익스피어 같은 문인들이 드나들었다는 중세 런던의 유명한 술집

••• 그리스 신화의 아르테미스와 같은 달의 여신

인들이 제시하는 교리의 윤리적인 가치관이나 진실성을 보장하지는 않는다. 역사적으로 분명히 밝혀진 바이지만, 거룩한 아름다움을 위한 상징들은 흔히 거룩하지 않은 아름다움과 대등하거나 사실상 그에 못 미치는 경우가 많다. 예를 들면, 히틀러의 통치하에서 해마다 열렸던 뉘른베르크 집회들은 무대 예술과 예식으로 치자면 분명히 진정한 걸작품이었다. "나는 전쟁이 발발하기 전, 옛 러시아 발레의 전성기에 상트페테르부르크Sankt Peterburg•에서 6년을 보냈다." 히틀러 시대의 독일 주재 영국 대사였던 네빌 헨더슨 경Sir Nevile Henderson은 이런 글을 썼다. "하지만 웅장한 아름다움으로 치자면 나는 뉘른베르크 집회와 비교가 될 만한 발레를 한 번도 본 적이 없다." 키츠John Keats의 시가 생각나는 대목이다—"아름다움은 진리요, 진리는 아름다움이더라." 안타깝게도 그런 동일성은 인간 세상을 벗어난 어떤 궁극적이고 영적인 차원에서만 존재한다. 정치와 신학의 차원에서는 폭군의 전제 정치나 터무니없는 말장난과 아름다움이 완벽하게 조화를 이룬다. 이것은 대단히 다행한 일이어서, 폭정과 황당함이 아름다움과 조화를 이루지 못했더라면 세상에는 고귀한 예술이 거의 존재하지 못할 것이기 때문이다. 그림, 조각, 건축의 걸작품들은 정치적 혹은 종교적인 선전을 위해, 신이나 통치자나 성직자의 보다 위대한 영광을 위해 제작되었다. 하지만 대부분의 왕

• 러시아에서 모스크바의 볼쇼이 극장과 쌍벽을 이루는 발레의 전당 마린스키Mariinskii 극장이 이 도시에 있음

들과 성직자들은 독재적이고, 모든 종교는 미신과 뒤죽박죽이 되었다. 천재성은 폭군의 종노릇을 했고 미술은 지역 신앙의 장점들을 광고했다. 세월이 흘러감에 따라 좋은 예술과 나쁜 형이상학이 분리되었다. 이런 식별 능력을 우리는 상황이 다 끝난 다음에가 아니라 실제로 진행되는 동안에 터득하고 실천할 수는 없을까? 그것이 문제다.

상업적인 선전의 분야에서는 불균형이 매혹적인 상징을 창출한다는 원칙을 사람들이 확실하게 이해한다. 모든 선전 전문가는 미술을 담당하는 부서를 갖추고, 혀를 내두를 만큼 멋진 포스터로 간판을, 그리고 생동하는 그림과 사진으로 잡지의 광고란을 아름답게 장식하려는 시도를 끊임없이 벌인다. 걸작은 제한된 대상에게는 호소력을 발휘하지만, 상업 선전가들은 다수를 노리기 때문에, 그들의 작품에서 걸작이란 존재하지 않는다. 상업 선전가들이 추구하는 이상적인 선전 수단은 최고가 아니라 적절한 정도의 뛰어남이다. 충분히 인상적이기는 하지만 별로 훌륭하지 않은 이런 미술을 좋아하는 사람들은 그런 예술과 한통속이어서, 그것이 상징적으로 대변하는 제품들을 당연히 좋아할 것이다.

일그러진 형태의 매혹을 추구하는 또 다른 상징은 상품을 광고하는 노래다. 광고 노래는 최근의 발명품이지만, 신성神性을 섬기는 노래와 경건한 믿음의 노래, 즉 찬송가와 성가는 종교 자체만큼이나 역사가 깊다. 군가와 행진곡은 전쟁의 역사와 나이가 비슷하고, 애국적인 노래들은 우리 시대 국가國歌들의 원조로서, 필시 구석기 시대의 사냥꾼과 식량 채집자로 이루어진 떠돌이 무리 사이에서는 집단의 유대를 강화하고 '아군'과 '적군'의 차이를 노골적으로 강조하는 수단으로 동원되었을 것이다. 음악은 본질적으로 대부분의 사람들을 매혹시키는 힘을 발휘한다. 나아가서 음악적인 선율은 듣는 사람의 마음속으로 파고들어 동화하는 경향이 있다. 한 토막의 가락은 어떤 사람의 한평생 동안 기억 속에서 줄기차게 거듭해 되살아난다. 예를 들자면, 별로 흥미가 없는 어떤 발언이나 가치 판단이 하나 있다고 가정하자. 지금 그대로의 형태로라면 사람들은 아무도 거기에 관심을 보이지 않을 것이다. 하지만 그 말에다 기억하기 쉽고 따라하기 좋은 곡을 하나 붙여보자. 그러면 그 어휘들은 당장 강력한 힘을 얻는다. 뿐만 아니라 그 말은 문제의 곡이 들려올 때마다 자동적으로 머릿속에서 반복되거나 즉석에서 기억에 각인된다. 오르페우스Orpheus*가 파블로프Ivan Petrovich Pavlov**와 동맹을 맺게 되고—소리의 힘은 조건반사와 힘을 합친다. 상업 선전가들에게는, 정치와 종교 분야의 동지들에게나 마찬가지로 음악이 또 다른 이점을 제공한다. 합리적인 인간이라면 글로 써놓거나, 말하거나, 들을 때 부끄러운 그런 말장난을 노래로 만들어놓으면 바로 그 똑같은 사람들

* 그리스 신화에 나오는 신으로 하프의 명수임
** 제정 러시아의 생리학자1849~1936. 개를 대상으로 소화샘 생리학을 연구하다가 조건반사 현상을 발견함

이 그것을 즐겨 부르거나 듣고, 심지어는 그 내용에 대하여 일종의 지적인 확신까지 갖게 된다. 인간은 과연 노래의 선전을 믿고 싶어 하는 너무나 인간적인 모든 성향으로부터 벗어나, 진정으로 노래를 부르고 듣는 순수한 즐거움을 식별해낼 능력을 언젠가는 갖추게 될 것인가? 그것 또한 문제다.

의무 교육과 윤전기 덕택에 선전 전문가는 과거 오랫동안 그가 하고 싶은 말을 모든 문화 국민의 사실상 거의 모든 성인에게 전달할 기회를 얻었다. 오늘날에는 라디오와 텔레비전 덕택에 선전가는 교육을 받지 못한 성인들과 아직 글을 깨우치지 못한 아이들에게까지도 하고 싶은 말을 전파할 수 있는 행복한 위치에 이르렀다.

쉽게 상상이 가겠지만 아이들은 선전에 상당히 취약하다. 그들은 세상이 돌아가는 이치에 무지하고, 그래서 전혀 의심을 할 줄 모른다. 그들의 비판 기능은 아직 개발되지 않았다. 가장 나이가 어린 계층은 아직 이성이 발달하는 시기에 이르지 못했고 조금 나이가 많은 아이들이라고 해도 갓 깨우친 합리성을 효과적으로 발휘할 경험이 부족하다. 유럽에서는 징집병들을 농담 삼아서 '총알받이cannon fodder'*라고 부르고는 했다. 그들의 어린 동생들은 아직 라디오나 텔레비전의 밥이 되지는 않았다. 필자가 어렸을 때는 아이들이 동요를 배워서 불렀고, 신앙이 독실한 집안에서는 찬송가를 불렀다. 오

* 영어 표현의 본디 의미는 '대포의 밥'이라는 뜻임

늘날에는 어린아이들이 광고 노래를 부른다. "라인골드는 나의 맥주, 톡 쏘는 맥주"와 "나리나리 개나리" 또는 "아기아기 잘도 잔다"와 "펩소덴트를 칫솔에 발라 닦았더니 누런빛은 어디로 갔나요?"—아이들이 어느 노래를 불러야 좋겠는가? 알 길이 없다.

"텔레비전에서 광고하는 제품을 보고 아이들이 부모에게 그것을 사달라고 괴롭히도록 부추겨야 한다는 뜻은 아니지만, 그럼에도 불구하고 바로 그런 일이 날마다 벌어지고 있다는 사실을 못 본 체할 수도 없는 노릇이다." 여러 청소년 프로그램 중 하나에 출연하는 인기 연예인이 쓴 글이다. 그는 이런 설명을 덧붙였다. "우리들이 날마다 하는 얘기를 그대로 따라서 말하는 아이들은 살아 있는 음반이나 마찬가지다." 그리고 텔레비전 광고 내용을 따라 말하던 살아 있는 음반들은, 때가 되면 어른으로 성장하고, 돈을 벌어 산업체들이 생산한 제품들을 구입한다. 클라이드 밀러Clyde Miller라는 사람이 써놓은 열광적인 글이다. "생각해보라. 만일 100만 명이나 1,000만 명의 아이들을 길들여서, '돌격, 앞으로'라는 구호를 듣기만 하면 반사적으로 전진하게끔 훈련받은 병사들처럼, 당신네 제품들을 구입하도록 훈련을 받은 어른으로 성장하게 한다면, 그대의 회사가 거두어들일 이윤이 과연 얼마가 될지 생각해보라!" 그렇다, 그런 상황을 그냥 상상만 해보라! 또한 현재와 미래의 독재자들이 오랫동안 이런 식의 생각을 해왔었다는 사실을, 그리고 수백만 명, 수천만 명, 수억 명의 아이들이 지역 독재자의 이념적인 제품을 구매하도록 잘 훈련

받은 병사들처럼, 통치자의 선전책들이 이들의 마음에 심어놓았던 구호에 즉각 반응하는 어른으로 성장하는 과정을 거치는 중이라는 사실을 잊어서는 안 된다.

자치自治는 숫자에 역비례한다. 선거구가 커지면 커질수록 모든 개별 투표자의 가치는 그만큼 적어진다. 수백만 명 가운데 한 명일 때, 개별적인 투표인은 자신이 무기력한 존재여서 양적으로 무시를 당해 마땅한 사람이라고 느낀다. 그가 투표하여 당선시킨 후보자는 까마득히 먼 곳에, 권력의 피라미드에서 꼭대기에 위치한다. 이론적으로는 공직자들이 국민의 종복이지만, 사실은 종복들이 명령을 내리고, 거대한 피라미드의 맨 밑바닥에 위치한 시민들은 그들의 명령에 복종해야 한다. 늘어나는 인구와 발전하는 기술의 결과로 조직의 숫자와 복잡한 구조가 심화됐고, 관리들의 손아귀에 집중된 권력의 크기가 증가하면서 그와 역비례하여 투표자들이 행사하던 통제력이 축소되었으며, 민주적인 절차에 대한 국민의 신뢰도가 덩달아 감소했다. 현대 세계에서 작동하는 막강한 비인간적 세력들에 의해 이미 약화된 민주적인 기구들은 이제 정치가와 선전가들에게 내부로부터 침식을 당하는 중이다.

인간은 대단히 다양한 면에서 비합리적으로 행동하지만, 정당한 기회가 주어지기만 한다면 그들은 누구나 다 확보 가능한 증거에 입각하여 이성적인 선택을 하는 능력을 갖추고 있다. 민주적인 기구들은 모든 관계자들이 지식을 전해주며 합리성을 도모하려고 최선을 기울이는 경우에만 제대로 기능을 발휘하게 된다. 그러나 오늘날 세계에서 가장 강력한 민주 국가에서는 정치가들과 그들이 거느린 선전가들이 거의 일방적으로 선거권자들의 무지와 비합리성에만 호소함으로써 민주적인 절차들을 망쳐버리기를 서슴지 않는다. 1956년, 어느 주요 경제 신문의 편집자는 이런 얘기를 했다. "두 정당 모두 그들의 입후보자와 정견들을 기업이 제품을 판매하려고 개발한 것과 똑같은 방법으로 판촉할 예정이다. 여기에는 계획적으로 반복한 청원 내용을 과학적으로 선정하는 방법이 포함된다. (중략) 짧은 라디오 삽입 광고와 발표문을 통해 미리 집약한 기획 문구들이 반복될 것이다. 광고판을 이용해서 효과가 증명된 구호들을 소개한다. (중략) 후보자들은 성량이 풍부한 목소리와 멋진 어휘의 구사력뿐 아니라, 텔레비전 화면에서 '진솔한' 표정을 보여줄 능력도 필요하다."

정치적인 판촉 전문가들은 유권자들의 잠재적인 힘은 전혀 고려하지 않고, 그들의 약점만을 노린다. 그들은 서민 대중에게 스스로 통치할 자치력을 갖추도록 교육할 시도를 전혀 하지 않고, 그들을 조종하거나 착취하는 것만으로 만족한다. 그들은 이런 목적을 달성하기 위해 심리학과 사회과학의 모든 수단과 기법을 총동원하여 작업을 개시한다. 치밀하게 선정한 선거구의 표본들을 찾아다니며 '심층 면담'이 이루어진다. 이 심층 면담을 통해 어느 특정한 사회에서 선거 시기에 가장 널리 퍼져 있는 무의식적인 두려움과 희망 사항을 찾아낸다. 적어도 상징적으로나마 이런 소망들을 만족시키고, 두려움을 완화시키거나 필요하다면 더욱 자극하도록 다듬은 명문과 영상 자료를 제작한 다음, 전문가의 손을 거쳐 선정한 광고물을 독자와 시청자를 대상으로 실험해 효과를 측정하고, 그렇게 해서 습득한 정보를 참조하여 다시 고치거나 보완한다. 그러면 정치적인 유세는 대량 소통의 매체들로 넘어갈 준비가 끝난다. 이제 필요한 것은 '진솔한' 표정을 보여주도록 연기 지도를 잘 받을 입후보자와 자금이 전부다. 새로운 관리 체제가 등장함에 따라 구체적인 행동이 뒤따라야 할 정치적인 원칙과 정책은 과거에 지녔던 중요성을 거의 다 상실하고 말았다. 광고 전문가들이 만들어낸 후보자의 개성과 인물상만이 문제가 된다.

활력이 넘치는 남성적인 인물이거나 자상한 아버지로서, 후보자는 어떤 방면에서든 매력이 넘쳐야 한다. 또한 청중이 절대로 따분해하지 않도록 연예인 노릇도 잘해야 한다. 텔레비전과 라디오에 익숙해진 청중은 어디에나 한눈을 파는 습성이 강하고, 정신을 집중해야 한다거나 장시간에 걸쳐 지적인 활동을 계속해야 하는 부담을 좋아하지 않는다. 따라서 연예인 후보자들의 연설은 하나같이 짧고 명쾌해야 한다. 당장 국민이 당면한 문제들은 아무리 길어도 5분 안에 설명을 끝내야 하고—(물가 폭등이나 수소 폭탄보다는 훨씬 유쾌한 얘기로 어서 화제를 바꿔줬으면 하는 청중에게서 호감을 사기 위해서는) 이왕이면 60초를 넘기지 않는 편이 좋다. 웅변술의 본질을 살펴보면, 정치가와 성직자들에게서는 복잡한 문제들을 지나치게 단순화하는 경향이 나타난다. 성단이나 연단에 올라서면 가장 양심적인 얘기를 하려는 사람들까지도 모든 진실을 말하기가 아주 어렵다고 느낀다. 정치적인 후보자를 마치 악취 제거제처럼 판촉하는데 최근에 사용되는 방법들은 선거구민들에게 어떤 문제에 대해서라도 진실이 무엇인지 전혀 듣지 못하도록 적극적으로 보장한다.

7

세뇌

제5장과 제6장에서 필자는 인류 역사상 가장 뛰어난 선동 정치가와 가장 성공적인 판매원들이 구사해온 '대대적인 심리 조종술'이라고 불러도 될 만한 기술에 관해서 서술했다. 그러나 어떤 인간적인 문제도 대대적인 방법들만 가지고는 해결이 되지 않는다. 엽총이 효과적일 때가 있는가 하면, 피하 주사기가 필요한 경우도 있다. 이제부터 필자는 대규모 군중이나 공공 집단 전체가 아니라, 개별적인 인간들을 조종하는 데 보다 효과적인 몇 가지 기술에 관해서 서술하겠다.

이반 파블로프는 조건반사에 관해 그가 수행한 획기적인 실험 과정에서 육체적이거나 심적인 시련에 장기간 처하게 되면 실험실의 동물들이 신경 쇠약의 온갖 증상을 드러낸다는 사실을 알아냈다. 견딜 수 없는 상황에 더 이상 대처하기를 거부하면서 그들의 두뇌는 말하자면 일종의 파업에 돌입한다. (개의 경우에는 의식을 잃는 방식으로) 전혀 일을 하지 않거나, 아니면 (개가 비현실적인 행동을 취한다거나, 인간으로 치자면 발작이라고 일컫는 그런 유형의 신체적인 징후들을 나타내는 형태로) 태업이나 파괴 행위로 전향한다. 동물들은 개체와 종류에 따라 시련에 저항하는 정도가 서로 다르다. 파블로프가 '강한 흥분성excitatory'이라고 정의한 체질을 보유한 개들은 (신경질적이거나 흥분해서 동요하는 성질과 상반되는) 단순히 '활달한' 성격의 개들보다 훨씬 더 빨리 무너진다. 비슷한 현상이지만 '억제성inhibitory이 약한' 개들은 '쉽게 동요하지 않고 차분한' 개들보다 훨씬 더 빨리 인내의 한계에 다다른다. 그러나 가장 참을성이 강한 개라고 해도 무한정 저항하기는 불가능하다. 아무리 잘 참는 개일지언정 충분히 강도가 심하거나 오래 지속되는 시련에 처하면 결국은 가장 나약한 동족과 마찬가지로 비참하게 그리고 철저히 무너지고 만다.

파블로프가 발견한 사항들은 가장 처참한 방법으로, 그리고 아주 큰 규모로, 두 차례의 세계대전을 통해서 확인되었다. 단 한 번의 끔찍한 경험의 결과로, 또는 덜 경악스럽지만 자주 연속적으로 반복되는 공포의 결과로, 병사들은 정신적·물리적으로 무력해지는 다양한 징후들을 나타냈다.

일시적인 무의식 상태, 극도의 흥분감, 무기력증, 기능적 시력 상실이나 마비 증세, 눈앞에 닥친 사건들에 대한 완전히 비현실적인 대응, 평생 유지해온 행동 양식들을 뒤엎는 이상한 반전—파블로프가 실험한 개들에서 확인했던 모든 증상들이 제1차 세계대전의 희생자들에게서 '포탄 충격shell shock'으로, 그리고 제2차 세계대전에서는 '전투 피로증battle fatigue'[•]의 형태로 다시 나타났다. 모든 인간은, 모든 개나 마찬가지로, 인내의 한계가 저마다 개별적으로 다르다. 대부분의 남자들은 현대적인 전투 상황에서라면 조금 정도가 다를지라도 지속적으로 이어지는 긴장에 대해 30일가량 견뎌낸 후에는 한계에 이른다. 평균치 남자들보다 나약한 경우에는 겨우 15일밖에 버티지 못한다. 평균치 남자들보다 강인한 경우에는 45일이나 심지어는 50일까지도 견뎌낸다. 하지만 강하든 약하든 시간이 길어지면 그들은 모두 무너진다. 그러니까 처음에는 정신력이 강한 상태였던 남자들의 경우에는 모두가 그렇다는 뜻이다. 왜냐하면, 참으로 역설적인 얘기지만, 현대 전쟁의 긴장 상태를 무한정으로 버틸 수 있는 사람들은 정신병자들뿐이기 때문이다. 정신 이상인 개인의 상태는 집단적 정신 이상의 결과들로부터 아무런 영향을 받지 않는다.

각 개인에게는 무너지는 한계점이 저마다 따로 있다는 잘 알려진 사실을 까마득한 옛날부터 사람들이 비과학적이고 세련되지 못한 방법으로 활용해왔다. 어떤 경우에는 무서우면서도 매혹적이라는 특성 자체 때문에 잔인성을 좋아하는 성향으로 인해 인간이 인간에게 끔찍하고 비인간적인 짓을 자행하기도 했다. 하지만 훨씬 더 많은 경우에 순전히 병적인 잔혹성이 국가의 공리주의나 신학이나 논리에 의해서 변질되었다. 말을 안 듣는 증인의 입을 열게 하기 위해

• 베트남전 이후에는 이 용어가 다시 PTSD, 즉 외상 후 스트레스 장애Post-Traumatic Stress Disorder라는 복잡한 명칭으로 바뀌었음

서 법률가가, 그리고 이단자를 처벌하거나 그들의 견해를 바꿔놓기 위해서 성직자가, 정부를 적대시한다고 의심이 가는 자들로부터 자백을 받아내기 위해서 비밀경찰이 육체적인 고문과 다른 여러 형태의 압박을 가했다. 히틀러 치하에서는 고문과 더불어 대규모적인 몰살 행위가 유대인이라는 생물학적인 이단자들에게 실시되었다. 젊은 나치 당원에게는 집단 학살 수용소에서의 근무가 (히틀러의 말을 빌리면) "열등한 자들과 인간 이하의 족속들을 이해하기 위한 최고의 교육"이었다. 빈의 빈민가에서 히틀러가 젊은 시절에 물들었던 집요한 반유대주의 사상의 특성을 고려한다면, 이교도와 마녀를 대상으로 교황청의 이단자 심문소가 실행했던 방법의 부활은 필연적이었다. 그러나 파블로프가 확인한 발견과 전쟁 신경병의 치료를 통해서 정신과 의사들이 습득한 지식에 입각해보자면, 그것은 흉악하고도 괴이한 시대착오적 행태다. 두뇌 활동을 완전히 무너트리기에 충분할 정도의 압박은 비록 역겨울 정도로 비인간적이기는 하지만 육체적인 고문의 차원까지는 이르지 않는 여러 다른 방법에 의해서 성취가 가능하다.

그보다 전에는 모르겠지만, 오늘날의 공산주의 국가에서는 경찰이 고문을 광범위하게 실시하지는 않았으리라는 사실이 분명해 보인다. 그들이 본받은 대상은 종교 재판관Inquisitor[•]이나 나치의 SS 대

• 악명이 높았던 에스파냐의 종교 재판관을 뜻함

원이 아니라, 생리학자와 그가 철저하게 조건반사를 시킨 실험실 동물들이었다. 독재자와 그가 거느린 경찰 병력에게는 파블로프가 밝혀낸 현상들이 중요하고 실질적인 지침이 되었다. 개의 중추신경계를 무너트릴 수가 있다면, 정치범의 중추신경계 또한 무너트리기가 어렵지 않다. 그것은 적절한 시간 동안 적절한 양의 압박을 가하기만 하면 된다는 단순한 문제다. 처치가 끝날 무렵에는 정치범이 신경증이나 발작의 상태에 이르고, 체포한 자들이 원하는 내용 그대로 기꺼이 자백할 준비가 된다.

그러나 자백만으로는 충분하지가 않다. 희망이 없는 신경증 환자는 더 이상 쓸모가 없어진다. 이지적이고 실리적인 독재자가 필요로 하는 사람은 수용소로 보낼 환자나 총살에 처할 희생자가 아니라, 어떤 대의명분을 위해서 일할 변절자다. 다시 파블로프 연구 결과를 참조해보자. 그는 끝내 무너지는 시점을 향해 가는 과정에서 개들이 정상적인 수준을 넘어 극도로 암시에 걸리기 쉬운 반응 단계까지 이른다는 사실을 알아냈다. 그러면 개의 두뇌가 참아내는 한계점에 이르거나 그에 가까워진 순간에 새로운 행동 양식을 쉽게 이입시킬 수가 있으며, 이렇게 대체된 행동 양식은 근절하기가 불가능하다. 새로 심어놓은 행동 양식을 동물들에게서 해제할 수 없기 때문에, 압박을 받아가며 배운 습성은 그 동물의 구성체에서 필수적인 한 부분이 된다.

심리적인 억압은 여러 가지 방법으로 조성된다. 개들이 불안감을 느끼는 조건은 자극이 비정상적으로 강하거나, 자극을 받고 나서 일반적으로 반응하는 시간적인 간격이 과도하게 연장되거나 동물이 긴장 상태에 방치되는 경우, 그리고 개가 예상하도록 길이 든 조건에 어긋나는 수준의 자극으로 두뇌가 혼란에 빠지거나, 희생자가 연상하는 기존의 외연外延 체계에서 자극이 아무런 의미를 전달하지 못하는 경우다. 만일 충분히 오랜 기간 동안 감정을 고도의 긴장감 속에 가둬둔다면, 두뇌는 '파업'을 일으킨다. 그렇게 되면 새로운 행동 양식을 이입하는 일이 지극히 간단하게 이루어진다.

개의 암시 반응을 증가시키는 신체적인 압박감들 중에는 피로감과 상처 그리고 모든 형태의 질병이 포함된다.

독재자가 되려는 자에게 이런 연구 결과들은 중요하고도 실질적인 의미를 갖게 된다. 그런 발견들은, 예를 들면, 야간에 거행하는 대규모 집회가 대낮에 열리는 대규모 집회보다 훨씬 효과적이라는 히틀러의 생각이 상당히 정확했음을 증명한다. 그가 쓴 글에 의하면, "낮에는 다른 사람의 견해와 의지에 따라서 이루어지는 어떤 시도에 대해서도 인간의 의지력이 가장 활발하게 반발한다. 하지만 저녁에는 자신보다 강한 의지가 지배하는 힘에 훨씬 쉽게 순응한다."

피로감이 암시 반응을 증가시킨다는 그의 주장에 파블로프는 동의했을 것이다. (다른 이유도 많겠지만, 그렇기 때문에 텔레비전 프로그램에 광고를 내는 기업인들은 저녁 시간을 더 좋아하고, 그들의 선호도를 지키기 위해 기꺼이 돈을 더 내려고 한다.)

암시 반응을 강화하는 데는 질병이 피로감보다 훨씬 더 효과적이다. 과거에는 수많은 병실이 종교적인 전도 행위가 벌어지는 장소로 이용되었다. 과학적인 지식을 갖춘 미래의 독재자는 그가 지배하는 지역의 모든 병원에 음향 장비를 설치하고 베개에 송신기를 장착해 놓을 것이다. 녹음된 설득이 하루 24시간 전파를 탈 것이며, 과거에 성직자와 간호사와 신앙이 독실한 신자들이 환자를 찾아다녔듯이, 정치적인 영혼을 구원하고 사고방식을 바꿔놓는 기술자들이 상대적으로 중요한 환자들을 방문할 것이다.

강력한 부정적 정서들이 암시 반응을 높이는 경향이 확실하며 마음의 변화를 촉진시킨다는 사실은 파블로프보다 훨씬 이전부터 알려졌고 응용되어왔다. 윌리엄 사잔트William Walters Sargant* 박사는 그의 계몽적인 저서 『마음을 빼앗는 전투Battle for the Mind』에서 존 웨슬리John Wesley**가 전도사로서 엄청난 성공을 한 것은 중추신경계에 대한 그의 직관적인 이해로부터 거둔 결과라고 지적했다. 웨슬리는 얘기를 듣는 사람들이 만일 개종을 하지 않으면 영원히 받을 고통에 대한 길고도 자세한 묘사로 설교를 시작하고는 했다. 그러고는 공포감과 죄의식의 고뇌가 듣는 사람들의 두뇌를 완전히 망가트릴 지경에 이르거나, 때로는 그런 수준을 넘어선 후에, 그는 어조를 바꾸어 신앙심을 가지고 회개하는 사람들에게 약속해줄 구원이 무

---

* 세뇌를 통한 전도 방법을 열성적으로 개발한 영국의 정신과 의사
** 18세기 영국의 종교 개혁가

엇인지를 설명했다. 이런 식의 설교에 의존하여 웨슬리는 남녀노소 수천 명을 개종시켰다. 오랜 시간에 걸친 강렬한 두려움은 멀쩡하던 사람들을 무너트렸고, 굉장히 강력한 암시 반응의 상태를 마련했다. 이런 여건에서 그들은 아무런 저항 없이 설교자의 종교적인 주장들을 받아들일 준비가 된다. 그런 다음에 사람들에게 위로의 말로 정신적 안정을 회복시키고는, 시련에서 벗어난 그들의 마음과 신경계에 전체적으로 훨씬 더 좋다고 여겨지는 새로운 행동 양식을 뿌리 깊이 심어놓았다.

정치적·종교적 선전의 효력은 가르치는 교조가 아니라 선전하는 사람이 사용하는 방법에 따라서 좌우된다. 이런 교조는 진실이거나 거짓일지도 모르고, 건전하거나 치명적일지도 모르지만—그런 문제들은 거의 또는 전혀 상관할 바가 아니다. 만일 교조가 신경이 기진맥진한 상태의 적절한 무대에서 올바른 방법으로 전해진다면, 그것은 성공이 보장된다. 우호적인 조건에서라면 사실상 누구에게나 다 어떤 교조라도 전도가 가능하다.

우리는 공산국 경찰이 정치범을 다루는 갖가지 방법을 자세하게 서술한 자료를 가지고 있다. 체포되는 그 순간부터 희생자에게는 여러 가지 신체적·심리적인 압박이 체계적으로 가해진다. 그는 제대로 식사를 하지 못하고, 극도로 불편한 환경에서, 밤마다 몇 시간밖에는 잘 수가 없다. 그리고 끊임없이 긴장과 불확실성과 심한 불안감에 시달린다. 날이면 날마다—이들 파블로프식 조사관들은 암시 반응을 강화하는 데 있어서 피로감의 가치를 잘 알고 있다. 때문에 보다 정확하게 표현하자면 밤이면 밤마다—흔히 몇 시간씩 쉬지 않고 피해자는 조사관들로부터 그를 혼란에 빠트리거나, 당황하고 겁을 먹게 만드는 가장 효율적인 방법으로 심문을 당한다. 그런 취급을 몇 주일이나 몇 달에 걸쳐 당하고 나면, 그의 두뇌는 파업을 시작하고 그를 체포한 자들이 원하는 어떤 자백이라도 하게 된다. 그런 다음에는, 총살을 시키기보다 변절자로 만들어야 하는 경우라면, 그에게는 희망이라는 위안이 제공된다. 만일 참된 믿음을 받아들이기만 한다면 피해자는 구원을 받게 될지도 모르는데, (공식적으로는 내세라는 것이 존재하지 않기 때문에) 그가 받을 구원은 내세가 아니라 현세에서 이루어진다.

비슷하기는 하지만 좀 덜 극렬한 방법이 한국전쟁 때 전쟁 포로들을 상대로 이루어졌다. 중국의 여러 수용소에서는 젊은 유럽 포로들에게 조직적으로 압박이 가해졌다. 지극히 사소한 규칙을 어겼다는 이유로 위반자들은 소장의 사무실로 끌려가서 심문을 당하고, 위협을 받고, 공개적으로 모욕을 당했다. 그리고 똑같은 과정이 시도 때도 없이 낮이든 밤이든 거듭되고는 했다. 이렇게 계속되는 시달림은 피해자들의 마음속에 당혹감과 만성적인 불안감을 불러일으켰다. 그들의 죄의식을 심화시키기 위해서 포로들에게는 점점 더 길고 자세하게 개인적인 내용을 보태가며 자신의 단점에 관한 장문의 고백적인 회고록을 작성하고 또 작성하도록 강요한다. 그리고 스스로 죄를 자백하고 난 다음에는 동료들의 잘못을 털어놓도록 요구한다. 이런 절차의 목적은 수용소 내에서 모든 사람이 서로 염탐질을 하고 밀고하는 악몽 같은 집단 분위기를 조성하기 위해서다. 이런 정신적인 압박감에다 영양실조와 불편함, 질병 따위의 육체적인 시련까지 가중된다. 중국군은 그렇게 해서 촉진되는 암시 반응의 증가를 미끼로 삼아, 비정상적으로 수세에 몰린 정신력을 압박하여 포로들에게 공산주의를 지지하고 자본주의에 반대하는 대량의 선전물을 공급해가면서 교묘하게 활용했다. 이러한 파블로프 기술은 놀랄 만큼 성공적이었다. 미국인 포로 일곱 명 가운데 한 명은 심각할 정도로 중국군에 적극적인 협조를 했고, 세 명 가운데 한 명은 법률적으로 협조에 해당하는 행위를 저질렀다고 공식 발표됐다.

이런 식의 조치를 공산주의자들이 오직 적들에게만 적용했으리라고 생각해서는 안 된다. 새로운 정권이 수립되고 처음 몇 년 동안 공산주의 전도사 역할을 맡아 중국의 수많은 도시와 농촌에서 조직책으로 활동했던 젊은 당원들은 어떤 전쟁 포로보다도 훨씬 더 심한 사상 교육을 강제로 받아야 했다. R. L. 워커Richard L. Walker는 그의 저서 『공산 치하의 중국China Under Communism』에서 당 지도자들이 평범한 수천 명의 남녀를 공산주의 복음을 전파하고 정책들을 밀어붙이기에 알맞도록 자아의식이 없는 광신자로 개조했던 방법들을 서술했다. 이 훈련 체제에서 인간 원자재들은 특별한 여러 수용소로 실려가, 가족, 친구, 바깥세상 전체로부터 완전히 격리된 환경에서 수련을 거친다. 그들은 수용소에서 기진맥진할 때까지 육체적·정신적 노동을 강제로 수행하는데, 잠시도 혼자 지낼 수가 없고 항상 집단으로 행동한다. 서로를 감시하고 염탐하도록 지시를 받고, 자아를 비판하는 자술서를 써야 하며, 스스로 고백했거나 밀고자들이 그들에 대해서 일러바친 고발로 언제 자신에게 닥칠지 모르는 끔찍스러운 운명에 대한 만성적인 두려움 속에서 살아간다. 이렇게 높아진 암시 반응의 상태에서 그들은 마르크스 사상의 이론과 응용에 관해 집중적인 강의를 철저히 받는데, 이 강의에서 시험에 통과하지 못하면 굴욕적인 퇴소 조치부터 강제 노동 수용소에서의 복역이나 심지어는 처형까지 각오해야 한다. 이런 식으로 6개월가량의 훈련을 마치고 나면, 장기간에 걸친 정신적·육체적 압박감 때문에 파블로프의 연구대로 누구나 예상할 만한 결과가 나타난다. 한 사람씩 차례로, 또는 여러 집단이 전체적으로, 훈련생들은 무너져 내린다. 신경증적이거나 발작적인 증상들이 겉으로 나타난다. 일부 희생자들은 자살하고, (전체의 20퍼센트에 달한다고 알려진) 다른 훈련생들은 심각한 정신병에 걸린다. 혹독한 전환 과정을 이겨낸 사람들은 뿌리를 제거하기가 불가능한 새로운 행동 양식을 갖추고 다시 태어난다. 과거에 그들의 삶에 존재했던 친구와 가족과 전통적인 품위와 효심 따위의 모든 유대는 단절된다. 그들은 새로운 신의 모습을 갖추고 그들이 맡은 역할에 철저히 헌신하는 새로운 인간으로 재생된다.

공산주의 세계 전역에 있는 수백 군데의 습성 훈련 시설에서는 이렇게 훈련을 받은 헌신적인 젊은이들 수만 명이 해마다 배출된다. 가톨릭교회의 반종교개혁Counter Reformation•을 위해 예수회 성직자들이 했던 일을, 이렇게 배출된 보다 과학적이고 훨씬 더 가혹한 훈련을 거친 젊은이들이 유럽과 아시아와 아프리카의 공산당을 위해 지금 수행하고 있으며, 앞으로도 계속해서 수행할 것이다.

정치에서는 파블로프가 고리타분한 자유주의자처럼 여겨져 왔다. 그러나 이상한 운명의 농간으로 인하여 그의 연구 결과와 그에 기초를 둔 이론들은 광신자 대군을 탄생시켰으며, 그들은 마음과 영혼, 반사작용과 신경계를 이용하여 고리타분한 옛 자유주의가 눈에 띄는 대로 모조리 파괴했다.

지금 실행되고 있는 세뇌 작업은 융합된 기술로서, 효율성을 거두기 위해서는 한편으로는 조직적인 폭력의 동원에 의존하고, 또 다른 한편으로는 교묘한 심리적 조작에 의존한다. 그것은 『1984』의 전통이 『멋진 신세계』의 전통으로 전환하는 과정을 상징한다. 오래전에 수립되었으며 통제가 잘되는 독재의 체제하에서라면 사람들이 현재 사용하는 유사 폭력의 조작 방법들은 틀림없이 한심할 정도로 조잡하다고 여겨질 것이다. 아주 어린 아기일 때부터 습성 훈련을 받은 (그리고 어쩌면 생물학적으로도 미리 운명이 정해진) 평범한 중산층이나 하류 계층의 개인은 사상 전환을 하거나 심지어 참된 신앙

• 루터Martin Luther와 칼뱅Jean Calvin의 종교개혁에 대한 천주교의 반격

을 재충전하는 과정이 전혀 필요가 없을 것이다. 가장 높은 신분 계층의 구성원들은 새로운 상황을 맞으면 새로운 생각을 할 능력을 갖춰야 한다. 결과적으로 그들이 받아야 할 훈련은 왜 그런지 이유도 따질 필요 없이 최소한의 잡음을 내며 그냥 할 일만 하다가 죽는 사람들보다 훨씬 덜 엄격할 것이다. 이들 높은 신분의 개인들은 아직 야성을 지닌 구성원일 것이고, 약간의 습성 훈련을 거친 그들은 완전히 가축처럼 길이 든 신분 계층을 훈련시키거나 보호하는 역할을 맡는다. 야성은 그들로 하여금 반항적이고 이단적인 존재가 될 가능성을 남겨놓는다. 야성이 반항하는 상황이 벌어진다면 그들은 제거를 당하거나, 정통성을 되찾는 세뇌 과정을 거치거나, (『멋진 신세계』에서처럼) 물론 자신들끼리는 충돌을 일으키겠지만 더 이상 아무런 말썽을 피우지 못하도록 어느 외딴섬으로 추방을 당하리라. 하지만 전반적인 유아 습성 훈련과 조작이나 통제를 위한 다른 기술들은 아직 몇 세대가 흘러간 다음의 미래에나 실현이 가능하다. 『멋진 신세계』로 가는 도정에서 우리 지도자들은 과도기적이고 임시로 사용할 수 있는 세뇌의 기술에나 의존해야 할 것이다.

8

화학적인 설득

필자가 발표한 우화적 소설 『멋진 신세계』에는 술도, 담배도, 불법적인 헤로인도, 몰래 제조한 코카인도 없다. 사람들은 흡연을 하지 않고, 음주도 하지 않고, 코담배도 피우지 않고, 제 몸에 주사를 놓지도 않는다. 누군가 우울증을 느끼거나 기분이 조금이라도 좋지 않으면, 그는 당장 '소마soma'라고 하는 화학적인 합성물이 담긴 정제 한두 알을 삼킨다. 필자가 이 가상의 약품에 이름을 빌려다 쓴 원조 소마는 (아마도 학명이 '아스클레피아스 아시다Asclepias acida'*일 듯한) 잘 알려지지 않은 식물로서, 인도를 침략한 고대 아리아Arya족이 지극히 엄숙한 종교 예식에서 사용했던 것이다. 이 식물의 줄기에서 짜낸 유즙은 마취 효과를 내며, 복잡하고 정교한 의식이 진행되는 과정에서 성직자들과 귀족들이 이것을 마셨다. 베다Veda**의 성스러운 찬가에서는 소마를 마신 사람들이 여러 가지 축복을 받았다는 언급이 나온다. 그들의 몸에서는 힘이 솟아오르고, 그들의 심성에는

* 용담목 박주가릿과의 여러해살이 풀이며, '금관화'라고도 함. 영어로는 milkweed
** 고대 인도 브라만교 성전의 총칭

용기와 기쁨과 열광적인 의욕이 가득 차오르고, 그들의 이성은 깨우침을 얻으며 영원한 삶을 즉각적으로 경험하면서 불멸성을 보장받는다. 그러나 성스러운 유즙에는 결점 또한 존재한다. 소마는 위험한 약이어서—얼마나 위험한지 위대한 하늘의 신 인드라까지도 가끔 이것을 마시다가 병이 났다고 했다. 이 유즙을 과다하게 복용하면 인간들은 목숨을 잃기까지 한다. 하지만 소마로 인해서 얻는 경험은 어찌나 황홀한 해탈의 경지로 이끌어주는지 그것을 마시는 행위가 대단한 특전으로 간주되었다. 이 특전을 누리기 위해서라면 어떤 대가를 치러도 아깝지가 않았다.

『멋진 신세계』의 소마에는 인도의 원조 소마에서 발생하는 아무런 단점도 나타나지 않는다. 소량으로 복용하면 그것은 환희의 감각을 가져다주고, 양을 좀 늘리면 환각을 보게 되며, 세 알을 취하면 몸과 마음을 회복시키는 수면으로 몇 분 동안 빠져 들어간다. 그리고 거기에 대한 심리적·정신적인 부담은 전혀 없다. 멋진 신세계 사람들은 영원히 능률이 감소하거나 건강을 희생하는 대가를 치르지 않고도 일상생활에서 오는 빈번한 짜증스러움과 암울한 기분으로부터 벗어난다.

『멋진 신세계』에서는 소마 복용의 습성이 은밀하고 개인적인 악덕 행위가 아니라 하나의 정치적인 제도나 마찬가지이며, 권리장전 the Bill of Rights이 보장하는 생명과 자유와 행복 추구 정신의 본질 그 자체다. 하지만 양도할 수 없는 백성들의 특권이라는 개념의 가장 앞선 형태인 이 권리는 동시에 독재자가 무기고에 비장祕藏한 가장 강력한 통치 수단이 되기도 했다. 국가의 이익을 위하여 (그리고 물론 백성들 개인의 기쁨을 위하여) 개인들에게 조직적으로 약물을 투여하는 행위가 세계 통제관들의 정책에서 주요 안전장치 역할을 맡았다. 날마다 이루어지는 소마 배급은 개인적인 부적응, 사회적인 불안, 그리고 권력 전복을 꾀하는 이념들을 막아내는 보험이나 마찬가지였다. 카를 마르크스는 종교를 인민을 중독시키는 아편이라고 선언했다. 『멋진 신세계』에서는 이 상황이 뒤집힌다. 소마라는 이름의 아편은 인민의 종교다. 종교와 마찬가지로 마약은 위로와 보상의 힘을 지녔고, 더 좋은 다른 세상의 환각을 불러일으켰고, 희망을 제공하면서 신앙을 강화하고 박애 정신을 고취시켰다. 맥주에 대한 어느 시인의 글을 보자.

> 인간에게 하나님이 하는 행동들을 정당화할 때
> 밀턴보다 더 큰 힘을 발휘하더라.*

그리고 맥주beer** 는 소마에 비하면 가장 조잡하고 가장 믿지 못할 마약임을 우리는 잊지 말아야 한다. 하나님이 하는 행위들이 옳

---

* 영국의 고전학자이며 시인 A. E. 하우스먼Alfred Edward Housman이 1896년에 발표한 연작시 「슈롭셔 청년A Shropshire Lad」 62장 21~22행에 나오는 대목
** 하우스먼의 시에서는 malt라고 했음

다고 인간에게 설명하는 이 문제에 있어서는 소마를 술에 비교한다면, 술을 밀턴의 신학적인 논법과 비교하는 격이다.

미래 세대들이 행복하게 순종하도록 만드는 가상의 합성물에 관해서 필자가 저술을 진행하던 1931년에 유명한 미국의 생화학자 어빈 페이지Irvine Page 박사는 카이저 빌헬름 연구소Kaiser Wilhelm Institute에서 뇌의 화학 작용에 관한 3년간의 연구를 마치고 독일을 떠날 준비를 하고 있었다. 페이지 박사는 최근에 쓴 글에서 이렇게 밝혔다. "과학자들이 그들 자신의 뇌 속에서 벌어지는 화학 반응에 관한 연구에 착수하게 될 때까지 왜 그렇게 오랜 시간이 걸렸는지 이해하기 힘들다. 내가 귀국한 1931년에는 (중략) 이 분야에 관한 관심의 파장을 조금이나마 불러일으키거나 (두뇌를 다루는 화학 분야에서) 일자리를 구할 수조차 없었다."

27년이 지난 오늘날에는 1931년에 찾아볼 길이 없었던 파장이 생화학과 향정신제 연구로 쏠리는 해일로 변했다. 두뇌의 작용을 조절하는 효소들에 관한 연구도 이루어지고 있다. 신체의 내부에서는 (페이지 박사가 공동으로 발견한) 세로토닌serotonin* 과 아드레노크롬adrenochrome** 따위의 지금까지 알려지지 않았던 물질들이 분리되었고, 그것들이 인간의 정신적·신체적 여러 기능에 미치는 광범위한 효과 또한 연구가 개시되었다. 그러는 사이에 새로운 약품

* 신경 전달 물질
** 아드레날린이 몸 안에서 산화할 때 생기는 적색의 불안정한 물질

들이 합성되어서—의식의 도구요 중계 기능으로서 신체를 통제하는 신경계가 매일 매시간 온갖 기적을 일으키게끔 만드는 갖가지 화학제품들의 작용을 보완, 수정하거나 억제하는 약품들이 개발되는 중이다.

현 시점에서 볼 때 이들 신종 약품이 가장 우리의 관심을 끄는 사실은 그것들이 전체적인 신체조직에는 아무런 영구적 피해를 발생시키지 않으면서 두뇌의 화학 작용과 그에 연관된 심적 상태를 일시적으로 바꿔놓는다는 점이다.

이런 면에 있어서 그것들은 소마와 같으며, 정신적인 변화를 일으키는 과거의 약물들과는 엄격한 차이가 난다. 예를 들면, 아편은 전통적인 진정제였다. 하지만 아편은 신석기 시대부터 현재에 이르기까지 중독자들을 양산하고 건강을 해치는 위험한 마약이다. 즐거운 도취감을 유도하는 고전적인 술도 마찬가지다. 이것은 『시편』에 나오는 표현을 빌리면 '사람의 마음을 즐겁게 하는'* 마약이다. 그러나 불행히도 술은 인간의 마음을 즐겁게 해줄 뿐 아니라, 과음을 거듭할 경우에는 병과 중독을 일으키고, 지난 8,000년 혹은 1만 년에 걸쳐 범죄와 가정 파탄, 도덕적인 몰락, 피할 수도 있었을 많은 사고의 주요 원인이었다.

고전적인 자극제 중에서 차와 커피와 마테maté**는 거의 아무런

---

* 구약성서 시편 104장 15절
** 잎에 카페인을 함유한 식물로 만든 차이며 남아메리카에서는 차, 커피, 코코아 다음으로 많이 마시는 파라과이 차

해가 없다. "기분을 좋게 해주지만 취하게 하지 않는 한 잔"[*]과는 달리 코카인은 아주 강력하고 위험한 마약이다. 이것을 사용하는 사람들은 육체적·정신적으로 힘이 무한의 경지에 이르는 황홀경을 맛보는 대신, 기어 다니는 무수한 벌레들이 사방에서 덤벼드는 느낌이나 폭력적인 범죄로 이어지기도 하는 피해망상적인 환각 따위의 끔찍한 육체적 증상들 때문에 고통스러운 우울증에 자꾸 빠져 들어가는 대가를 톡톡히 치러야 한다. 보다 최근에 유통되기 시작한 또 다른 각성제는 '벤제드린Benzedrine'이라는 상표로 더 잘 알려진 암페타민amphetamine이다. 암페타민은 효과가 아주 뛰어나지만, 남용하는 경우에 정신적·육체적인 건강을 해친다. 현재 일본에는 100만 명가량의 암페타민 중독자가 있다는 보고가 전해지기도 했다.

환각을 일으키는 고전적인 제품들 가운데 가장 잘 알려진 것은 미국 남서부와 멕시코에서 생산되는 페요틀peyote, 또는 peyotl 그리고 '하시시hashish'[**]나 '뱅bhang'이나 '키프kif' 또는 '마리화나marihuana'라는 이름으로 전 세계에서 소비되는 칸나비스 사티바Cannabis sativa[***]다. 가장 신빙성 있는 의학적·인류학적 증거의 의하면 페요틀은 백인들이 마시는 진이나 위스키보다 훨씬 덜 해롭다. 페요

---

[*] 전원을 찬미하여 낭만파 시인들에게 큰 영향을 주었던 영국의 찬송가 작가 윌리엄 쿠퍼William Cowper가 1785년에 발표한 시집 「노역The Task」 제4권 36행에서 차를 묘사한 대목

[**] 인도 대마초

[***] 대마

틀은 역겨운 맛을 내는 것을 씹어야 하고 한두 시간가량 구역질에 시달리는 것 외에 어떤 다른 대가도 치르지 않는다. 그것은 인디언과 멕시코 원주민들로 하여금 종교적인 의식에서 천국으로 들어가고, 사랑하는 공동체와 일체감을 느끼는 특전을 누릴 수 있는 문을 열어준다. 칸나비스 사티바는 시끄러운 얘깃거리를 열심히 퍼뜨리는 사람들이 우리에게 믿으라고 부추기는 것보다 훨씬 해가 없는 약물이다. 1944년, 뉴욕 시장이 마리화나 문제를 조사하기 위해 임명한 의학 위원회는 신중한 검토를 거친 다음 칸나비스 사티바가 사회에, 그리고 심지어는 과다하게 사용하는 사람들에게까지도 심각한 위협이 되지 않는다는 결론에 이르렀다. 그것은 그냥 남들에게 폐를 끼치는 경범죄 정도의 골칫거리밖에 되지 않는다.

이런 향정신성 물질로부터 이제는 정신약리학적 연구를 통해 얻은 가장 최근의 제품으로 넘어가서 살펴보자. 이들 가운데 가장 널리 알려진 것은 세 가지 새로운 안정제로서, 레세핀reserpine*과 클로르프로마진chlorpromazine**과 메프로바메이트meprobamate***가 그것들이다. 특정한 등급의 정신 질환자들에게 복용시켜본 결과, 처음 두 가지 약제는 정신적인 병을 치료하는 데 있어서가 아니라, 적

* 협죽도과의 인도 사목의 뿌리에서 추출한 약제로, 중추 신경계 억제 작용과 교감 신경 차단 작용을 함

** 신경 억제약

*** 항불안제의 일종으로, 중추성 근이완제의 작용을 지속시키기 위해서 합성한 약제이며, 쿵푸 배우 리샤오룽은 이 약에 대한 과민 반응으로 사망했다고 알려졌음

어도 일시적으로나마 그들을 훨씬 더 괴롭히는 증상들을 제거하는 면에서 대단히 효과적이라고 밝혀졌다. 밀타운Miltown이라는 상표명으로도 잘 알려진 메프로바메이트는 다양한 형태의 신경증으로 시달리는 사람들에게서 비슷한 효과를 낸다. 이들 가운데 어느 것도 완전히 무해하지는 않지만, 신체적인 건강과 정신적인 능률성에서 볼 때 그들이 치러야 할 대가는 지극히 미미하다. 무엇인가를 얻기 위해서는 어떤 대가를 꼭 치러야 하는 세상에서라면 안정제들은 아주 적은 대가를 치르고 대단히 많은 것을 얻게 해준다. 밀타운과 클로르프로마진은 아직 소마의 차원에 이르지 못하지만, 그 신비한 약물의 여러 양상 가운데 한 가지만큼은 소마와 거의 비슷하다. 이것들은 약물이 작용하는 동안 대다수의 환자들에게 지적이거나 신체적인 효율성에 있어 비교적 경미한 장애 이상의 영구적 피해를 장기에 끼치지 않으면서 신경증적인 긴장감을 일시적으로 덜어준다. 마취성 최면약으로 사용하는 경우를 제외한다면, 이들은 바르비투르산염barbiturates보다 선호도가 훨씬 높을 것이다. 그 이유는 바르비투르산염이 예리한 정신력을 둔화시킬 뿐 아니라, 다량으로 복용하는 경우 바람직하지 못한 갖가지 정신물리학적 증상들을 촉발하고, 자칫하다가는 본격적인 중독증으로 빠져들게 할지도 모르기 때문이다.

약리학자들은 최근에 (LSD-25라고 알려진) 리세르그산디에틸아미드lysergic acid diethylamide라는 물질에서, 거의 아무런 비용도 들이지 않고 인식을 향상시키며, 생리학적인 측면에서 표현하자면, 상상적 환영을 만들어내는 소마의 또 다른 한 가지 양상을 창출해냈다. 이 놀라운 약물은 1회에 5,000만 분의 1그램이나 심지어는 2,500만 분의 1그램만 복용하더라도 (페요틀처럼) 사람들을 다른 세상으로 보내주는 효과를 낸다. 대부분의 경우에 LSD-25가 데려다주는 다른 세상은 천국처럼 지극히 황홀하며, 때로는 연옥 같기도 하고 심지어는 지옥이 되기도 한다. 하지만 긍정적이든 부정적이든, 리세르그산 경험은 거의 모든 사람이 의미심장한 심오함이나 열반의 깨달음 차원에 이르게 해준다. 어쨌든 인체에는 그토록 적은 부담을 주면서 영혼으로 하여금 그토록 철저한 변화를 일으키게 한다는 사실은 대단히 놀라운 일이 아닐 수 없다.

소마는 환각을 일으키고 마음을 진정시키는 역할을 할 뿐만 아니라 (믿기 어려울 정도로) 몸과 마음을 자극하여 흥분시키고, 불안감과 긴장감에서 해방된 후에 오는 부정적인 행복감은 물론이요 활발한 도취감을 불러오기도 한다.

강력하고도 해가 없는 이상적인 흥분제는 아직 발견되지 않았다. 우리가 알고 있는 암페타민은 그런 면에서 전혀 만족스럽지 못하고, 주는 것보다 박탈하는 대가가 너무 많다. 세 번째 양상인 자극제로서 소마의 역할을 맡게 될 만한 보다 희망적인 후보는 우울증에 빠진 환자들을 비참한 기분으로부터 풀어주고, 무감각증 환자들에게는 활기를 불어넣고 잠재적인 정신력의 기를 전반적으로 높이기 위해 요즈음 사용되는 이프로니아지드Iproniazid[*]다. 그보다도 더 희망적인 것은, 필자가 개인적으로 잘 아는 저명한 약리학자의 말을 빌리면 아직 실험 단계에 있는 디너Deaner라는 물질이다. 디너는 아세틸콜린acetylcholine[**]의 생산을 체내에서 증가시킴으로써 신경계의 활동과 효율성을 높여주는 아미노 알코올amino-alcohol이다. 이 새로운 정제를 섭취하는 사람은 필요한 수면 시간이 줄어들고, 훨씬 기민하거나 즐거운 기분을 느끼며, 사고력이 향상되고 빨라진다. 이런 모든 효과를 얻기 위해 치르는 생체의 대가는, 어쨌든 단기적으로는, 거의 없다. 믿어지지 않을 정도로 효과적인 물질로 보인다.

그런가 하면 우리는 비록 소마가 아직 존재하지는 않지만(그리고 어쩌면 영원히 존재하지 않을지도 모르지만), 소마의 다양한 양상을 성취하는 상당히 훌륭한 대체물들이 이미 발견되었다는 사실을 알고 있다. 지금은 저렴한 신경생리학적 안정제, 환각제, 흥분제 들이 생산된다.

그럴 마음만 먹는다면 어느 독재자가 이런 약들을 정치적인 목적으로 사용할 수 있으리라는 사실은 분명하다. 그는 백성들의 두뇌에서 화학 작용을 바꿔놓아 그들이 노예 신분에 만족하게끔 유도하여 정치적인 동요로부터 안전하게 통치자 자신을 보호하는 길을 확보할 수 있다. 그는 신경 안정제를 사용하여 흥분한 자들을 진정시키

---

* 우울증을 치료하는 염산염
** 신경 전달 물질의 일종인 혈압 강하제

고, 흥분제를 사용하여 무관심한 자들을 열광하게 만들고, 환각제를 사용하여 비참한 자들에게 참혹한 삶으로부터 다른 방향으로 그들의 관심을 돌릴 수가 있다. 하지만 독재자는 그가 원하는 대로 백성들이 생각하고, 느끼고, 행동하게끔 유도하는 약을 어떻게 복용하게 할 것인지 따져봐야 할지도 모른다. 그런 고민은 약을 구하기 쉬운 여건을 만들어놓기만 하면 저절로 해결될 가능성이 매우 크다. 오늘날에는 술과 담배를 구하기가 쉽고, 사람들은 자식의 교육을 위해서보다는 오히려 별로 만족스럽지 못한 도취감을 제공하는 이런 물품을 구입하느라 훨씬 더 많은 돈을 기꺼이 소비한다. 바르비투르산염과 진정제들의 경우도 생각해보자. 미국에서는 의사의 처방이 없으면 이런 약들을 구할 길이 없다. 하지만 산업화된 도시 환경에서의 삶을 조금이라도 더 견디기 쉽게 만들어줄 무엇인가에 대한 미국 대중의 요구가 워낙 심하다 보니 의사들은 현재 갖가지 안정제에 대한 처방을 1년에 4,800만 건의 비율로 발부한다. 그뿐만이 아니라 이런 처방의 대부분은 재공급이 가능하다. 행복의 약을 100정 섭취해도 충분하지 않기 때문에 한 병 더 구하기 위해 사람들을 약국으로 보내고, 그것을 다 먹고 나면 또 구하러 보내고……. 만일 안정제를 아스피린처럼 싼값으로 구입하기가 쉬워진다면, 지금처럼 수십억 정이 아니라 그보다 수천 배에 달하는 양을 사람들이 소비하게 되리라는 사실은 의심할 나위가 없다. 그리고 저렴하며 우수한 흥분제 역시 그와 비슷하게 인기가 높아지리라.

독재자 밑에서 약사들은 상황이 달라질 때마다 다른 말을 하도록 지시를 받게 될 것이다. 국가적인 위기가 닥치면 그들은 흥분제를 적극적으로 팔려고 전력을 다할 것이다. 위기가 진정된 다음에는 백성들이 지나치게 기운이 넘치고 신경이 곤두서 있으면 독재자의 입장이 난처해질지도 모른다. 그런 경우에는 일반 대중에게 진정제와 환각제를 사서 복용하도록 촉구해야 한다. 마음을 편안하게 만드는 이런 달콤한 약에 취하면 윗사람에게 그들이 염려를 끼칠 위험성은 사라진다.

현재의 상황을 살펴본다면, 진정제는 사람들에게 윗사람뿐 아니라 그들 자신에게도 아무런 해를 끼치지 않도록 방지하는 역할을 충분해 해낼 듯싶다. 지나치게 심한 긴장감은 병이 되겠지만, 지나치게 이완되어도 마찬가지다. (특히 화학적인 영향력으로 외부의 요인에 의해 이루어진) 극심한 평온함이 부적절한 경우에는 때때로 사람들은 긴장해야 할 필요가 생긴다.

필자가 참가했던 메프로바메이트에 관한 최근의 학술 모임에서, 어느 저명한 생화학자는 미국 정부가 소비에트 연방 국민에게 가장 인기가 높은 이 안정제 500억 정을 선물로 보내면 좋겠다고 농담 삼아 제안했다. 이것은 뼈 있는 진지한 농담이었다. 한쪽 국민은 국가에서 쏟아내는 일방적인 선전에 계속 쫓겨 끊임없이 협박과 약속으로 자극을 받는 반면에, 다른 한쪽은 끊임없이 텔레비전에 시달려 정신이 산란하다가 밀타운의 영향력으로 안정을 되찾는다면, 그들

두 국민 사이에서 시합이 벌어지는 경우에 어느 쪽이 승리를 거둘 것인가?

필자의 우화 소설에 등장한 소마는 안정과 환각과 자극을 제공하는 기능 못지않게 암시 반응을 높이는 힘까지 갖추고 있다. 그래서 정부의 선전이 거두는 효과를 보강하는 목적으로 동원될 수도 있다. 똑같은 목적으로 사용할 때 효과는 그보다 적으면서 신경생리학적 부담은 훨씬 더 큰 몇 가지 약품이 이미 약전藥典에 올라 있다. 예를 들면, 헨베인henbane*의 유효 성분이며 많은 양을 취하면 강력한 독약이 되는 스코폴라민scopolamine**이 있고, 펜토탈pentothal***과 나트륨 아미탈sodium amytal****도 있다. 무슨 해괴한 이유에서인지는 몰라도 '진실의 혈청the truth serum'이라는 별명이 붙은 펜토탈은 여러 나라에서 경찰이 조사에 협조하지 않는 범죄자들에게 자백을 받아내려고 (어쩌면 자백할 내용의 암시를 주기 위해) 사용해왔다. 펜토탈과 나트륨 아미탈은 의식과 무의식 사이의 장벽을 낮추는 효과가 있다. 그래서 영국에서는 '해제반응 요법abreaction therapy'이라 하고 미국에서는 '마취 합성narcosynthesis'이라고 알려진 '전투 피로증'의 치료 과정에서 대단히 중요한 역할을 한다. 이런 약들은 중요한 죄수들을 법정에서 일반에게 공개할 때 가끔 공산주

* 유독 식물인 사리풀에서 뽑은 독
** 간질이나 천식 등에 사용하는 진정제
*** 전신 마취제의 상표명
**** 하열제와 수면제로 사용함

의자들이 사용한다고 알려져 있다.

그러는 사이에 약리학과 생화학과 신경학은 발전을 거듭하여, 앞으로 몇 년 사이에 암시 반응을 높이고 심리적인 저항은 낮추는 보다 훌륭하고 새로운 방법들이 발견되리라고 확실하게 전망할 수 있다. 다른 모든 것이 그렇듯 이런 발견들은 좋은 방향과 나쁜 방향으로 다 같이 사용될 것이다. 그러한 발견은 정신적인 질병과 싸우는 정신과 의사들을 도와주기도 하지만, 자유와 맞서 싸우려는 독재자를 도와주게 될지도 모른다. (과학은 오묘할 만큼 공평하여) 아마도 미래의 발견들은 인간을 노예로 만드는가 하면 자유를 찾아주고, 치유하는가 하면 동시에 파괴할 수도 있을 것이다.

9

잠재의식적인 설득

지그문트 프로이트는 그의 저서 『꿈의 해석』 1919년판에 붙인 어느 각주에서, 얼마 전에 순간 노출기tachistoscope[•]로 행했던 실험 논문을 발표한 오스트리아의 신경학자 푀츨 박사Otto Pötzl[••]의 업적에 주목하라고 사람들의 관심을 환기시켰다. (순간 노출기는 두 가지 형태로 제작된 도구로서, 실험 대상이 1초가 안 되는 아주 짧은 시간 동안 노출시킨 영상을 들여다보는 상자, 그리고 고속 셔터로 영사막에 아주 잠깐만 영상을 비추는 기능을 갖춘 '마술 등잔' 환등기가 있다.) 이 실험에서 "푀츨은 실험 대상자들에게 순간 노출기를 통해 본 영상에서 그들이 의식적으로 인식한 것을 그림으로 그리라고 요청했다. (중략) 그리고 다음 날 밤에 대상자들이 꾼 꿈에 관심을 집중하게 하고는, 그들에게 그 꿈에서만 나타났던 고유한 부분들을 다시 그림으로 그리라고 요청했다. 그랬더니 먼저 노출시켰던 영상에서 대상자가 인식하지 못한 세부적인 요소들이 꿈의 내용을 구성

• 순간의 주의력이나 기억을 측정하는 장치
•• 정신과 의사로도 활동했음

하는 자료라고 잘못 등장한다는 사실이 확실하게 밝혀졌다."

방법을 다양하게 보완하고 다듬어가면서 다른 사람들이 푀츨의 실험을 몇 차례 반복했는데, 가장 최근에는 찰스 피셔Charles Fisher 박사가 꿈과 '전의식적 지각前意識知覺, preconscious perception'에 관한 세 가지 뛰어난 논문을 「미국 정신분석 협회보The Journal of American Psychoanalytic Association」에 기고했다. 그런가 하면 학계의 심리학자들 또한 허송세월을 보내지는 않았다. 그들은 푀츨의 연구 결과들을 확인해가면서 사람들이 보거나 듣는다고 의식적으로 인지하는 것보다 실제로는 훨씬 더 많이 보고 듣는다는 것과, 그렇게 알지도 못하는 사이에 보고 듣는 대상들이 잠재의식 속에 기록되었다가 나중에 의식하는 생각과 느낌과 행동에 영향을 끼친다는 사실을 입증했다.

순수 과학은 무한정 순수한 형태로 남아 있진 않는다. 언젠가는 그것이 응용과학으로 성격이 바뀌고 결국 기술로 정착할 가능성이 크다. 이론은 실천의 형태로 변형되고, 지식은 힘이 되고, 연구실에서 이루어지는 실험과 공식은 탈바꿈을 거쳐 수소 폭탄이 되어 나타난다. 현재의 시점에서 보면 푀츨의 멋지고 훌륭한 순수 과학 한 조각, 그리고 전의식적 지각 분야에서 이루어진 다른 모든 순수 과학의 조각들은 놀랄 만큼 오랫동안 본래의 순박함과 고고함을 그대로 간직해왔다. 그러다가 1957년 초가을, 푀츨의 최초 논문이 발표되고 정확히 40년이 지난 후에, 그런 순수함은 과거지사가 되었다는 선언과 더불어, 그것들은 응용을 거쳐 기술의 영역으로 접어들었다. 이 선언은 상당한 동요를 불러일으켰으며, 문명 세계 전역에서 사람들과 언론의 입에 올랐다. 그리고 그것은 놀랄 일이 아니었다. 이른바 '잠재 투출법subliminal projection'*이라고 알려진 새로운 기술이 대중오락과 긴밀하게 결합하여, 문명화한 인간의 삶에서는 이제 중세 시대에 종교가 맡았던 역할에 비견할 만한 기능을 발휘하게 되었기 때문이다. 우리의 시대에는 '불안의 시대'니, '원자력의 시대'니, '우주 시대'니 하는 따위의 여러 가지 별명이 따라다닌다. 마찬가지로 타당한 이유가 있기 때문에 우리 시대는 '텔레비전 중독의 시대'나, '연속극의 전성시대'나, '디스크자키의 시대'라고 해도 될 것이다. 그런 시대에 푀츨의 순수 과학이 잠재 투출법 기술의 형태로 응용이 되었다는 선언은 대중오락을 즐기는 전 세계 집단들로부터 대단히 강한 관심을 불러일으킬 게 틀림없다. 왜냐하면 이 새로운 기술은 그들을 직접 겨냥하고, 그 목적은 그러한 상황이 그들에게 벌어진다는 사실을 알지 못하게 하면서 그들의 마음을 조종하려는 것이기 때문이다. 프로그램이 시작되기 전이나 끝난 다음이 아니라 계속 진행되는 사이에, 특별히 설계한 순간 노출기에 의해 어휘나 영상들이 1,000분의 1초도 안 되는 순간 동안 텔레비전 수상기나 영화관의 은막에서 섬광처럼 지나간다. "코카콜라를 마시자"나 "낙타

---

* 그림이나 소리 따위를 통해서 의식하지 못하게 투출하여 잠재의식에 강한 영향을 주는 기법

표 담배를 피우자"라는 말이 포옹하는 연인의 모습이나 마음에 상처를 받은 어머니가 흘리는 눈물과 겹쳐서 나타나고, 관객이나 시청자들의 시신경은 이런 은밀한 선전 내용을 기록하며, 그들의 잠재의식적인 정신은 거기에 응답한다. 일정한 시간이 지난 다음에 그들은 의식적으로 청량음료와 담배에 대한 욕구를 심하게 느끼게 된다. 그런가 하면 다른 비밀스러운 광고 내용들을 지나치게 나지막한 목소리로 속삭이거나 귀에 거슬리도록 고음으로 깔아놓아 의식적 차원의 청각으로는 듣지 못하게 한다. 듣는 사람은 의식적으로 "그대여, 나는 당신을 사랑합니다"라는 말에 신경을 고정시키지만, 인식의 출발점 밑으로 잠기는 잠재의식의 차원에서는 믿어지지 않을 정도로 민감한 귀와 무의식적인 마음이 악취 제거제나 설사약에 관한 최신의 기쁜 소식을 접수하게 된다.

이런 종류의 상업적인 선전이 정말로 효과를 거둘까? 잠재 투출법을 응용한 기술을 최초로 공개한 기업체들이 제시한 증거를 보면 그 내용이 막연하고, 과학적인 관점에서 평가할 경우에는 매우 불만족스럽다. 극장에서 영화를 보여주는 사이에 일정한 간격을 두고 반복하여 팝콘을 더 많이 사 먹으라고 부추긴 명령은 휴식 시간 동안에 50퍼센트의 판매율 증가를 보였다고 한다. 그러나 단 한 번의 실험으로는 무언가를 증명하기가 불충분하다. 더구나 이 특정한 실험은 아주 허술하게 진행되었다. 아무런 통제도 이루어지지 않았고, 극장 관객이 군것질을 하는 소비 성향에 의심할 나위 없이 영향을 끼치도록 여러 가지 변수를 동원하는 시도 역시 전혀 없었다. 그리고 어쨌든, 오랜 세월에 걸쳐 잠재의식적인 인식에 관해 과학적인 연구를 계속해온 사람들의 노력으로 축적된 지식을 응용하는 데 있어서, 과연 이것이 가장 효과적인 방법일까? 그냥 제품의 이름을 섬광처럼 얼핏 보여주며 그것을 사도록 명령했다고 해서 구매 거부감을 무너트리고 새로운 소비자들을 확보한다는 가능성이 정말 본질적으로 타당한 일인가? 이 두 가지 질문에 대한 답은 확실히 부정적이다. 그렇다고 해서 물론 신경학자들과 심리학자들이 알아낸 결과들이 전혀 실리적인 중요성이 없다고는 말하기 어렵다. 기술적으로 응용한다면 뇌출의 멋지고 훌륭한 순수 과학의 한 조각은 의심 없는 마음을 조종하는 강력한 도구가 될지도 모른다.

몇 가지 암시적인 실마리를 찾기 위해서 우리는 팝콘 판매로부터, 덜 요란하지만 보다 뛰어난 상상력과 더 좋은 방법들로 같은 분야에서 실험을 해온 사람들에게 잠시 눈을 돌리기로 하자. 의식의 차원 밑에서 마음을 조종하는 과정을 '점멸식 주입strobonic injection'* 이라고 일컫는 영국에서, 연구가들은 잠재의식적인 설득을 수행하기에 적절한 심리적인 여건을 마련한다는 조건의 실질적인 중요성을 강조해왔다. 특정한 약물의 영향을 받거나, 질병과 굶주림 또는 모든 종류의 신체적·정서적 압박으로 대상자가 경미한 최면의 혼

* strobo는 유흥장에서 흔히 사용하는 백색 섬광등처럼 순간적으로 명멸하는 불빛임

몽함에 빠진 다음에는, 인식의 문턱을 넘어서는 암시가 효과를 거둘 가능성이 훨씬 많다. 하지만 의식의 출발점을 넘어서는 암시에 적용되는 원칙은 출발점에 못 미치는 암시에 대해서도 역시 유효하게 적용된다. 간단히 얘기하자면, 어떤 사람의 심리적인 저항이 낮으면 낮을수록 점멸 방식으로 주입한 암시의 효과는 그만큼 더 커진다. 미래의 과학적인 독재자는 속삭이는 기계들과 잠재 투출기들을 (병든 사람들과 아이들이 암시에 많이 취약하기 때문에) 학교와 병원에 설치하고, 암시 반응을 증가시키는 웅변이나 예식을 통해 일차적으로 청중의 저항을 약화시킬 수 있는 모든 공공장소에도 역시 설치할 것이다.

잠재 투출법의 암시가 효과적이리라고 예상되는 조건으로부터 이제는 암시 자체로 관심을 돌리기로 하자. 선전가는 어떤 화법으로 그의 희생물이 될 사람들의 잠재의식에 접근을 시도하면 좋을까? ("팝콘을 사라"거나 "존스에게 한 표를"이라는 식으로) 직설적인 명령을 하거나 ("사회주의는 거지 같다"거나 "×회사 치약은 입 냄새를 없애준다"는 식의) 솔직한 진술은 이미 '팝콘'이나 '존스'에게 우호적이거나, 몸에서 나는 악취와 생산 수단의 공공 소유라는 개념의 위험에 대해서 이미 체험을 통해 익숙해진 경우에만 효과를 거둔다. 하지만 기존의 믿음을 강화하는 정도로는 충분하지 않다. 선전 담당자가 제대로 밥값을 하려면 새로운 믿음을 창출해내야 하고, 결정을 내리지 못했거나 무관심한 사람들을 그의 편으로 끌어들이는 방법을 알아내야 하며, 적의를 품은 자들의 마음을 달래거나 심지어는 변절시키는 능력까지 갖춰야만 한다. 잠재 투출법으로 주장하고 명령하는 구사 능력뿐 아니라 잠재의식을 설득하는 능력까지 겸비해야 한다.

인식의 출발점 위에서는 '연상 작용에 의한 설득'이라고 이름 붙일 만한 방법이 가장 효과적인 비이성적 설득 수단이 된다. 선전가는 그가 선택한 제품이나 후보, 대의명분을 어떤 개념과 연관 짓는가 하면, 기존의 문화에서 대부분의 사람들이 의심할 나위 없이 훌륭하다고 간주하는 어떤 인물이나 사물의 이미지와 제멋대로 관련성을 부여한다. 그리하여 어느 판매 촉진 활동에서는 여성의 아름다움이 불도저에서부터 이뇨제에 이르기까지 무엇에나 자의적으로 연결되기도 하고, 정치적인 유세에서는 애국심이 마하트마 간디에서 매카시 상원의원에 이르기까지 어떤 인물과도 상통하며, '격리 정책apartheid'*에서부터 '통합integration'**에 이르기까지 어떤 이념과도 연관을 맺는다. 여러 해 전에 필자는 중앙아메리카에서 연상 작용에 의한 설득의 사례를 하나 관찰했는데, 그런 방법을 구상해 낸 사람들에 대해 소름이 끼칠 만큼 감탄했었다. 과테말라의 산악지대에서는 외부에서 들여온 미술품이라고는 원주민들에게 자사 제품을 팔아먹는 외국 회사들이 공짜로 나눠주던 색채 달력이 유일했

* 남아프리카 공화국의 흑인에 대한 인종 차별 행태
** 군대나 학교 등에서 벌어지는 인종 차별 폐지 운동

다. 미국 달력에는 반쯤 벌거벗은 젊은 여자들과 풍경, 개들의 사진이 실려 있었다. 하지만 원주민들에게 개는 단순히 실용적인 대상일 따름이었고, 풍경은 날마다 지겹도록 보는 것이었고, 벌거벗은 금발 여자들은 조금 역겹거나 관심을 유발하지 못하는 존재들이었다. 결과적으로 미국 달력들은 독일 달력들보다 훨씬 인기가 떨어졌는데, 그 이유는 원주민들이 무엇을 소중히 여기고 무엇에 관심이 많은지 알아내는 데 독일 광고주들이 신경을 썼기 때문이다. 필자가 특히 생생하게 기억하는 것은 상업적인 선전의 걸작이었던 어느 한 선전물이었다. 그것은 아스피린을 생산하는 업체가 만든 달력이었다. 그림 맨 밑에는 하얀 알약들이 담긴 낯익은 병에 그려진 낯익은 상표가 눈에 띄었다. 그 위에는 하얀 설경이나 가을 숲은 물론이요, 귀여운 강아지나 젖가슴이 큼직한 야간 업소 무용수의 모습은 보이지 않았다. 아니다—교활한 상술을 구사하는 독일인들은 통증을 해소하는 그들의 제품을 화려하게 채색하고 극도로 생생한 성 삼위일체the Holy Trinity*와 연관 지어놓았는데, 뭉게구름 위에 올라앉은 삼위일체를 성모 마리아와 요셉과 성자들과 수많은 천사들이 에워싼 다채로운 모습이었다. 아세틸살리실산acetylsalicylic acid**의 기적적인 효력들은 신앙심이 깊고 단순한 원주민들의 마음속에서 하나님 아버지와 하늘나라의 모든 성체聖體로부터 이렇듯 보증을 받았다.

---

* 성부, 성자, 성령

** '아스피린'이라는 상표명으로 더 널리 알려진 해열 진통제의 함유물

이런 종류의 연상 설득은 잠재 투출의 기술이 특별히 잘 활용된 경우다. 국립건강연구소의 지원을 받아 뉴욕대학교에서 실시한 일련의 실험들에서는 의식을 거쳐 보이는 영상에 대한 인간의 감정은 무의식적인 차원에서 어떤 다른 영상이나, 그보다 더 가치를 지닌 어휘들과의 연상 작용을 통해 수정되기도 한다는 사실이 입증되었다. 그리하여 무의식적 차원에서 '행복하다'는 단어와의 연상이 이루어지면, 무표정하고 멍한 얼굴이 관찰자에게는 미소를 짓고, 다정하고, 사랑스럽고, 사교적인 것처럼 보이기도 한다. 똑같은 얼굴이 역시 무의식적인 차원에서 '분노하다'라는 단어와 연상 작용을 일으키면 관찰자의 눈에는 단호한 표정으로 바뀌고, 악의에 차고 불쾌한 사람처럼 보인다. (젊은 여성들로 이루어진 집단에서는 그것이 아주 남성적으로 보이기도 했는데, 반면에 '행복하다'라는 단어를 연상하면 같은 얼굴이 그들과 똑같은 여자로 보였다고 한다. 아버지와 남편들이 명심해야 할 사항이다.) 상업적이거나 정치적인 선전을 담당하는 사람에게 이런 사실들은 틀림없이 대단히 중요한 의미를 갖게 될 것이다. 만일 그가 희생자들을 비정상적으로 높은 암시 반응의 상태로 유도할 수만 있다면, 만일 그가 이런 상태에 빠진 그들에게 어느 사물이나 인물 또는 어떤 상징을 통해 그가 팔거나 전달해야 할 무엇인가를 보여줄 수만 있다면, 그리고 만일 잠재의식의 차원에서 이 사물이나 인물, 상징을 가치를 지닌 어떤 어휘나 영상과 연관 지을 수만 있다면, 그는 그가 무엇을 하는지 상대방이 전혀 눈치채지 못한 상태에서 그들의 감정이나 견해를 수정할 수 있을지도 모른다. 뉴올리언스의 진취적인 어느 기업체가 주장한 바에 의하면, 이런 기술을 동원하여 영화나 텔레비전 극의 오락적 가치를 증대시키는 일쯤은 당연히 가능하다. 사람들은 강렬한 감정을 느끼고 싶어하기 때문에 비극, 추리물, 살인 범죄물, 치정극 등을 좋아한다. 격투나 포옹을 각본에 집어넣으면 관객의 마음속에서는 강렬한 느낌이 일어난다. 만일 거기에다 잠재의식의 차원에서 적절한 어휘나 상징을 통해 연상 작용을 일으키면 더 강렬한 감정을 자극할지도 모른다. 예를 들면, 영화로 만든 〈무기여 잘 있거라A Farewell to Arms〉에서 여주인공이 아기를 낳다가 죽는 슬픈 장면은 문제의 장면이 진행되는 동안 '고통'과 '피'와 '죽음' 따위의 불길한 어휘들을 잠재 투출 방식으로 영사막에서 섬광처럼 거듭거듭 비춰준다면 더욱더 슬프게 느껴질 것이다. 이런 어휘들은 의식의 차원에서는 보이지 않겠지만 잠재의식 차원의 정신에 끼치는 영향은 매우 훌륭해서, 이미 의식적인 차원에서 형성된 감정을 연기와 대사로 강력하게 보충할 수 있다. 그럴 가능성이 확실하게도, 만일 잠재 투출로 관람객들이 느끼는 감정을 지속적으로 강화할 수만 있다면, 영화 산업은 파산으로부터 구제받을 수 있을 것이다. 물론 텔레비전 극의 제작자들에게 주도권을 빼앗기지 않을 경우의 얘기다.

연상 설득과 잠재 투출의 암시에 의한 감정의 고양에 관하여 지금까지 살펴본 바에 입각해, 미래의 정치적인 집회가 어떤 식으로 이루어질지 상상해보자. (혹시 입후보자들이 아직 건재하는 경우라면) 입후보자, 혹은 지배적인 소수의 독재 집단에서 임명한 대표가, 모든 사람이 듣게끔 연설을 한다. 그러는 사이에 순간 노출기와, 저음으로 속삭이고 고음으로 울리는 기계들과, 너무나 희미해서 잠재의식만이 반응하는 영상들을 보여주는 영사기는, 연사와 그의 이념이 긍정적인 의미가 가득한 어휘들과 신성하게 꾸민 영상들로 이어지는 연상 작용을 체계적으로 유도하고, 국가나 당의 적들에 대한 언급이 나올 때마다 부정적인 요소가 넘치는 어휘들과 역겨운 상징들로 점멸 주입을 하여 그가 하는 말을 보완해줄 것이다. 미국에서는 에이브러햄 링컨과 "국민에 의한 통치government"*라는 표현이 섬광처럼 짤막하게 연단 위를 비출 것이다. 물론 러시아에서는 연사가 얼핏 보이는 레닌의 모습과, "인민의 민주주의"라는 표현과, 아버지 마르크스의 예언자적인 수염을 통해 연상이 이루어질 것이다. 이 모든 현상이 아직은 안심할 만큼 먼 훗날의 일이기 때문에 우리는 빙그레 웃을 여유를 부려도 된다. 그러나 지금으로부터 10년이나 20년 후에는 아마도 훨씬 덜 재미있는 일이 될 것이다. 그때가 되면 지금으로서는 그냥 공상과학일 뿐인 상황들이 날마다 벌어지는 정치적인 현실이 될 것이기 때문이다.

퇴츨의 이론은 『멋진 신세계』를 집필하던 무렵에 필자가 소홀히

* 게티즈버그 연설문에서 '정부'라는 우리말 번역은 잘못인 듯싶음

생각했던 불길한 잠재적인 전조들 가운데 하나였다. 필자의 우화적인 작품에서는 잠재 투출을 언급한 대목이 없다. 그것을 간과하는 실수를 저질렀던 필자로서는 만일 이 소설을 다시 쓸 기회가 주어진다면 무엇보다도 이것을 먼저 바로잡고 싶다.

10

수면 학습법

1957년 늦가을, 캘리포니아 주의 툴레어 카운티에 위치한 범죄자 수용 시설인 우들랜드 로드 캠프는 진기하고도 흥미 있는 실험 현장이 되었다. 심리적인 실험 대상이 되겠다고 자원한 일단의 죄수들이 사용하는 베개 밑에 소형 확성기가 설치되었다. 이 베개 확성기는 구치소장의 사무실에 비치한 축음기와 빠짐없이 접속해놓았다. 죄수들의 감화를 위해 '도덕적인 삶의 원칙'을 주제로 속삭이는 짤막한 설교를 한 시간에 한 차례씩 밤새도록 반복했다. 한밤중에 잠에서 깨어난 죄수들은 드높은 미덕을 찬양하는 작은 목소리를, 또는 '보다 선량한 자신'을 가꾸도록 "내 마음은 만인을 위한 사랑과 자비로 가득하니, 하나님께서 나를 도와주시리라"고 중얼거리는 말을 듣게 된다.

우들랜드 로드 캠프에 관한 기사를 읽고 나서 필자는 『멋진 신세계』의 제2장을 찾아보았다. 그 대목에서는 서부 유럽 부화본부 국장이 습성 훈련과 부화 업무를 공부하는 초급 학생들에게 포드 기원 7세기에 수면 학습법hypnopaedia이라고 알려졌던 훈련 방식을 소개하고, 국가에서 통제하는 윤리 교육 체제의 운영 방식을 설명한다. 가장 초기에 시도했던 수면 학습은 지도 방식이 잘못되었기 때문에 실패로 끝났노라고 국장이 학생들에게 알려준다. 교육자들은 잠을 자는 생도들에게 지적인 교육을 시키려고 시도했었다. 그러나 잠을 자는 행위와 지적인 활동은 서로 잘 어울리지 않았다. 수면 학습법은 훈계를 위한 훈련에서만 성공을 거두었는데—다시 말해서, 심리적인 저항이 낮아진 시간에 언어적 암시를 통해 행동을 유도하는 경우에만 효과가 있었다. "어휘를 수반하지 않는 습성 훈련은 조잡하고 개괄적이어서, 보다 세밀한 특성을 인식시키지 못하고, 복합적인 행동의 궤도를 치밀하게 가르쳐주지 못한다. 그러기 위해서는 어휘가, 이성이 배제된 어휘가 꼭 필요하다."• 그 어휘는 대상자들의 이해를 돕기 위한 분석이 필요하지 않아서, 잠을 자는 두뇌가 그냥 통째로 삼켜버리면 그만이다. 이것이 참된 수면 학습이고, "그 유례를 찾아볼 수 없을 정도로 도덕화, 사회화시키는 가장 훌륭한 힘"이다.•• 『멋진 신세계』에서는 하층 신분 계급에 속하는 시민은 어느 누구도 전혀 말썽을 일으키지 않았다. 왜 그럴까? 그 이유는, 그가 말을 배우고 누군가 그에게 하는 말을 이해할 능력을 갖추게 된 그 순간부터 하층 신분의 모든 아이는 밤이면 밤마다, 졸거나 잠든 시간 동안에 끝없이 반복되는 암시에 노출되었기 때문이다. 이런 암시들은 "밀봉

• 『멋진 신세계』 제2장 65쪽 1~4행
•• 『멋진 신세계』 제2장 65쪽 6~7행

용- 액체성 밀랍 방울이랄까, 어떤 물건 위에 떨어지면 거기에 달라 붙어 표면을 덮고는 결국은 모두가 주홍빛 바위와 한 덩어리가 되어버리는 방울들. 그러다가 마침내 아이의 마음은 이런 암시들과 하나가 되고, 암시들의 총체는 아이의 이성이 된다. 뿐만 아니라, 어른의 이성도 역시 평생 동안 줄곧 이런 암시들의 지배를 받는다. 판단하고 갈망하고 결정하는 이성은 바로 이런 암시들로 구성되어 있다. 하지만 이런 모든 암시들은 우리들이 제시하는 암시다!—국가에서 마련한 암시들이라는 뜻이다."•

필자가 알기로는 오늘날에 이르기까지 툴레어 카운티보다 막강한 어떤 조직이나 국가에서도 수면 암시 학습법을 실시했던 예가 없으며, 범법자들을 대상으로 삼았다고 해서 툴레어의 수면 학습이 본질적으로 예외라고 받아들이기 또한 어렵다. 우들랜드 로드 구치소의 죄수들뿐만 아니라 우리 모두가 잠든 사이에 마음이 만인에 대한 사랑과 자비로 가득 차는 훌륭한 효과를 얻었다고 한다면, 그런 경우에는 또 어쩌겠는가! 아니다, 우리가 반대하는 것은 영감을 불어넣는 속삭임을 통해서 전해지는 말씀의 내용이 아니라, 수면 교육이 정부 기관에 의해서 이루어졌다는 원칙적인 조건이다. 수면 교육은 민주 사회에서 위임받은 권한을 행사하는 관리들이 그들의 자의적인 판단에 따라 마음대로 사용하도록 허락해도 되는 그런 종류의

• 『멋진 신세계』 제2장 65쪽 16행~66쪽 6행

수단인가? 방금 살펴본 사례에서는 가장 바람직한 목적을 위해 지원자들만을 상대로 사용되었다. 하지만 다른 상황에서는 훌륭한 의도를 위해 지원자들에게만 실시하리라는 보장은 없다. 관리들이 그런 유혹을 느낄 가능성을 부추기는 어떤 법이나 사회적인 조처는 나쁜 짓이다. 어떤 정치적, 경제적, 종교적 조직이나 국가의 이익을 위해 그런 수단을 빌려 위임받은 권한을 그들 자신에게 유리하게끔 남용하려는 유혹을 느끼지 않도록 유보하고 금지하는 모든 법과 조치는 바람직한 일이다. 제대로 효력을 발휘하는 경우에 수면 학습법은 사로잡힌 대상에게 암시를 행사하는 위치를 장악한 사람에게는 엄청나게 막강한 수단이 된다. 민주적인 사회는 권력이란 자주 악용을 당한다는 사실을 잘 알고, 그렇기 때문에 제한된 기간 동안 제한된 범위 안에서만 관리들에게 권한을 맡겨야 한다는 신념을 섬기는 사회다. 그런 사회에서는 관리들에 의한 수면 학습법의 사용을 법으로 통제해야 하는데, 그것은 물론 수면 학습법이 권력의 도구인 경우에만 해당되는 얘기다. 하지만 그것이 정말로 권력의 도구이던가? A.F. 7세기에 위력적이었다고 필자가 상상했던 만큼 그것이 지금도 제대로 힘을 발휘할 것인가? 실제로는 어떤지 살펴보기로 하자.

1955년 7월호 「심리학 회보Psychological Bulletin」에서 찰스 W. 사이먼Charles W. Simon과 윌리엄 H. 에먼스William H. Emmons는 심리학 분야에서 가장 중요한 10가지 연구서를 분석하고 평가했다. 여기에서 언급한 연구는 모두 기억을 다루는 내용이었다. 수면 학습은 기계적인 암기를 통해서 공부하는 학생에게 도움이 되는가? 그리고 잠든 사람의 귀에 속삭여 가르친 학습 내용을 다음 날 아침에 깨어난 학생이 어느 정도까지 기억하고 있을까? 사이먼과 에먼스는 이렇게 답했다. "10가지의 수면 학습 연구 결과를 검토해보았다. 이들 가운데 많은 자료를 기업체나 인기 잡지들 그리고 보도 기사에서 아무런 비판도 없이 잠든 사이에 이루어지는 학습의 가능성을 지지하는 증거로서 인용했다. 이들 실험에서 채택했던 방식, 통계, 방법론, 그리고 수면이라는 개념의 기준에 관한 비판적인 분석이 이루어졌다. 모든 연구서는 이런 방면에서 한 가지 이상의 약점을 드러냈다. 연구서들은 수면 중의 학습이 실제로 이루어지는지를 분명히 밝혀내지 못했다. 그리고 특정한 종류의 깨어 있는 상태에서 어느 정도의 학습이 이루어지는 듯했지만 나중에 실험 대상자들은 학습이 이루어질 때 그들이 깨어 있었는지 기억하지 못했다. 이것은 학습 시간의 경제성이라는 시각에서는 실질적으로 대단히 중요한 의미를 가질지도 모르지만, 그런 상태를 '수면 학습'이라고 추론할 수는 없다. (중략) 이 문제는 수면에 관한 불충분한 정의로 인해서 부분적으로 난관에 봉착한다."

그러나 미국 군대에서는 제2차 세계대전 중에 (그리고 실험적으로는 제1차 세계대전 중에도) 낮에 실시한 모스 부호Morse Code와 외국어를 가르치는 교육을 보완하기 위해 취침 중에도 보충 교육을 해서 다분히 만족스러운 결과를 거두었다는 사실만큼은 변함이 없다. 제2차 세계대전이 끝난 후에 미국과 다른 나라의 몇몇 기업체가 다량의 베개 확성기와 시계로 작동하는 축음기와 녹음기를 생산하고는, 서둘러 대사를 암기해야 하는 배우들과, 즉흥 연설이 뛰어나다는 인상을 주기를 원하는 정치가나 목자들, 그리고 시험 준비를 하는 수험생들에게 팔았다. 그리고 마지막으로 가장 돈벌이가 잘되는 고객들로, 현재의 자신에 대해 불만을 느끼고 다른 어떤 인물이 되도록 암시를 받거나 스스로 암시를 걸고 싶어 하는 수많은 사람들에게 팔아서 큰돈을 벌었다. 스스로 실행하는 암시 내용은 쉽게 녹음해서 낮뿐 아니라 잠든 사이에도 거듭 들을 수가 있었다. 외부로부터의 암시는 도움이 되는 매우 다양한 내용을 녹음해서 담은 음반의 형태로 구입이 가능하다. 시중에 나온 판매용 음반들을 보면, 긴장을 풀고 완전한 휴식을 취하도록 돕는 음반, (외판원들에게 인기가 높은) 자신감을 키우는 음반, 매력을 키우고 흡인력이 강한 개성을 갖추게 해주는 음반 따위가 눈에 띈다. 가장 잘 팔리는 품목으로서는 성생활의 조화를 찾는 음반과 살을 빼고 싶은 사람들을 위한 음반이다. ("나는 초콜릿에 냉담하고, 감자의 손짓에 무감각하고, 옥수수빵을 봐도 전혀 입맛이 돌지 않는다.") 건강을 증진시키는 음반과, 심지어는 돈을 더 잘 벌게 하는 음반까지 나왔다. 그리고 정말로 희한한 일은, 이런 음반을 구매한 사람들이 부탁하지도 않았는데 고맙다며 증언하는 말을 들어보면, 많은 남자들이 수면 암시 학습이 시키는 대로 해서 실제로 돈을 더 잘 벌었고, 많은 비만증 여자들이 날씬해졌고, 이혼의 문턱까지 갔던 많은 부부가 성생활의 조화를 찾고는 행복하게 살아간다는 사실이다. 이런 맥락에서 보자면, 1956년 10월호 「최면술의 임상과 실험The Journal of Clinical and Experimental Hypnosis」에 게재된 시어도어 X. 바버Theodore X(enophon) Barber* 의 기고문 〈수면과 최면〉은 시사하는 바가 대단히 크다. 바버 박사는 얕은 잠과 깊은 잠 사이에 뚜렷한 차이가 있다고 지적한다. 깊은 잠이 들면 뇌파계electroencephalograph**가 알파파alpha waves***를 기록하지 않지만, 얕은 잠에서는 알파파가 나타난다. 이런 점을 고려한다면 얕은 잠이 깊은 잠보다는 (두 경우 모두 알파파가 생겨나는) 깨어 있는 상태나 최면이 된 상태에 가깝다. 요란한 소리는 깊은 잠에 빠진 사람을 깨울 수 있다. 그보다 덜 격렬한 자극은 사람이 깨어나게 하지는 않지만, 알파파가 다시 나타나는 원인이 된다. 깊은 잠이 얼마 동안 얕은 잠의 단계로 들어서기 때문이다.

깊은 잠이 든 사람에게는 암시가 전해지지 않는다. 하지만 바버 박사는 얕은 잠이 든 실험 대상자들에게 암시를 주면, 최면에 걸린 몽롱한 상태에서와 똑같은 방법으로 그들이 암시에 반응한다는 사실을 알아냈다.

바버 박사보다 먼저 최면술을 연구한 많은 사람들이 비슷한 실

* 최면 상태에서의 인간 행동을 연구한 미국 심리학자
** 뇌파 기록 장치
*** 정상적인 성인이 긴장을 풀고 휴식을 취하는 상태에서 나타남

험을 했었다. 밀른 브램웰(John) Milne Bramwell• 은 1903년에 처음 출판해서 고전이 된 그의 저서 『최면의 역사, 실제와 이론History, Practice and Theory of Hypnotism』에서 이렇게 기록했다. "많은 권위자들이 자연스러운 수면을 최면 상태의 수면으로 전환시켰던 적이 있다고 주장했다. 웨터스트란드(Otto Georg) Wetterstrand••의 말을 빌리면 잠든 사람들, 특히 아이들이 대상일 때는 공명共鳴, en rapport 하기가 아주 쉬운 경우가 많다고 한다. (중략) 웨터스트란드는 최면 상태를 유도하는 이 방법이 실제 치료에 있어서 매우 가치가 크다고 생각하며, 자주 이 방법을 써서 성공했다고 주장한다." 브램웰은 저명한 권위자인 베른하임(Hippolyte) Bernheim•••과 몰(Albert) Moll•••• 그리고 포렐(Auguste-Henri) Forel••••• 같은 경험이 많은 다른 여러 최면술 전문가들의 글에서 비슷한 내용의 말을 인용한다. 오늘날의 실험가라면 "자연스러운 수면을 최면 상태의 수면으로 전환시켰다"는 식의 표현은 쓰지 않을 것이다. 그가 마음 놓고 할 수 있는 말은 "(알파파가 나타나지 않는 깊은 잠과 반대되는 뜻인) 얕은 잠이란 많은 대상자들이 최면에 빠졌을 때와 마찬가지로 암시를 당장 받아들이는 상태"라는 설명 정도가 될 것이다. 예를 들면, 얕은

• 최면 전문가였던 스코틀랜드의 명의
•• 스웨덴의 심리 치료 전문가
••• 유대계 프랑스인 신경과 전문 의사로, 최면술에 의한 암시 반응 이론으로 유명함
•••• 독일의 정신과 의사
••••• 인간과 개미의 뇌를 연구한 스위스 학자

잠이 든 상태에서 잠시 후에 깨어나면 몹시 심한 갈증을 느끼리라는 말을 들으면, 많은 대상자들이 정말로 목이 칼칼한 상태로 깨어나 물을 찾게 된다. 대뇌 피질은 너무나 무기력해서 제대로 생각할 능력이 없지만, 암시에 반응하고 자율신경계에 암시 내용을 전달할 만큼은 기민한 경계 상태에 임해 있다.

이미 우리가 살펴보았듯이 스웨덴의 유명한 내과 의사이면서 실험 연구가인 웨터스트란드는 잠든 아이들의 최면 치료에서 특별히 큰 성공을 거두었다. 오늘날에는 웨터스트란드의 치료 방법을 수많은 소아과 의사들이 답습하여, 얕은 잠을 자는 동안 아이들한테 도움이 되는 암시를 해주는 기술을 젊은 어머니들에게 가르친다. 이런 종류의 수면 학습법에 의하여 아이들은 오줌을 싸거나 손톱을 물어뜯는 버릇을 고치고, 겁을 먹지 않고 수술을 받을 마음의 준비를 마치고, 어떤 걱정스러운 상황에서도 자신감을 얻어 이겨나가게 된다. 필자도 어린아이들의 수면 학습 치료 방법이 거둔 놀라운 결과들을 보아왔다. 어른들을 대상으로 하더라도 비슷한 결과들이 나올 가능성이 크다.

독재자가 되기를 꿈꾸는 사람이라면 이런 모든 정보에서 배울 바가 무엇인지를 손바닥 보듯 빤히 알게 될 것이다. 적절한 여건하에서는 수면 학습법이 실제로 효과를 거두는데, 그것은 최면만큼이나 효율적이다. 몽롱한 최면에 빠진 사람에게 행하거나 시킬 수 있는 대부분의 작업들은 얕은 잠이 든 사람에게도 그대로 암시할 수가 있다. 언어에 의한 암시는 비몽사몽 상태에 빠진 대뇌 피질을 거쳐 중뇌中腦와 뇌줄기腦幹 그리고 자율신경계까지 전달이 가능하다. 만일 이런 암시들의 착상이 잘 이루어지고 자주 반복된다면, 잠든 사람의 신체적 기능들은 향상되기도 하고 간섭받기도 하며, 새로운 감각 양식이 장착되면 낡은 양식이 조절과 변화를 거치고, 최면 이후의 명령들이 하달되면 촉발 신호 노릇을 하는 어휘와 구호와 공식들이 기억 속에 깊이 뿌리를 내린다. 어른들보다는 아이들이 훨씬 더 좋은 수면 학습 대상이며, 미래의 독재자는 이 사실을 한껏 활용하게 될 것이다. 유아원과 유치원에 다닐 나이의 아이들은 오후 낮잠 시간 동안에 수면 학습 암시를 받게 된다. 보다 나이가 많은 아이들과 특히 당원들의 자식들, 그러니까 자라서 지도자와 행정 요원과 선생이 될 남자아이들과 여자아이들을 위해서는 기숙사 학교가 마련되고, 그곳에서 그들은 우수한 주간 교육과 더불어 야간에는 수면 교육을 추가로 받게 될 것이다. 어른들의 경우에는 병든 사람들에게 특별한 관심이 쏟아질 것이다. 여러 해 전에 파블로프가 입증했듯이, 개성이 강하고 반항적인 개들은 체력이 쇠약해지는 병을 앓거나 수술을 받은 다음에는 암시 반응을 위한 준비가 완전히 갖춰진다. 따라서 우리의 독재자는 모든 병동에 음향 시설을 갖추도록 조처할 것이다. 충수절제술,* 분만 그리고 폐렴이나 간염에 한 차례 시달리고 난

* 흔한 말로 '맹장 수술'임

후에는 지역적인 이념의 원칙들을 상기시키고 참된 신념과 충성심을 집중적으로 심어줄 수 있는 좋은 기회가 마련된다. 형무소, 강제노동 수용소, 군대 막사, 망망대해의 선박, 야간에 이동하는 열차와 비행기, 기차역과 버스 종점의 음산한 대합실에 갇힌 다른 사람들도 역시 좋은 대상이 된다. 비록 이렇게 갇힌 대상들에게 실시한 수면 학습의 암시가 겨우 10퍼센트밖에 성공하지 못한다 하더라도 그 결과는 여전히 대단한 효과를 거둔 것이며, 독재자로서는 상당히 욕심을 부릴 만한 일이다.

얕은 잠이나 최면이 연관되어 높아진 암시 반응으로부터 이제 깨어 있는 사람들, 아니면 적어도 스스로 깨어 있다고 생각하는 사람들의 정상적인 암시 반응으로 넘어가기로 하자. (사실 불교 신자들은 우리들 대부분이 항상 반쯤 잠든 상태에서 살아가며, 다른 누군가의 암시에 순종하는 몽유병자처럼 평생을 보낸다고 주장한다. 깨달음은 절대 각성이다. '부처'라는 말은 '깨달은 자'라고 번역이 가능하다.)

유전적으로 보자면, 모든 인간은 독특하고 여러 면에서 다른 사람과 차이가 난다. 통계학적인 표준으로부터 벗어난 개인적인 다양성의 범위는 놀라울 정도로 넓다. 그리고 통계학적인 표준은 실생활이 아니라 보험 회계사의 업무 장부에서나 쓰이는 용어임을 우리는 잊지 말아야 한다. 실생활에서는 '보통 사람'이라는 그런 인물은 존재하지 않는다. 저마다 신체와 정신에 있어서 타고난 특이성을 지니고, 그들의 생물학적인 다양성을 어떤 문화적인 틀의 획일성에 집어 넣어 맞추도록 노력하는(또는 노력하도록 강요받는) 각별한 남자들과 여자들과 아이들만 존재할 따름이다.

암시 반응은 개인에 따라 대단히 현격한 차이를 보이는 자질들 가운데 하나다. 환경적인 요인들은 확실히 어떤 한 사람이 다른 사람들보다 암시에 더 잘 반응하도록 작용을 하지만, 신체적인 차이들도 그에 못지않게 개인들의 암시 반응에 있어서 분명히 다르게 작용한다. 암시에 대한 극단적인 저항은 상당히 드문 현상이다. 참으로 다행인 일이다. 만일 모든 사람이 몇몇 사람들처럼 암시 반응을 전혀 일으키지 않는다면, 사회생활이 불가능해질 터이기 때문이다. 서로 다양하게 차이가 나기는 하지만 대부분의 사람들이 암시에 상당한 반응을 나타내기 때문에, 사회는 어느 정도의 능률성을 갖추고 기능을 발휘하게 된다. 극단적인 강한 암시 반응은 극단적인 무반응이나 마찬가지로 보기 드문 현상이다. 그 이유는 만일 암시 반응의 극단적인 한계에 처한 남자들이나 여자들처럼 대부분의 사람들이 외부의 암시에 극단적으로 강한 반응을 보인다면, 선거구의 대다수 투표자들에게 자유롭고 이성적인 선택이 사실상 불가능해지고, 민주적인 기구와 절차들이 무너지거나 심지어는 아예 사라지고 말 것이기 때문이다.

몇 년 전에 매사추세츠 종합병원에서는 일단의 연구원들이 통증을 해소하는 위약僞藥, placebo의 효과를 알아보기 위한 대단히 계몽적인 실험을 실시했다. (위약이란 효과를 낸다고 환자가 믿기는 하지만 사실은 약학적으로 아무런 기능도 없는 것을 의미한다.) 이 실험의 대상자들은 방금 수술을 끝내고 나와서 모두가 상당히 심한 통증을 느끼는 162명의 환자들이었다. 환자가 통증을 없애달라고 요구할 때마다 그(녀)에게는 모르핀이나 증류수 주사를 놓아주었다. 그리고 요구를 하지 않더라도 연구원들은 모든 환자에게 약간의 모르핀이나 증류수를 주사했다. 환자들 가운데 30퍼센트는 전혀 통증이 가라앉지 않았다. 그런가 하면 14퍼센트는 증류수를 주사할 때마다 곧 통증이 사라졌다. 대상자들 가운데 나머지 55퍼센트는 때때로 위약을 맞고 통증에서 해방되었지만, 다른 사람들은 그렇지 못했다.

암시 반응이 가능한 대상자들은 암시를 받지 않는 무반응자들과 어떤 면에서 달랐던가? 세심한 조사와 실험을 통해서 성별이나 나이는 중요한 요인이 아니라는 점이 밝혀졌다. 남자들은 여자들만큼이나 자주 위약에 반응을 보였고, 젊은 사람들은 나이가 많은 사람들과 별다른 반응의 차이가 없었다. 표준 실험을 통해 측정한 바에 의하면 지능 또한 중요하지 않았다. 두 집단의 평균 지능지수는 거의 비슷했다. 두 집단의 구성원들이 무엇보다도 뚜렷한 차이를 드러낸 점은 그들의 기질, 그러니까 그들 자신과 다른 사람들에 대하여 느끼는 인식이었다. 반응자들은 무반응자들보다 훨씬 협조적이고, 덜 비판적이고, 의심이 적었다. 그들은 간호사들을 덜 성가시게 했으며, 병원에서 받는 보살핌이 "무작정 좋다"고만 생각했다. 하지만 반응자들은 다른 사람들에 대해서는 무반응자들보다 우호적이기는 하지만, 일반적으로 자신에 대해 훨씬 더 심한 불안감을 느꼈다. 압박을 받아 긴장하면 이 불안감은 위장 장애나 설사, 두통 같은 갖가지 정신신체증psychosomatic* 증상으로 옮겨가는 성향을 보였다. 그들이 느끼는 초조함 때문에, 또는 그런 초조함에도 불구하고, 대부분의 반응자들은 무반응자들보다 감정을 드러냄에 있어서 훨씬 거침이 없고 수다스러웠다. 그들은 또한 훨씬 더 종교적이고, 교회 활동에 훨씬 더 적극적이고, 잠재의식의 차원에서 골반과 복부 기관에 훨씬 더 신경을 많이 썼다.

위약에 대한 반응을 나타내는 이런 숫자들을 최면술에 관한 논문을 쓴 필자들이 그들의 전문 분야와 관련해서 추산한 수치와 비교해 보면 흥미로운 사실을 알게 된다. 전체 인구 가운데 5분의 1가량은 아주 쉽게 최면에 걸린다. 또 다른 5분의 1은 전혀 최면 상태에 빠지지 않거나, 피로 또는 투약으로 인해 심리적인 저항이 약화되었을 때만 최면이 된다. 나머지 5분의 3은 첫 번째 집단보다는 최면을 걸기가 더 어렵지만 두 번째 집단보다는 상당히 쉽게 최면 상태로 들어간다. 수면 학습 음반을 생산하는 어느 사업가는 필자에게 그의 고객들 가운데 20퍼센트가량이 퍽 열성적이어서, 아주 짧은 기간에 놀라운 성과를 거두었노라고 말했다. 암시 반응 분포도에서 다른 쪽

* 심리적 요인으로 인해서 신체적 증상이 나타나는 상호 연관 현상

끝에 몰린 8퍼센트의 소수 집단은 환불을 해달라고 꾸준히 요구한다. 이들 두 극단적인 집단 사이에는 빠른 결과를 얻지는 못했지만 시간이 좀 걸려도 충분히 암시의 영향을 받는 사람들이 위치한다. 만일 인내심을 가지고 적절한 수면 교육의 지시 사항들을 꾸준히 듣는다면 그들은 자신감이나 성생활의 조화, 또는 살이 빠지거나 돈을 더 잘 벌겠다는 소기의 목적을 달성할 것이다.

민주 정치와 자유의 이상들은 인간의 암시 반응이라는 야만적인 현실과 정면으로 맞서게 되었다. 모든 선거구에서 5분의 1이 거의 눈 깜짝할 사이에 최면 상태에 빠지고, 7분의 1은 맹물 주사만 맞아도 고통에서 벗어나며, 4분의 1은 수면 교육에 당장 열광적으로 반응한다. 그리고 너무나도 협조적인 이들 소수 집단들과 더불어 천천히 출발하는 다수의 덜 극단적인 암시 반응은, 목적의식이 분명하며 필요한 시간과 노고를 기꺼이 투자할 각오가 되어 있는 사람이라면 누구나 마음대로 이용할 것이다.

개인의 자유는 높은 단계로 끌어올린 개인의 암시 반응 상태와 양립이 가능한가? 개인뿐 아니라 군중의 암시 반응 성향을 활용하기 위해 훈련을 통해서 익힌 이론과 기법을 동원하여 기술적으로 정신을 조종하는 자들이 내부로부터의 전복을 도모하는 파괴력을 민주주의 체제가 과연 이겨낼 수 있을까? 자신의 안녕뿐 아니라 사회의 안녕을 해칠 정도로 지나치게 암시에 순응하는 타고난 성향을 어느 정도까지 교육의 힘으로 완화시킬 수가 있는가? 사업가들과 종교인들, 권력을 뺏고 빼앗기는 정치가들이 자행하는 무절제한 암시 반응의 착취를 어느 정도까지 법으로 통제할 수 있는가? 처음 두 문제는 앞에서 이미 함축적으로 또는 노골적으로 살펴보았다. 이제부터는 방지와 치유라는 문제를 따져보려고 한다.

11

자유를 위한 교육

자유를 섬기는 교육은 사실들을 증언하고 올바른 가치관을 선언하는 것부터 시작하고, 나아가서 그 가치관을 실현할 때뿐 아니라, 어떤 이유에서든 사실을 무시하고 올바른 가치관을 부정하려는 세력과 맞서 싸울 때 필요한 기술들을 개발해야 한다.

앞에서 필자가 거론했던 '단체 윤리'의 시각을 따져보면, 인구 과잉과 조직 과잉으로 인해서 빚어지는 나쁜 결과들이 정당한 선善이라는 인상을 준다. 그런 가치관의 체제는 인간의 기질과 신체적인 조건에 대하여 우리들이 알고 있는 사실과 과연 일치하는가? 단체 윤리는 인간의 행동을 결정할 때는 오직 양육 과정만이 중요하며, 그래서 (개개인이 타고나는 정신물리학적 특질인) 인간의 본성은 무시해도 되는 요소라고 추정한다. 하지만 정말로 그런가? 인간은 사회적인 환경이 만들어낸 결과물일 따름인가? 그리고 그것이 만일 사실이 아니라면, 각 개인보다 그들이 구성원으로서 이룩한 집단이 더 중요하다는 주장을 무엇으로 정당화할 수 있겠는가?

지금까지 밝혀진 모든 증거는 집단과 개인의 삶에서는 형질 유전이 문화 못지않게 중요하다는 결론으로 귀착된다. 모든 개인은 다른 어떤 개인과도 다르며, 생물학적으로 특이하다. 따라서 자유는 위대한 선이며, 관용은 위대한 미덕이고, 조직적인 규격화는 대단히 불행한 현상이다. 이론적 또는 실질적인 이유들을 앞세워 독재자들과 조직책들과 몇몇 과학자들은 골치 아플 정도로 다양한 인간의 본성을 관리하기 쉬운 어떤 획일성으로 간소화하기를 간절히 바란다. J. B. 왓슨John Broadus Watson* 은 행동주의에 대한 그의 열정을 처음 쏟아낼 무렵에 "행동의 유전적인 모형이나 경향을 입증하는 어떤 본보기나, 집안에서 대대로 전해진다는 (음악과 미술 따위의) 특별한 능력의 사례를 전혀 찾아낼 수 없었다"고 당당하게 선언했다. 그리고 오늘날에도 우리는 저명한 심리학자인 하버드 대학의 B. F. 스키너Burrhus Frederic Skinner** 교수가 밝힌 이런 주장을 접할 수 있다. "과학적인 설명이 점점 더 포괄적인 성격을 띠게 되면서, 한 개인이 스스로 내세우는 공헌이란 제로에 가까워 보인다. 인간이 자랑삼는 창조적인 힘, 예술과 과학과 사상 분야에서 인간이 성취한 업적, 인간이 선택하는 능력과 그런 선택으로 빚어진 결과에 대해서 우리들이 책임을 묻는 권리—이런 것들 가운데 새로운 과학적 자화상에서 두드러져 보이는 양상은 하나도 없다." 간단히 얘기하자면, 셰익스피어의 희곡들은 셰익스피어의 작품이 아니고, 심지어는 베

* 행동주의 심리학을 창시한 미국의 심리학자
** 행동주의를 옹호한 미국의 심리학자

이컨Francis Bacon, 1st Viscount St. Alban[•]이나 옥스퍼드 백작Edward de Vere, 17th Earl of Oxford[••]도 아니며, 엘리자베스 시대의 영국이 만들어낸 작품이라는 주장이다.

60여 년 전에 윌리엄 제임스William James[•••]는 〈위대한 인물들과 그들의 환경Great Men and Their Environment〉이라는 논문을 발표하여, 작심을 하고 허버트 스펜서Herbert Spencer[••••]의 공격에 반박하며 '우수한 개인'이라는 개념을 옹호하고 나섰다. 스펜서는 (X, Y 그리고 Z 교수가 어떤 특정한 시기에 밝힌 견해들을 멋지고도 기막히게 의인화한 용어인) '과학인'이 '위대한 인간'의 개념을 완전히 무너트렸다고 주장했다. 스펜서가 쓴 글의 내용이다. "위대한 인간은 그를 탄생시킨 사회에서 일어난 모든 다른 현상과 함께 엮어, 선례들이 생산해낸 하나의 결과물로 분류해야 한다." 위대한 인간은 "변화를 시작하는 자에 가장 근사한 인물일지도 모른다(아니면 그렇게 보일지도 모른다). (중략) 하지만 혹시 이런 변화들을 참되게 설명하는 무엇이 존재한다면, 그것은 그 인물과 배경을 이룬 여러 조건들의 집합체 안에서 찾아야 한다." 이것은 어떤 실질적인 의미도 결부시키기가 불가능한 공허하고도 심오한 사상들 가운데 하나다. 이

• 셰익스피어의 작품들을 쓴 진짜 작가라고 소문이 났던 몇 사람 가운데 하나임
•• 1920년대 이후에 셰익스피어 작품들의 실제 집필자라고 널리 알려졌던 영국 귀족
••• 천재 집안이라고 알려진 가문 출신의 미국 심리학자이며 철학자로서, 소설가 헨리 제임스Henry James의 형이며, '의식의 흐름stream of consciousness'이라는 용어를 처음 사용했음
•••• 사회 진화론을 주장한 19세기 영국의 철학자

철학자가 주장하는 말은 우리가 무엇이든지 하나라도 이해하려면 그전에 모든 것을 미리 알아야 한다는 뜻이다. 그렇기는 하다. 그러나 사실 우리는 모든 것을 다 아는 경지에는 죽을 때까지 이르지 못한다. 따라서 우리는 위대한 사람들의 영향력을 비롯한 모든 사실의 부분적인 이해와 근사치 원인의 파악으로 만족해야 한다. 윌리엄 제임스는 이렇게 반박했다. "인간으로서 확실하게 이해할 수 있는 사실이라고는, 위대한 인간의 사회(라는 표현이 적절하겠지만, 어쨌든 한 사회)는 그가 사회를 개조하기 전에는 그런 사람을 탄생시키지 못한다는 것이다. 그를 만들어낸 신경생리학적 요인들이 사회적, 정치적, 지리적, 그리고 상당히 광범위한 부분에서 인류학적인 여건들과 이루는 상호관계란 필자가 지금 이 글을 쓰는 동안 깜박거리는 가스등과 베수비어스 산 분화구의 관련성만큼이나 가까우면서도 멀다. 혹시 스펜서는 정신적으로 온갖 특이한 자질을 가진 W. 셰익스피어라는 사람이 1564년 4월 26일(출생일이 아니라 영세를 받은 날임)에 하필이면 왜 그곳에서 태어났는지를 따지려는 사회학계의 압력을 수렴하여 스트랫퍼드-어폰-에이번Stratford-upon-Avon*에 대해서 그토록 집착한 것은 아니었을까? (중략) 그리고 그가 말하려던 바는 앞에서 언급한 W. 셰익스피어가 만일 소아 콜레라로 죽기라도 했다면, 스트랫퍼드-어폰-에이번의 어느 다른 어머니가 사회

* 셰익스피어의 출생지

학적인 평형성을 복원하기 위해 셰익스피어와 똑같은 복제품 아기를 필연적으로 임신했으리라는 의미일까?"

스키너 교수는 실험을 중요시하는 심리학자여서, 그의 논문 〈과학과 인간의 행동Science and Human Behavior〉은 탄탄한 사실들에 기초를 두고 있다. 하지만 불행하게도 사실들은 너무나 제한된 소수의 계층만이 소유하고 있어서, 그가 드디어 과감히 일반화하려고 했을 때는 그가 내린 결론들이 빅토리아 시대 이론가들의 주장만큼이나 황당할 정도로 비현실적이 되고 말았다. 그런 불가피한 결과가 빚어진 까닭은 제임스가 '신경생리학적 요인들'이라고 정의한 양상에 대해 스키너 교수가 허버트 스펜서만큼이나 철저히 무관심했기 때문이다. 그는 인간의 행동을 결정하는 유전적 요인들에 관한 언급을 채 한 쪽도 채우지 못하고 끝내버렸다. 그의 저서에서는 체질 의학constitutional medicine에 대해서는 아무런 언급이 없고, 체질 심리학constitutional psychology*은 암시조차 하지 않았는데, 체질 심리학에 입각한다면 (그리고 필자가 판단하는 바로서는 오직 체질 심리학에 입각해서만) 한 개인의 존재와 관련된 사실들—몸, 기질, 타고난 천부적인 지적 재능, 살아온 시대와 장소와 문화처럼 모든 순간에 그가 가까이서 접했던 환경을 입체적으로 참조하여 그 인물의 철저하고도 사실적인 일대기를 밝혀내는 일이 가능하다. 인간

* 인간의 기질을 체형과 관련지어 연구하는 심리학

의 행위에 관한 학문은 관념적으로 운동을 연구하는 학문과 같아서, 필요한 분야이기는 하지만 사실에 대입하면 그 자체만으로는 전혀 쓸모가 없을 정도로 불충분하다. 잠자리와 로켓과 부서지는 파도를 살펴보자. 세 가지 모두 똑같은 운동의 기본적인 법칙을 보여주지만 그것들이 이 법칙을 보여주는 방법은 저마다 다르며, 그렇기 때문에 차이점은 적어도 동일성만큼은 중요한 의미를 갖는다. 운동에 대한 연구는 그 자체만으로는 어떤 주어진 순간에 발생하는 대상의 움직임에 관하여 우리에게 거의 아무것도 설명하지 못한다. 마찬가지로 행동에 대한 연구는 우리에게 그 자체만으로는 어떤 특정한 순간에 행동으로 나타나는 개인적인 정신-육신mind-body 관계에 대하여 거의 아무것도 알려주지 못한다. 그러나 정신-육신 결합체인 우리들에게는 정신과 육신에 관한 지식이 무엇보다도 중요하다. 뿐만 아니라 우리는 관찰과 경험을 통해서 개별적인 정신-육신들의 차이가 엄청나게 크며, 어떤 정신-육신들은 그들의 사회적인 환경에 대단한 영향을 끼칠 힘을 지녔고 실제로 그런 영향을 끼치기도 한다는 사실을 잘 안다. 이 마지막 쟁점에 대하여 버트런드 러셀은 윌리엄 제임스뿐 아니라, 필자의 소견으로는 스펜서나 행동주의와 같은 과학만능주의의 깃발을 휘두르는 사람들이 아니라면 사실상 모든 사람의 견해에 완전히 동의한다. 러셀의 견해로는 역사적인 변화의 원인들로 경제적인 변화, 정치적인 이론 그리고 중요한 인물들 이렇게 세 가지를 꼽고 있다. 러셀은 이렇게 말한다. "나는 이들 가운데 어떤 원인도 다른 종류의 원인들을 제공하는 절대적인 영향력이라고 싸잡아서 설명하거나 전혀 관계가 없다고 무시해서는 안 된다고 믿는다." 그렇기 때문에 만일 비스마르크와 레닌이 어려서 죽었다면 우리들의 세상은 부분적으로 비스마르크와 레닌의 영향을 받은 지금의 세상과는 아주 많이 달라졌으리라. "역사는 아직 과학적인 학문이 아니며, 왜곡과 누락에 의해서만 과학적인 모습을 갖추게 된다." 하루하루를 살아가는 현실의 삶에 있어서 개인의 존재를 한마디로 속 시원하게 설명할 길은 전혀 없다. 개인의 공헌이 거의 제로에 가깝다는 주장은 오직 이론상으로만 가능하며, 실제로는 그들의 공헌이 절대적인 중요성을 지닌다. 어떤 한 가지 작은 업적이 이루어질 때, 실제로 그 일을 하는 사람은 누구인가? 누구의 눈과 귀가 파악을 하고, 누구의 대뇌 피질이 사고를 하며, 동기를 유발하는 감정 그리고 역경을 이겨내려는 의지를 누가 가지고 있는가? 그것은 분명히 사회적인 환경은 아니다. 집단은 유기체가 아니라 눈이 멀고 의식이 없는 조직이기 때문이다. 사회 안에서 이루어지는 모든 것은 개인들이 이룩한다. 개인들은 물론 지역 문화로부터, 금기 사항과 도덕적 원칙으로부터, 과거에서 물려받아 문자로 이루어진 문헌들과 구전으로 한데 엮어진 형태로 보존되는 올바른 정보와 왜곡된 정보로부터 엄청난 영향을 받는다. 하지만 개개인이 저마다 사회로부터 받아들이는 온갖 지식(보다 정확히 표현하자면 집단 내에서 관련을 맺은 다른 개인들로부터 받아들이는 지식, 또는 생존했거나 사망한 다른 개인들이 수집해놓은 상징적인 기록 따위의 지식)은 다른 어떤 사람도 아닌 자신의 특별한 감각과 생화학적 구성과 체격과 기질에 따라 저마다 나름대로의 독특한 방법으로 활용하게 된다. 그 어떤 포괄적이고 과학적인 설명을 아무리 많이 동원하더라도 이런 자명한 사실들을 속 시원하게 풀어내지는 못한다. 그리고 사회적인 환경이 만들어낸 인간에 대한 스키너 교수의 과학적인 초상화는 유일한 과학적 초상화가 아니라는 사실을 우리는 잊지 말아야 한다. 보다 사실적으로 똑같이 그려낸 다른 초상화들도 존재한다. 예를 들어, 로저 윌리엄스Roger Williams 교수의 초상화를 살펴보자. 그가 그려놓은 초상화는 추상적인 행위가 아니라, 한편으로는 다른 정신-육신들과 함께 나누는 환경으로부터 생성되고, 또 한편으로는 그들 자신의 개인적인 유전에 의해서 형성된 정신-육신의 행위다. 그의 저서 『인간의 경계The Human Frontier』와 『자유롭지만 평등하지는 않다Free but Unequal』에서 윌리엄스 교수는 왓슨 박사가 뒷받침할 증거 자료를 찾지 못했고, 스키너 교수의 눈에는 그 중요성이 제로에 가깝다고 했던, 개인들 사이에 존재하는 차이점에 관하여 풍부하고도 자세한 증거를 구사하며 상세하게 파헤쳤다. 동물들 사이에서는 진화의 단계를 거슬러 올라갈수록 특정한 종 내에서 나타나는 생물학적인 다양성이 점점 더 뚜렷해진다. 이런 생물학적인 다양성은 인간에게서 가장 높게 나타나며, 인간은 생화학적, 구조적, 기질적인 다양함에 있어서 다른 어떤 종의 구성원들보다도 훨씬 더 큰

폭의 차이를 보여준다. 이것은 쉽게 관찰할 수 있는 사실이다. 하지만 필자가 '질서 의지Will to Order'라고 이름을 붙인 욕망은 이런 사실을 많은 사람들이 무시하고 사물과 사건들에서 드러나는 잡다한 다양성에 파악하기 쉬운 일관성을 부여하려는 습성에 길들도록 부추겨왔다. 그들은 생물학적인 독특성을 최소화해서, 현재의 지식수준에 따라 훨씬 이해하기 쉽고 보다 단순한 환경적 요인들에 그들의 모든 관심을 집중하여 인간 행동을 파악하려고 했다. 다음은 윌리엄스 교수가 쓴 글이다. "이렇게 환경에 초점을 맞춘 생각과 연구의 결과로 유아기에 인간이 본질적 획일성을 지닌다는 학설을 사회심리학자, 사회학자, 사회인류학자, 그리고 역사가, 경제학자, 교육학자, 법학자뿐 아니라 공직 생활을 하는 사람들을 위시하여 많은 거대한 집단들이 널리 받아들이고 지지했다. 이 학설은 교육에 관한 행정부의 정책을 관장하는 많은 사람들의 지배적인 사고방식과 결합하여, 거의 비판적인 생각을 스스로 하지 않는 사람들이 아무런 이의도 없이 받아들이는 지경에 이르렀다."

제대로 현실적인 평가를 내린 경험의 자료를 기초로 삼은 윤리 체제는 해를 끼치기보다는 도움이 되는 경우가 더 많다. 그러나 많은 윤리 체제가 사물의 본질을 한심할 만큼 비현실적인 관점으로 해석한 경험의 평가를 기초로 삼는다. 그런 윤리는 좋은 일을 하기보다는 해를 끼칠 가능성이 더 크다. 이렇듯 상당히 최근까지 사람들은 험악한 날씨와 가축들의 질병과 발기 불능이 마법사의 악질적인 장난으로 발생한다고 보편적으로 생각했으며, 많은 경우에는 실제로 그렇다고 믿었다. 따라서 마법사들을 잡아서 죽이는 것이 하나의 의무였으며, 더구나 이 의무는 모세의 두 번째 경전*에서 "너희는 마녀를 살려두면 안 된다"**고 밝혔듯이 신의 뜻에 따라 이루어졌다. 사물의 본질에 대한 잘못된 관점에 기초를 둔 법과 윤리학 체계들은 (직권을 장악한 자들이 그것을 가장 진지하게 따랐던 수백 년 동안) 지극히 끔찍한 악행들의 원인이 되었다. 마법에 관한 그릇된 견해들이 논리적이고 의무적인 행위라고 옹호해주었던 그들의 염탐질과 합법적인 살인과 소수에 의해서 제멋대로 자행된 교수형의 향연은, 경제에 관한 잘못된 견해에 기초를 둔 공산주의 윤리와 인종에 관한 잘못된 견해에 기초를 둔 나치의 윤리가 더욱 광범위한 규모로 만행을 자행하고 정당화하게 된 오늘날에 이르기까지, 전에는 그 유례를 찾아볼 수가 없었다. 인간은 전적으로 사회적인 종種이며, 아이들은 획일적으로 태어나고, 개인들이 집단적인 환경 안에서 그리고 그 환경에 의해서 이루어지는 조건 붙이기의 소산이라는 잘못된 견해에 기초를 둔 단체 윤리가 보편적으로 수용되고 나면 그에 못지않게 앞으로 바람직하지 못한 결과들이 전개될 가능성도 없지 않다. 만일 그런 견해들이 옳다면, 만일 인간이 사실상 진정한 사회적 종의 구성원들이라면, 그리고 만일 그들의 개인적인 차이

* 모르몬교의 경전
** 구약성서에서는 탈출기(출애굽기) 22장 18절에 같은 내용이 나옴

가 하찮은 정도여서 적절한 습성 훈련을 거쳐 완전히 평준화시킬 수 가 있다면, 자유는 필요가 없어지고 국가는 자유를 요구하는 이단자들을 처형할 당당한 권리를 행사하게 된다. 개별적인 흰개미에게는 개미탑에 대한 봉사가 완전한 자유다. 그러나 인간은 철저하게 사회적인 동물이 아니며, 적정 수준까지만 군거성 성향을 보인다. 그들이 이룬 사회들은 벌집이나 개미탑 같은 유기체가 아니라 조직체, 그러니까 집단적인 삶을 위해 형성한 임시 기구인 셈이다. 뿐만 아니라, 개인들 사이의 차이가 워낙 커서 아무리 강력하고 철저한 평준화를 강행하더라도, (W. H. 셸던 박사의 용어를 차용하자면) 극심한 내배엽형endomorph[*]은 붙임성이 좋은 내장형viscerotonic[**] 특성들을 간직하고, 극심한 중배엽형mesomorph[***]은 살이 찌든 마르든 적극적이고 활동적인 신체형somatotonic[****]을 유지하고, 극심한 외배엽형ectomorph[*****]은 끝까지 내향적이고 과민한 두뇌형cerebrotonic[******] 성격을 버리지 않는다. 필자의 우화 『멋진 신세계』에서는 사회적으로 바람직한 행위는 유전적인 조작과 출산 후 습성 훈련이라는 이중 장치로 안전하게 보존된다. 아기들은 유리병 속에서 배양하고, 일단 생산된 인간에게서 높은 수준의 획일성을 확

- * 소화 기관이 잘 발달한 비만체로, 체형이 둥글고 지방이 많은 사람
- ** 비만형에, 흔히 대범하고 사교적인 기질을 뜻하는 심리학 용어
- *** 타고난 체형이 마르지도 않고 비만하지도 않은 중간 체격
- **** 근골이 발달한 사람에게 많은 정력적인 기질
- ***** 마른 체격
- ****** 비사교적이고 내성적인 기질이며, 야윈 사람에게 많음

보하기 위해 제한된 수의 모체로부터 채집한 난자들을 사용하여, 개별적인 난자를 계속 쪼개가면서 100개체 이상의 일란성 쌍둥이를 생산하도록 처리한다. 이렇게 함으로써 표준화된 기구들을 담당할 표준화된 기구 관리자들을 만들어내는 일이 가능해졌다. 그리고 기구 관리자들의 표준화는 출산 이후에 유아기 습성 훈련과 수면 교육, 그리고 자신이 창조적이고 자유롭다는 느낌의 만족감을 대체하기 위해 화학적으로 유도한 일시적 행복감을 통해서 완벽해졌다. 앞에서 지적한 바와 같이 우리가 살아가는 세상에서는 막강한 비개인적인 힘들이 권력의 집중과 집단적으로 통제하는 사회를 향해서 나아가는 중이다. 개인의 유전적 표준화는 아직 불가능하지만, 거대한 정부와 대기업은 『멋진 신세계』에서 서술한 바와 같은 그런 정신을 조종하는 온갖 기술들, 그리고 필자로서는 상상력이 부족해서 꿈조차 꾸지 못하는 기술들을 이미 보유하고 있거나 아주 가까운 미래에 보유하게 될 것이다. 태아들에게 유전적 획일성을 부여할 능력이 없기 때문에 인구 과잉에 조직 과잉된 미래 세계의 통치자들은 성인들과 그들의 아이들에게 사회적이고 문화적인 획일성을 부여하려고 시도할 것이다. 이 목적을 달성하기 위해서 그들은 (누가 미리 막아내지만 않는다면) 이미 보유한 정신을 조작하는 모든 기술을 동원하고, 이런 수단들을 보완하기 위해 경제적인 압박이나 신체적인 폭력의 위협과 같은 비이성적인 설득을 행사하기를 주저하지 않을 것이다. 이런 종류의 포악한 만행을 피하려면 우리는 우리 자신과 후손들에게 자유와 자치에 대한 교육을 지체하지 말고 시작해야 한다.

필자가 지적했듯이 자유에 대한 교육은 무엇보다도 먼저 모든 사실에 관한 가치관의 교육—개인적인 다양성과 유전적 특이성이라는 사실, 그리고 이런 사실들의 당연한 추론적 결과인 윤리적 자유와 관용과 상호 박애의 가치관을 가르치는 교육이어야 한다. 하지만 불행히도 정확한 지식과 건전한 원칙들만으로는 충분하지가 않다. 흥분을 자아내지 않는 진실은 흥미진진한 거짓에 가려 묻혀버릴지도 모른다. 열정을 자극하려는 교묘한 호소는 흔히 지나치게 강력해서 가장 훌륭한 해답이 되기가 어렵다. 파괴적이고 거짓된 악성 선전의 효과들은 선전 기술들을 분석하고 궤변을 꿰뚫어보는 훈련 없이는 무력화하기가 불가능하다. 언어는 인간이 동물적인 생활로부터 문명의 단계로 발전하도록 도와주었다. 하지만 언어는 체계적인 미래지향적 예측, 꾸준하게 지속되는 천사 같은 자비심, 선행이라는 미덕들을 고취한 것과 마찬가지로 인간 행위의 특성을 이루는 그 집요하게 어리석고, 조직적이고, 완전한 악마적인 사악함 또한 부추겨왔다. 언어는 그것을 사용하는 사람들로 하여금 사물과 사람이 눈앞에 없더라도, 그리고 사건이 아직 일어나지 않았더라도, 어떤 사물과 사람과 사건으로 관심이 쏠리는 현상을 용납한다. 언어는 경험을 상징으로 해석함으로써 우리의 기억에 정의를 내려주고, 열망이나 혐오감 또는 증오나 사랑의 직접성을 감정과 행위에 관한 고정된 원칙들로 전환해준다. 두뇌의 망상계網狀系는 무수한 자극의 집단으로부터 우리에게 실질적인 중요성을 지닌 소수의 경험을 취사선택하기 때문에, 그런 전환 과정에서 어떤 방법들은 우리가 전혀 의식하지 못한다. 이렇게 무의식적으로 선택한 경험들로부터 우리는 어느 정도 의식적으로 보다 적은 수의 사례를 선택하고 추상화하고는, 거기에다 우리가 보유한 기존의 어휘군에서 단어들을 가져다 붙인다. 그러고는 보다 높은 차원의 추상적 단어들을 구사하여 동시에 형이상학적이고, 과학적이기도 하며 윤리적인 체계에 따라서 분류한다. 선택과 추상화가 이루어지는 과정에서 사물의 본질에 관한 견해가 지나치게 오류를 범하지 않고, 단어의 선정 방식에서 제대로 지성적인 분류가 이루어졌으며, 나아가 선정된 단어에 담긴 상징적인 성격을 명확하게 이해할 수 있는 체계로부터 지배를 받는 경우에는, 우리의 행동이 현실적이면서 상당한 품위를 지니게 된다. 하지만 상징적인 단순한 성격을 전혀 이해하지 못하고 그릇된 개념들의 체제에 입각해 선정하여 나쁜 방법으로 추상화한 체험들에 적용된 어휘들의 영향을 받은 경우에는, 우리는 조직화한 우매함에 휩쓸려 악마처럼 행동할 가능성이 큰데, 우둔한 동물들은 (그들이 우둔하고 말을 못 한다는 바로 그 이유 때문에) 다행히도 인간처럼 그런 행동을 저지르지 않는다.

자유의 적들은 나름대로의 반이성적 선전을 통해, 정신을 조종하는 하수인들이 원하는 대로 생각하고, 느끼고, 행동하도록 희생자들을 기만하고 몰아대어 결국 그들과 똑같이 생각하고, 느끼고, 행동하도록 유도하기 위해 언어라는 방편을 조직적으로 가로막아 훼방을 놓는다. 자유(그리고 자유의 조건이면서 결과이기도 한 사랑과 지성)의 교육은 무엇보다도 언어의 올바른 사용법을 가르치는 교육이어야 한다. 지난 두어 세대 동안에는 사상가들이 의미의 의미와 상징들의 분석에 굉장히 많은 시간과 생각을 할애했다. 사람들이 상대하고 처리해야 하는 사물과 사람과 사건과 연관 지어 하루하루의 삶에서 우리가 말하는 어휘와 문장들은 어떠한가? 이 문제에 대하여 토론을 벌이려면 시간이 너무 많이 걸리고 본론에서 너무 멀리 벗어나고 말 것이다. 언어의 올바른 사용을 가르치는 건전한 교육, 유치원에서부터 대학원에 이르기까지 모든 차원에서 이루어지는 교육을 위한 모든 지적인 자료들이 지금은 마련되어 있다고 말하는 정도로 만족하자. 상징의 적절한 사용법과 부적절한 사용법을 구별하는 기술을 가르치는 교육은 당장 개시할 준비가 되어 있다. 사실은 지난 3, 40년 동안 그것은 언제라도 시작될 수 있었다. 그럼에도 불구하고 아이들은 어느 곳에서도 어떤 체계적인 방식으로도 거짓과 진실을, 의미 있는 말과 무의미한 진술을 구별하는 교육을 받지 못했다. 어쩌다가 그렇게 되었을까? 그것은 그들의 윗사람들이, 심지어는 민주적인 국가들에서도, 아이들에게 그런 종류의 교육을 시키기를 원하지 않았기 때문이다. 이런 맥락에서 보자면 선전 분석 연구소Institute for Propaganda Analysis의 짧고도 슬픈 역사는 대단히 중요한 의미를 갖는다. 이 연구소는 나치의 선전 활동이 가장 요란하고 가장 효과적이었던 무렵인 1937년에 뉴잉글랜드의 박애주의자 필린Edward A. Filene•에 의해 설립되었다. 분석 연구소의 후원을 받아 비이성적 선전의 분석이 이루어졌고, 고등학교와 대학교 학생들을 가르치기 위한 몇 가지 교재가 마련되었다. 그러다가 전쟁이 일어났는데—그것은 물리적인 면은 물론이요 정신적인 면에서까지 모든 전선에서 이루어진 총체적인 전쟁이었다. 모든 연합국 정부들이 '심리전'을 전개하는 가운데, 선전 방식을 분석하는 일이 바람직하다는 주장이 조금은 서투르고 분별없는 짓처럼 여겨지기 시작했다. 연구소는 1941년에 문을 닫았다. 그러나 막상 참혹한 전쟁이 터지기 이전부터 연구소의 활동을 심히 못마땅하게 여기던 사람들이 많았다. 예를 들면, 일부 교육자들은 사춘기 청소년들이 지나치게 냉소적이 되어 인생을 백안시하게 된다는 근거로 선전 활동 분석 결과를 가르치지 말아야 한다고 반대했다. 징집병들이 훈련 조교의 말을 꼬치꼬치 분석할지도 모른다고 걱정했던 군 당국 또한 그것을 환영하지 않았다. 성직자들은 신앙을 훼손하여 신자들의 수를 감소시킬 가능성이 보인다는 이유로 선전 분석을 반대했고, 광고주들은 그것이 상표에 대한 신뢰를 떨어트리고 판매에 지장을 줄지도 모른다는 이유로 싫어했다.

• 독일계 유대인으로 미국으로 건너가 백화점 사업으로 성공했음

이런 두려움과 불만은 근거 없는 얘기가 아니었다. 목사나 윗사람들이 하는 말에 대하여 많은 평범한 사람들이 지나치게 꼼꼼히 따지고 들면 심각한 반발을 일으킬 염려가 다분했다. 지금 현재의 형태를 살펴본다면, 사회 질서가 계속 존속하기 위해서는, 권위를 장악한 사람들이 제시하는 선전과 지역 전통이 신성하게 포장된 선전에 대하여 지나치게 난처한 질문을 하지 않으면서 그냥 받아들이는 사람들의 수용 여부가 절대적인 결정 요인으로 작용한다. 여기에서도 다시 만족스러운 중용의 길을 찾아내는 문제가 관건이다. 개인은 그들의 사회가 보유한 기능을 제대로 발휘하는 데 기꺼이 응할 암시 반응 잠재성을 충분히 갖춰야 하지만, 전문적인 정신 조종자들의 주문呪文에 무기력하게 홀려 걸려들 정도로까지는 반응하지 않아야 한다. 비슷한 얘기지만, 말도 안 되는 황당한 얘기를 무비판적으로 믿어버리지 않도록 그들을 보호하기 위해서는 선전 분석에 대해 충분한 교육을 시켜야 했지만, 전통을 지켜나가려는 선의의 수호자들이 마구 쏟아내는 바람에 항상 이성적이지는 않았던 발언들을 그들이 정면으로 거부할 정도로까지 많은 교육을 시켜서는 안 되었다. 아마도 잘 속아 넘어가는 어리석음과 무작정 의심하는 태도 사이에서 분석만 가지고 만족스러운 중용의 길을 찾아내어 유지하기는 절대로 불가능할지도 모른다. 문제에 대한 상당히 부정적인 이런 접근 방법은, 사실의 견실한 기초 위에 이루어져 보편적으로 수용 가능한 가치관의 체계와 같은, 보다 긍정적인 어떤 발어법發語法으로 보완되어야만 한다. 인간의 다양성과 유전적 특이성이라는 사실을 기초로 삼으며 무엇보다도 우선하는 개인적인 자유의 가치, 현대 정신 의학을 통해 최근에 재발견된 익숙하고도 오랜 사실—육체적이거나 정신적인 온갖 다양성에도 불구하고 인간에게는 사랑이 식량이나 피난처처럼 절실하게 필요하다는 사실을 기초로 한 박애와 자비의 가치, 그리고 마지막으로, 그것이 없다면 사랑은 무기력해지고 자유는 성취하기가 불가능해지는 지성의 가치. 이런 일련의 가치관은 우리에게 선전 활동을 심판할 기준을 마련해준다. 황당무계하고 부도덕하다고 여겨지는 선전은 단호하게 거부해야 옳다. 단순히 비합리적이기는 하지만 사랑이나 자유와 조화를 이루고 지성의 활동을 반대하려는 원칙과 타협하지 않으려는 선전 내용은 그것이 지닌 가치를 참작하여 조건부로 수용해도 될 것이다.

12

해답은 무엇인가?

인간에게는 자유를 위한 교육이 가능하며, 우리는 지금보다 훨씬 훌륭한 자유 교육을 실행할 능력이 있다. 그러나 자유는 필자가 지금까지 보여주려고 했듯이 여러 방향으로부터 공격을 당하는 실정이고, 이런 위협들의 종류는 인구 통계학적, 사회적, 정치적, 심리적인 방면에서 다양하다. 우리가 시달리는 질병은 상호 작용하는 원인들이 잡다하게 얽힌 복합체여서, 역시 상호 작용하는 치료법들을 통해서가 아니고는 구제가 불가능하다. 어떤 복합적인 인간 상황에 대처할 때라도 우리는 오직 단 한 가지 요인이 아니라 모든 관련된 요인들을 함께 고려해야 한다. 모든 것을 포괄하는 경지에 못 미치는 어떤 것도 사실은 결코 충분하지 못하다. 자유는 위협받고 있으며, 때문에 자유를 위한 교육이 시급히 필요하다. 하지만 다른 많은 조건들도 마찬가지다. 예를 들면, 자유를 위한 사회적인 조직, 자유를 위한 산아 제한, 자유를 위한 입법화 따위가 그렇다. 이런 사항들 가운데 마지막 세 가지를 우선 살펴보기로 하자.

대헌장大憲章, Magna Carta 시대와 심지어는 그 이전부터, 영국의 입법자들은 개인의 신체적인 자유를 보호하는 데 관심을 쏟았다. 불확실하고 미심쩍은 법적 근거로 감옥에 갇혀 있는 사람은 1679년 법령에 의해 확정적으로 승인한 보통법에 따라 'habeas corpus'* 를 상부 법원에 요청할 권리가 있다. 이 영장은 고등법원의 판사가 교도소장이나 치안판사에게 발부하여, 그가 구속 중인 사람과 관련된 사건을 검토하기 위해 죄수를 구체적으로 밝힌 특정 기간 안에 법정으로 데려오도록 명령하는 제도다. 특기할 사실은 해당자가 문서로 작성한 탄원서를 가져오거나 법적 대리인들을 출두시키라는 것이 아니라, 구속된 자의 'corpus'**, 즉 그의 몸뚱이—억지로 널빤지 위에서 잠을 자고, 고약한 악취가 풍기는 감옥의 공기를 마시고, 역겨운 옥중 음식을 먹어야 했던 바로 그 살덩어리를 가져오도록 매우 확실하게 명시했다는 점이다. 신체적인 불편함이 없어야 한다는 자유의 기본 조건에 대한 이런 배려는 의심할 나위 없이 필요한 사항이지만, 그것만이 필요한 모든 조처는 아니다. 어떤 사람이 감옥에서 나오기는 했지만 여전히 자유롭지는 못한 경우, 그러니까 신체적인 억압은 당하지 않으면서도 심리적인 포로가 되어, 국가를 대표하는 사람들이 원하는 대로, 또는 국가 내에서 어떤 사적인 이해관계로 인해 그에게 생각하고 느끼고 행동하도록 요구하는 그대로 억지로 생각하고 느끼고 행동해야 하는 경우도 있다. 'habeas

* 구속 적부 심사를 위해 피구속자를 법정에 출두시키는 인신 보호 영장
** '신체'를 뜻하는 라틴어

mentem'•이라는 것은 절대로 존재할 수가 없으니, 어떤 교도소장이나 치안판사도 불법적으로 구금한 정신을 법정으로 데려올 수 없으며, 앞에서 누누이 설명했던 방법들에 의해 정신이 포로가 된 어떤 사람도 자신이 구속된 처지에 대하여 하소연할 입장은 못 될 것이기 때문이다. 심리적인 강압의 본질이 어떤 차원인가 하면, 억압된 상태에서 행동하는 사람들은 그들이 자신의 자발적인 뜻에 따라 스스로 그렇게 행동한다는 인식을 벗어나지 못한다. 정신 조작의 피해자는 그가 피해자라는 사실을 알지 못한다. 그의 눈에는 감옥의 벽이 보이지 않는다. 그는 훌륭한 법들이 지침 법령으로 남아 있으리라고 믿지만, 알고 보면 이런 자유로운 형태들은 심각하게 비자유스러운 실체를 단순히 눈에 보이지 않도록 가려놓는 장식 노릇을 할 따름이다. 아무런 저지를 당하지 않는 인구 과잉과 조직 비대화를 기정사실로 받아들인다면, 우리는 군주 정치의 외적인 모든 양상을 존속시키는 가운데, 민주적인 국가들 내부에서 영국을 민주주의로 발전시켰던 과정이 거꾸로 뒤집히는 꼴을 당하게 될지도 모른다. 가속화하는 인구 폭증과 증가하는 조직 비대화의 무자비한 공격을 받으면서, 점점 더 효과적으로 발전하는 정신 조작의 수법들이 동원되어 민주 정체들은 본질이 바뀌고, 선거와 의회와 대법원 따위의 낡고 해괴한 거죽 형태들만 남을 것이다. 저변에 깔린 실체는 새로운

• habeas corpus에 빗대어 만든 조어로, '정신 보호 영장'이라는 의미가 됨

종류의 비폭력적인 전체주의로 둔갑한다. 모든 전통적인 명칭들, 모든 신성한 구호들은 찬란하던 옛 시절 그대로 유지될 것이다. 민주정치와 자유는 모든 방송과 신문 사설의 주제로 등장하지만, 그것은 엄격히 자기들끼리만 통하는 그런 의미로서의 민주주의와 자유일 따름이다. 그러면서 과두 정치적 지배 계급은 고도의 훈련을 받은 군인, 경찰, 사상 생산자, 정신 조작자들로 구성된 정예 집단과 함께 그들의 구상에 따라 조용히 잔치를 벌일 것이다.

우리가 열심히 노력해서 성취한 자유를 현재 위협하고 있는 광범위한 비인간적 세력들을 통제할 수 있는 방법은 무엇일까? 말의 차원에서 그리고 보편적인 시각에서 볼 때 이 문제에 대한 해답은 지극히 쉽게 나온다. 인구 과잉의 문제를 생각해보자. 빠른 속도로 늘어나는 인간의 수는 천연자원에 날이 갈수록 점점 더 심한 부담을 준다. 그에 대한 해결 방법은 무엇일까? 빤한 사실이지만 우리는 사망률을 초과하지 않는 수준으로 출생률을 최대한 신속하게 낮춰야 한다. 동시에 우리는 최대한 신속하게 식량 생산을 증대해야 하고, 우리의 토지와 삼림을 보존하기 위한 범세계적인 정책을 수립하여 시행해야 하고, 현재 우리들이 사용하는 연료를 대체할 실용적인 무엇인가를, 이왕이면 우라늄보다 덜 위험하고 훨씬 오래 걸려서야 소모되는 대체품을 개발해야 한다. 쉽게 확보가 가능한 광물들을 포함하여 자꾸 감소하는 자원들을 아껴 쓰는 한편 이런 물질들을 (가장 질이 낮은 광석이라면 바닷물이 되겠지만) 점점 더 질이 낮은 광석으로부터 추출해내는 새롭고 비용이 많이 들지 않는 방법을 마련해야만 한다. 그러나 이런 모든 해결책은 두말할 나위 없이 행동으로 옮기기보다는 말로만 하기가 한없이 쉽다. 해마다 늘어나는 숫자를 줄여야만 한다. 하지만 어떻게 해야 그것이 가능한가? 우리들에게 주어진 선택은 두 가지인데, 기근과 질병과 전쟁이 그 하나요, 산아 제한이 다른 하나다. 우리들 대부분은 산아 제한을 선택할 것이고, 그래서 동시에 생리 현상, 약리학, 사회학, 심리학, 심지어는 신학까지 한꺼번에 얽혀드는 수수께끼와 같은 문제에 당장 직면하게 될 것이다. '기적의 피임약'은 아직 발명되지 않았다. 만일 그것이 발명되고 나면 다음에는 인간의 출산율을 낮추기 위해 먹어야 하는 그 약을 어떻게 수억 명의 가임 여성들에게 (그리고 만일 그것이 남자들에게 효과가 있는 약이라면, 아버지가 될 사람들에게) 배포할 것인가? 그리고 기존의 사회적인 관습들과 문화적·심리적 타성의 힘을 참작한다면, 마땅히 약을 먹어야 하지만 그러기를 원하지 않는 사람들을 어떻게 설득하여 마음을 바꾸게 할 수 있을까? 그리고 이른바 생리 주기 계산법—참고삼아 얘기하자면, 인구 감소가 가장 절실하게 필요한 산업적으로 낙후된 지역에서 지금까지 출산율을 낮추는 데 거의 효과가 없었다고 밝혀진 이 방법 이외에 어떤 형태의 산아 제한도 반대하는 천주교 쪽에서의 반발은 어떻게 할 것인가? 그리고 미래에 등장할 가상의 피임약과 관련된 이런 질문들은 만족스러운 해답을 이끌어낼 전망이 거의 없는 실정이지만, 이미 알려진 기존의 산아 제한 방법들에서 화학 약품이나 기계에 의한 해결을 모색해야 할 것이다.

산아 제한의 문제에서 동원이 가능한 식량 공급을 늘리고 천연자원을 보존하는 문제로 넘어가자면, 우리는 그렇게까지 거창하지는 않지만 여전히 엄청난 어려움에 봉착하게 된다. 무엇보다도 먼저 교육의 문제가 대두된다. 지금 세상에서 소비하는 대부분의 식량을 재배하고 공급할 책임을 맡고 있는 무수한 소작 빈농들과 농부들에게 그들의 영농 방법을 향상시키도록 얼마나 빨리 교육시킬 수 있을까? 그리고 그들을 계몽시키고 난 다음에는, 최고의 농업 교육이 쓸모없어지지 않게끔 그들이 기계와 연료와 윤활유, 전력과 비료, 그리고 개량된 변종 농작물과 가축들을 마련할 자금을 언제 어디서 구할 것인가? 비슷한 얘기지만, 누가 인류에게 보존의 원칙과 실천에 관해서 교육을 시키겠는가? 그리고 인구와 더불어 식량에 대한 수요가 빠른 속도로 늘어가는 나라에서 굶주린 소작농-시민들로 하여금 어떻게 '토지를 황폐화하는 짓'을 못 하도록 막아낸다는 말인가? 그리고 그들을 막아낸다고 하더라도, 혹시 상처 입고 기진맥진한 농경지를 서서히 보살피고 가꿔서 건강을 찾고 비옥함이 되살아나게 할 가능성이 조금이나마 있더라도, 땅이 기운을 회복할 때까지 기다려야 하는 농민들이 감수할 희생에 대해서 누가 보상을 하겠는가? 뿐만 아니라 현재 산업화를 추진하느라 애쓰는 후진 사회들을 생각해보라. 만일 그들이 산업화에 성공한다면, 선진 사회들을 따라잡고 상위권에서 탈락하지 않으려고 필사적으로 노력하는 과정에서, 경쟁에 앞선 그들의 선구자들이 한때 그랬으며 지금도 여전히 그러듯이, 그들이 다시 복원할 수 없는 지구의 자원들을 어리석게도 제멋대로 고갈시키지 못하도록 도대체 누가 막아내겠는가? 그리고 결산을 해야 할 날이 도래했을 때, 보다 가난한 국가들에서는 도대체 누가 과학의 인재들을 찾아내고 막대한 액수의 자금을 마련하여 없어서는 안 될 광물들을 함유량이 지극히 낮은 광석에서 추출하며, 또한 기존 여건들 속에서 채광이 기술적으로 가능하거나 경제적으로 타산이 맞게끔 어떻게 이끌어나갈 수가 있을까? 때가 되면 이 모든 질문들에 대한 실질적인 해답을 우리가 발견하게 될지도 모른다. 하지만 얼마나 많은 시간을 기다려야 그런 해답이 나올까? 인간의 수와 천연자원이 벌이는 어떤 경쟁에서도 시간은 우리에게 불리한 적이다. 20세기가 끝날 무렵이 오면, 혹시 우리가 아주 열심히 노력한 경우라면, 세계 시장에는 오늘날보다 두 배의 식량이 쏟아져 나올지도 모른다. 그러나 인구 또한 그때는 곱절로 늘어나서, 수십억에 달하는 사람들이 부분적으로 산업화한 나라에서 살아가며 지금보다 10배의 전기, 물, 목재, 다시 복원하기 불가능한 광물들을 소비할 것이다. 간단히 얘기하자면, 식량 상황은 지금이나 마찬가지로 열악하고, 원자재 상황은 상당히 더 악화된 상태가 될 것이다.

조직 비대화라는 문제에 대한 해결 방법을 찾아내기란 천연자원과 증가하는 숫자의 문제에 대한 해답을 찾아내는 것 못지않게 어렵다. 담론의 차원과 일반적인 관점에서 보자면 해답은 더없이 간단하다. 권력이 재산을 따라간다는 정치적인 금언이 정답인 셈이다. 그런데 생산 수단이 빠른 속도로 대기업과 강력한 정부의 독점적인 재산이 되어간다는 현상이 이제는 역사적인 사실이 되었다. 따라서 민주주의를 믿는다면 우리는 가능한 한 재산이 다수에게 분배되도록 조처를 취해야 한다.

또는 투표할 권리를 살펴보자. 원칙적으로 그것은 대단한 특권이다. 실제로는, 최근의 역사가 반복해서 보여주었듯이, 투표권 자체는 자유에 대한 아무런 보장이 되지 않는다. 따라서 만일 국민 투표에 의존하여 독재 정치를 피하고 싶다면, 단순히 기능적인 집합체에 불과한 현재 사회를 스스로 통치하고 자발적으로 협동하는 집단으로 분할하여, 대기업과 큰 정부의 관료적인 체제를 벗어나 사회가 제대로 기능을 발휘하는 능력을 갖추도록 해야 한다.

인구 과잉과 조직 비대화는 현대의 대도시를 이룩해놓았고, 그 안에서는 다수와의 개인적인 관계를 통한 충분히 인간적인 삶이 거의 불가능해졌다. 따라서 전체 사회와 개인의 정신적인 황폐화를 피하고 싶다면, 대도시를 떠나 소규모 시골 공동체를 부활시키거나, 기계적인 대도시 조직의 망상網狀 구조 내에서 소규모 시골 공동체와 똑같은 도시형 모형을 이룩하여, 전문적인 특수 기능을 단순히 구현한 개체가 아니라 완전한 인격으로서 개인들이 만나고 협동하는 사회를 이룩함으로써 대도시를 인간화시켜야 한다.

오늘날 이런 모든 얘기는 빤한 사실이 되어버렸고, 50년 전에도 역시 빤한 사실이었다. 힐레르 벨록Joseph Hilaire (Pierre René) Belloc[•]에서부터 모티머 애들러Mortimer Jerome Adler[••]에 이르기까지, 신용협동조합의 초기 개척자들에서부터 현대 이탈리아와 일본의 토지 개혁가들에 이르기까지, 선의를 앞세운 사람들이 여러 세대에 걸쳐 경제 권력의 분산과 재산의 광범한 분배를 부르짖어왔다. 그리고 생산력의 분배를 도모하기 위해 소규모 '마을 산업village industry'으로 돌아가기를 원하는 얼마나 많은 기발한 계획들이 발표되었던가. 그런가 하면 단 하나의 거대한 산업 조직을 구성하는 다양한 부처에 자율권과 주도권을 부여하자는 뒤브레이유Jacques Lemaigre Dubreuil[•••]의 치밀한 계획도 있었다. 노동조합들의 지원을 받으며 생산자 집단이 연합하여 국가가 존재하지 않는 사회를 건설하자는 청사진을 제시한 생디칼리슴Syndicalism[••••]의 신봉자들도 생겨났다. 미국에서는 아서 모건Arthur [Ernest] Morgan[•••••]과 베이커 브롬웰Baker Bromwell이 소도시 수준의 마을에서 살아가는 새

• 영국으로 귀화했지만 프랑스 국적을 버리지 않았던 작가이며 역사가로, 기독교 신앙이 투철했음

•• 고전 철학에 정통했던 미국 교육자로서, 미국으로 판권이 넘어간 다음 브리태니커 백과사전과 54권으로 엮어진 『서양의 위대한 저서Great Books of the Western World』의 편집 기획에 크게 기여했음

••• 프랭탕 체인백화점의 대주주였던 프랑스 기업인으로, 모로코의 자치권을 지지하는 활동을 벌이다가 카사블랑카에서 암살당했음

•••• 일종의 공산주의로서, 자본주의를 대체하는 경제 체제로서의 조합공동체주의

••••• 공학자이자 교육자로서, 테네시 강 유역 개발공사TVA, Tennessee Valley Authority의 초대 회장이었음

로운 종류의 공동체에 관한 이론을 제시하고 그 실현 방법을 서술했다.

하버드의 스키너 교수는 이 문제에 대하여 스스로 통치하고 자급자족하는 공동체를 그린 그의 유토피아 소설 『월든 투Walden Two』에서 심리학자로서의 견해를 제시했는데, '제2의 월든'은 어찌나 과학적으로 구성이 되었는지 바람직하지 못한 선전이나 강압에 쫓기지 않으면서 모든 사람이 자신이 해야 할 일을 수행하고, 모든 사람이 창의적이며 행복한 삶을 누리기 때문에 어느 누구도 반사회적 유혹에 전혀 휩쓸리지 않는다. 제2차 세계대전이 진행되던 무렵과 그 이후에 프랑스에서는 마르셀 바르뷔Marcel Barbu*와 그의 추종자들이 스스로 통치하고 권력 계급이 존재하지 않는 여러 생산 공동체를 설립했는데, 이들 공동체는 또한 상호 협동과 완전한 인간적 삶을 지향했다. 그런가 하면 런던에서는 '페컴 실험Peckham Experiment'**이 건강을 도모하는 시설들끼리 협조하여 보다 광범위한 관심을 보임으로써 대도시에서조차도 참된 공동체를 이룩하는 일이 가능하다는 사실을 시범적으로 보여주었다.

이것으로 미루어보아 우리는 인구 과잉이라는 질병을 사람들이 확실하게 인식했고, 다양한 포괄적인 치료법들이 대두했으며, 증상

* 프랑스의 좌익 정치가로, 전쟁 중에 국외 추방을 당했다가 1965년에 매를 맞는 개들을 대변하여 대통령 후보로 출마했음

** 1926~1950년에 노동자 계층의 건강에 대한 사회적인 우려에서 촉발된 복지 운동

을 치료하려는 실험들이 여기저기서 이루어졌는가 하면, 상당한 성과를 여러 차례 거두었음을 알게 되었다. 그렇지만 이런 모든 설교, 그리고 이런 모범적인 실천에도 불구하고 질병은 계속해서 점점 더 악화되고 있다. 우리는 소수의 지배자들 손아귀에 권력이 집중되게 내버려두면 안전하지 않다는 사실을 잘 알고 있지만, 그래도 사실상 권력은 점점 더 숫자가 줄어드는 소수의 손아귀로 집중된다. 대부분의 사람들에게 거대한 현대 도시에서의 삶은 그들을 개성 없는 존재로 만들고, 참된 인간성을 점점 더 상실하여 하찮은 개체로 몰락시킨다는 사실을 우리는 잘 알고 있다. 그럼에도 불구하고 거대한 도시들은 계속해서 점점 더 거대해지고, 산업화한 도시적 생활 양식은 달라질 줄을 모른다. 매우 규모가 크고 복잡한 사회에서는 관리가 가능한 규모의 자치 단체들과 관계를 맺지 않고서는 민주주의가 거의 무의미하다는 사실을 우리는 잘 알고 있다. 그럼에도 불구하고 날이 갈수록 모든 국가적 업무를 점점 더 많이 대기업과 큰 정부의 관료들이 관리한다. 실제적으로 조직 비대화의 문제가 거의 인구 과잉의 문제 못지않게 해결하기 어렵다는 사실은 너무나 분명하다. 두 경우 모두 우리는 무엇을 해야만 하는지 잘 알고 있다. 그러나 아직까지는 두 경우 모두 우리의 지식을 살려가며 효과적으로 대처할 능력이 없었다.

이쯤에서 우리는 아주 불편한 질문에—우리는 진심으로 우리가 아는 지식에 따라 행동하기를 원하느냐 하는 질문에 봉착하고 만다.

모든 것에 대한 전체주의적인 통제를 향해 흘러가는 지금의 추세를 중단시키거나, 만일 그것이 가능하다면, 그 흐름을 역류시키기 위해서 상당히 많은 고충을 감수할 가치가 있다고 대다수의 사람들은 과연 생각하는가? 산업화·도시화되는 세계가 앞으로 몇 년 후에는 어떻게 될지 그 예언적인 모습을 상징적으로 보여주는 미국에서 최근에 실시된 여론조사를 통해 다음과 같은 사실이 밝혀졌다. 10대 젊은이들 중에 내일의 유권자가 될 실질적인 다수가 민주주의 제도를 신뢰하지 않고, 호감이 가지 않는 사상들의 검열에 반대하지 않으며, 국민에 의한 국민의 통치[*]는 실현성이 없다고 믿는가 하면, 만일 급속한 호황기에 익숙해진 그들의 생활 방식을 유지하며 계속해서 살아갈 수만 있다면 각 분야의 전문가들로 이루어진 소수 집단이 위에서 지배하는 현실에 완전히 만족할 것이라고 했다. 세계에서 가장 막강한 민주주의 국가에서 텔레비전을 보며 잘 먹고 잘사는 수많은 젊은이들이 스스로 통치한다는 개념에 그토록 무관심하고, 사상의 자유 그리고 반대하는 권리에 그토록 노골적으로 단호하게 흥미가 없다고 시인하는 현실이 씁쓸하기는 하지만, 그것은 별로 놀랄 만한 일이 아니다. 우리는 "새처럼 자유롭다"는 표현을 쓰면서 날개로 3차원의 모든 공간에서 어느 방향으로나 제한 없이 이동하는 조류의 능력을 부러워한다. 하지만 우리는 도도dodo[**]를 잊어서는 안

---

* 166쪽 10행의 풀이를 참조
** 지금은 멸종했지만, 날지 못하는 새

된다. 어떤 새라도 구태여 날개를 사용하지 않고도 잘 먹고 살아갈 방법을 알아낸다면 비행의 특권을 아낌없이 당장 버리고 영원히 땅바닥에서 살아갈 것이다. 그와 유사한 사례를 우리는 인간들 사이에서도 발견한다. 만일 빵이 정기적으로 그리고 풍족하게 하루에 세 차례씩 공급된다면, 많은 사람들이 완전히 만족해서 빵만으로—아니면 빵에다가 적어도 즐거운 구경거리만 가지고도 잘 살아갈 것이다. 도스토옙스키의 소설에 등장하는 우화*에서 종교재판소장이 하는 말이다. "결국은 말이지, 결국 그들은 우리 발밑에 그들의 자유를 갖다 바치고는 '우리를 당신의 노예로 삼으시고, 그저 먹여 살려주시기만 하소서'라고 하겠지." 그리고 알료샤 카라마조프가 이런 얘기를 하는 형에게 혹시 재판소장이 비꼬느라 그런 소리를 했는지 묻자, 이반이 이렇게 대답한다. "어림도 없는 소리! 재판소장은 자신과 교회가 자유를 물리친 것이 사람들로 하여금 행복해지도록 하기 위해서였다고 자랑삼아서 주장했던 거야." 그렇다, 사람들을 행복하게 만들기 위해서였다면서 재판소장은 이렇게 주장한다. "인간이나 인간 사회에 있어 자유만큼 아무짝에도 쓸모없는 것은 또 없기 때문이지." 쓸모가 없을지는 몰라도, 자유는 없느니보다 있는 게 더 낫다. 만일 사정이 나빠지면, 식량 공급이 막히고 나면, 땅바닥에서만 살아가던 도도는 날개를 돌려달라고 아우성을 칠 것이며—세상살이

* 『카라마조프가의 형제들』에서 이반이 알료샤에게 해주는 얘기로, 자주 인용되는 유명한 대목임

가 점점 좋아져서 도도를 키우는 자들이 보다 관대하고 자비로워지면 그들은 틀림없이 날개를 또다시 포기하고 말 것이다. 지금은 민주주의가 너무나 형편없다고 생각하는 젊은이들이 나중에 자라면 자유를 쟁취하기 위해서 싸우는 투사가 될지도 모른다. "나에게 텔레비전과 햄버거를 달라. 하지만 자유가 수반하는 책임들을 놓고 나를 괴롭히지는 말라"는 외침은 상황이 달라지고 나면 "자유가 아니면 죽음을 달라"는 외침에게 자리를 내줄지도 모른다. 혹시 그런 혁명이 일어나게 된다면 그 부분적인 원인은 아무리 강력한 통치자들이라고 해도 거의 통제할 수 없는 힘들의 작전이 태동했기 때문이거나, 아니면 잠재적 독재자에게 정신을 조작하는 도구로서 과학과 기술이 과거에 제공했거나 앞으로 계속해서 제공하게 될 수단들을 효과적으로 이용할 방법을 모르는 그 통치자들의 무능함 때문이리라. 아는 바가 얼마나 빈약하고, 활용할 수단을 얼마나 조금밖에 보유하지 못했었는지를 고려한다면, 지나간 시대의 종교재판소장들은 대단히 큰 성공을 거둔 셈이다. 하지만 훌륭한 정보를 보유한 그들의 후계자들은 철저히 과학적인 미래의 독재자가 되어 틀림없이 훨씬 더 대단한 성공을 거둘 것이다. 종교재판소장은 인간들로 하여금 자유를 구가하라고 부추긴 그리스도를 꾸짖고는 이렇게 말한다. "그대가 한 일을 우리가 바로잡아, 기적과 신비와 권위의 바탕 위에서 그 업적을 이루었노라." 하지만 기적과 신비와 권위만으로는 독재 정치의 무기한 존속을 충분히 보장받지는 못한다. 필자의 우화 소설 『멋진 신세계』에서는 독재자들이 과학을 그 목록에 추가했고, 그리하여 태아들의 몸과, 유아들의 반사 신경과, 아이들 그리고 어른들의 정신을 조작함으로써 그들의 권위를 집행할 수 있었다. 그리고 단순히 기적에 관한 얘기를 늘어놓고 여러 가지 신비를 상징적으로 암시하는 대신에, 그들은 약물이라는 수단에 의존하여 백성들에게 신비와 기적의 직접적인 경험을 마련해주고, 단순한 신앙을 황홀한 지식으로 전환시켜 줄 수 있었다. 과거의 독재자들이 몰락했던 까닭은 백성들에게 충분한 빵과 충분한 구경거리와 충분한 기적이나 신비를 전혀 제공하지 못했기 때문이다. 또한 그들은 정말로 효과적인 정신 조작의 체제를 보유하지도 못했다. 과거에는 자유를 추구하는 사상가들과 혁명가들이 흔히 가장 진지한 정통 교육의 산물이었다. 이것은 놀랄 만한 일이 아니다. 정통 교육가들이 동원한 방법들은 과거에 지극히 비능률적이었고, 지금도 여전히 그렇다. 과학적인 독재자의 밑에서는 교육이 정말로 큰 효과를 거두어, 결과적으로 대부분의 남자들과 여자들이 노예 생활을 좋아하도록 훈련을 받으며 성장해 혁명은 절대로 꿈조차 꾸지 않을 것이다. 과학적인 독재 정부를 왜 철저히 타도해야 하는지 마땅한 이유도 전혀 없어 보인다.

그렇지만 세상에는 아직 자유가 조금 남아 있다. 많은 젊은이들이 자유를 소중하게 생각하지 않는 듯하다는 얘기는 사실이다. 그러나 어떤 사람들은 여전히 자유가 없다면 인간은 완전한 인간이 아니며, 따라서 자유가 지극히 소중하다고 믿는다. 어쩌면 지금 자유를 위협하는 세력들은 너무나 강력해서 아주 오랫동안 저항하기가 힘들지 도 모른다. 그들에게 힘이 닿는 데까지 저항을 계속해야 한다는 것은 여전히 우리의 의무로 남아 있다.

올더스 헉슬리 작가론

지성의 생애

시인, 극작가, 소설가, 단편 작가, 기행문 작가, 수필가, 평론가, 철학자, 신비주의자, 그리고 사회 예언가로 알려진 올더스 헉슬리Aldous Huxley는 20세기 중반 영국 문인들 중에서 가장 영향력이 크고 성공적인 인물들 가운데 한 사람으로 꼽힌다. 1920년대에 시작하여 1963년 세상을 떠날 때까지 보기 드물게 왕성한 집필 활동을 계속하는 과정에서 그는 영국의 경박하고 수다스러운 계층을 조롱하는 풍자가로부터 정신적인 초월을 위한 인간의 능력을 심오하게 파고든 종교적인 작가로 거듭해서 스스로 변신하는 모습을 보여주었다. 그러면서도 지극히 하찮은 내용에서부터 지극히 심각한 내용에 이르기까지 헉슬리가 발표한 모든 글을 관통하는 한 가지 주제가 드러나는데, 그것은 인간의 삶과 인식이 지닌 의미와 가능성들을 설명하기 위해 추구하던 탐구의 맥락이다.

올더스 헉슬리는 1859년에 창간된 저명한 문학지 「콘힐 매거진The Cornhill magazine」의 편집자였던 레너드 헉슬리Leonard Huxley의 아들로 1894년 영국의 서리에서 출생했다. 그의 어머니 줄리아 아널드Julia Arnold는 시인이며 수필가였던 매슈 아널드Matthew Arnold의 조카딸이었고, 본명이 메리 아널드Mary Augusta Arnold였던 소설가 '험프리 워드 부인Mrs. Humphrey Ward'과는 자매간이었다. 그의 할아버지 T. H. 헉슬리Thomas Henry Huxley는 진화론을 열렬히 지지하여 '다윈의 불도그Darwin's Bulldog'라는 별명이 붙었던 생물학자였다. 이렇듯 그는 어느 전기 작가의 표현처럼 "태생과 성향birth and disposition"이 영국의 지성적 귀족층에 속했다.

독일 태생 영국 작가 지빌레 베드퍼드Sybille Bedford는 흥미진진한 전기 『올더스 헉슬리Aldous Huxley: A Biography』에서 이렇게 서술했다.

> 어린아이였을 때의 그에 대해서 우리가 알고 있는 사실은 흔히 전해 내려오는 일화와 사진 따위의 자질구레한 자료에 근거한 정보가 고작이다. 태어나서 처음 몇 년 동안에는 그의 머리가 불균형할 정도로 엄청나게 커서 걸핏하면 엎어지는 바람에 두 살이 될 때까

지 걷지 못했다고 한다. "우린 올더스한테 맞는 모자가 그것뿐이어서 아버지의 모자를 씌워주었어요." 굉장히 오랜 시간이 지나 그가 아주 먼 다른 나라에서 살아가던 무렵, 남부 캘리포니아의 끝에서 병이 들어 자리에 누워 지내던 그에게 어느 친구가 기분전환을 시켜주기 위해 이런 엉뚱한 질문을 했다. "올더스, 어렸을 때 혹시 자네한테 무슨 별명 같은 거 없었나?" 그러자 (사실은 아무도 그에게 그런 질문을 하지 않았기 때문이겠지만) 자기 자신이나 어린 시절에 대해 거의 얘기하지 않던 올더스가 냉큼 대답했다. "날더러 오기Ogie라고 그랬어. 오거Ogre* 라는 뜻이었지."

사진을 보면 오거는 귀엽고 작은 소년이었는데 (중략) 이마가 넓고, 눈초리가 (그때까지는) 초롱초롱했고, 겁을 먹어 몹시 민감한 입에, 착한 표정을 짓기는 했지만 다른 천사 같은 아이들보다 훨씬 긴장한 얼굴로 사진기를 응시하고 있었다. 그의 형 줄리언Julian Huxley

* 사람을 잡아먹는 귀신이나 괴물. 만화영화 〈슈렉Shrek〉의 주인공이 대표적인 오거임

의 얘기를 들어보면, 올더스는 조용히 홀로 앉아 "사물들의 이상한 면에 관해 명상을 하느라" 많은 시간을 보냈다고 한다.

토머스 헉슬리의 손자이며 올더스와 동갑이었던 게르바스 헉슬리 Gervas Huxley는 이런 얘기를 했다. "난 올더스가 연필을 들고 있는 걸 자주 보았는데, 있잖아요, 걘 늘 그림을 그렸거든요……. 내가 기억하는 가장 어릴 적의 올더스는 무엇엔가 깊이 몰두해서 앉아 있던 모습이었는데—나하고 같은 나이의 아이가 그렇게 아름다운 그림을 그린다는 게 나에게는 꼭 무슨 마술처럼 보였어요."

그는 섬세한 아이였으며, 짓궂은 기분이 들 때면 가끔 장난을 치기도 했다. 그는 여덟 살 때까지 헝겊 인형을 동무 삼아 들고 다녔다. 그는 투덜거리기를 잘했다. 부모가 그에게 준 우유 잔에는 이런 글귀가 박혀 있었다. "오, 세상은 어찌나 무미건조한지, 도대체 불평할 건더기조차 없구나."

(중략) 그리고 여섯 살이 된 올더스는 황태자가 참석하는 할아버지의 동상 제막식을 보려고 헉슬리가의 일가친척 모두와 함께 자연역

사박물관으로 갔다. 그의 어머니는 당시 이튼 학생이었던 젊은 줄리언더러 새로 산 고급 비단 모자를 올더스에게 양보하라고 다급하게 귓속말로 설득했지만, 올더스는 신사모紳士帽가 부담스럽고 불편해서, 결국 속이 뒤집혀 구토를 했다.

이튼에 다니던 무렵인 열여섯 살 때 헉슬리는 병에 걸려 거의 2년 동안 완전히 장님이 되다시피 했으며, 이 병으로 그 후 오랫동안 불편한 시력 때문에 고생했다. 헉슬리는 나중에 발표한 어느 저서에서 시력 상실이 "나로 하여금 제대로 공립학교를 졸업한 영국 신사로 성장하지 못하게 방해한 사건"이었다고 술회했다. 이 사건은 또한 의사가 되려고 했던 그의 어릴 적 꿈에도 종지부를 찍게 했다. 하지만 묘한 우여곡절을 거쳐서, 비록 그가 과학을 버리고 문학으로 전향했음에도 불구하고, 헉슬리의 시선은 본질적으로 과학을 벗어나지는 않았다. 동물학자인 그의 형 줄리언 헉슬리가 글로 밝힌 바에 의하면, 신비주의와 과학은 올더스 헉슬리의 정신세계에서 서로 보완하고 중첩하는 두 가지 분야였다. "(과학이) 더 많은 발견을 이룩할수록 그것은 우리에게 존재의 구조를 이해하는 데 그만큼 더 많은 도움을 주며 존재 자체의 신비가 그만큼 더 뚜렷하게 떠오른다."

헉슬리는 1916년에 옥스퍼드의 밸리올Balliol 대학에서 문학사 과정을 거치고, 제1차 세계대전 중에는 몇 년 동안 정부 관리로 일했다. 이튼에서 잠시 교편을 잡은 다음 본격적인 작가로서의 활동을 시작하여, 1920년에 「웨스트민스터 가제트Westminster Gazette」에서 연극 비평을 맡았고, 여성 잡지 「보그Vogue」, 「하우스 앤 가든House & Garden」에서 고정 필진으로 활동했다. 문학적인 열정이 넘쳤던 그는 틈틈이 시와 수필과 소설을 열심히 썼으며, 1921년에는 그의 첫 소설 『크롬 옐로』를 발표했다. 기지가 넘치고, 날카롭고, 은근한 충격을 주는 필치로 상류층 예술가들을 풍자한 이 소설로 헉슬리는 단숨에 '위험한 재치dangerous wit'를 구사하는 작가로서 명성을 얻었다. 그는 비슷한 맥락에서 1923년의 『어릿광대의 춤』과 1925년의 『하찮은 이야기』 같은 소설 몇 권을 더 발표했다.

1928년에 출판되었으며 많은 비평가들이 그의 가장 역동적인 작품이라고 간주하는 『연애대위법』에서 헉슬리는 문체와 주제에 있어서 모두 새로운 경지에 이르렀다. 느닷없이 한 장면에서 다른 장면으로 그리고 한 등장인물에서 다른 등장인물로 자유분방하게 전환하는 서술체를 통해 헉슬리는 종교, 예술, 성, 정치에 대한 현대인의 환멸을 정면으로 공격한다. 필립 퀄스Philip Quarles라는 주인공은 "초연하고 지적인 회의주의를 인생 전반에 걸쳐 조화를 추구하는 삶으로 바꿔놓고 싶다"고 열망하는 소설가로서, 헉슬리가 발표한 작품들 중에서 가장 작가 자신의 모습을 충실하게 그려낸 자화상이라고 하겠다. 문체에 있어서는 비록 『연애대위법』보다 덜 실험적이기는 하지만 1932년에 발표한 『멋진 신세계』는 인간 본성에 대한 비관적인 시각이 훨씬 극단적이다. 전체주의 통치와 사방에 흘러넘치는 황홀 체험 약물과 문란한 성생활이 괴이하게 뒤엉킨 결합체인 헉슬리의 반이상향反理想鄕, antiutopia 소설은 당대의 많은 독자들로 하여금 거북한 기분을 느끼게 만들었지만, 그의 작품들 가운데 가장 영향력이 강하고 가장 오랫동안 지속적인 인기를 누린 소설로 자리를 굳혔다.

1930년대에 헉슬리는 점점 더 사회학, 철학, 정치, 윤리의 근본적인 문제들을 탐험하는 쪽으로 기울었다. 1936년에 발표한 소설 『가자에서 눈이 멀어』에서는 냉소주의자가 신비주의자로 변해가는 인간의 모습을 보여주었고, 유럽이 다시 한 번 전쟁의 위기로 빠져들자 평화주의자들과 뜻을 같이해 국제주의와 평화를 부르짖는 강연을 하느라 널리 돌아다녔다.

그는 여러 해 동안 이탈리아에 살면서 D. H. 로렌스와 친분을 쌓았고, 1933년에는 로렌스의 『서한집』을 편집했다. 1937년에 헉슬리는 벨기에 태생의 아내 마리아 니스Maria Nys와 아들 매슈Matthew Huxley와 함께 유럽을 떠나 남부 캘리포니아에 정착하고는 죽을 때까지 그곳에서 살았다. 아내 마리아는 1955년에 암으로 사망했고, 이듬해 헉슬리는 이탈리아의 바이올린 연주자이며 심리치료사인 로라 아처라Laura Archera와 결혼했다.

1940년대와 1950년대에 헉슬리는 다시 한 번 진로를 바꿔서, 영적인 삶에 몰입하여 인간과 신이 직접 소통하는 가능성에 대해 특히 큰 관심을 보였다. 헉슬리는 신비주의자들의 저서를 광범위하게 탐독했으며, 신비주의적 문헌들을 수집하고 정리하여 1945년에 『불멸의 철학』을 엮어냈다. 이 무렵에 그는 메스칼린과 LSD 같은 향정신성 약물을 실험하기 시작했으며, 나중에는 그런 약물들을 복용하면 신비주의자들이 명상과 기도와 단식을 통해서 성취하는 것과 똑같은 경험을 하게 된다고 믿기에 이르렀다. 그가 환각제psychedelic drug라는 용어를 붙인 약물의 효과를 서술한 1954년의 『인식의 문』과 1956년의 『천국과 지옥』 같은 헉슬리의 저서들은 1960년대 대항문화counterculture를 위한 필독서가 되다시피 했다. 그렇지만 헉슬리의 형 줄리언은 올더스라는 인물을 마치 히피들을 위한 일종의 정신적인 대부처럼 취급해서는 안 된다고 경고한다. "올더스가 가장 깊은 관심을 보였던 것들 가운데 하나는 사회적인 존재로서의 본분을 여전히 지켜가면서 어떻게 자아를 초월하는 경지에 이르느냐—

그러니까 현세의 삶으로부터 오는 중압감과 자아의 감옥으로부터 벗어나 순수한 기쁨과 선의 경지에 이르는 길이 무엇인가 하는 문제였습니다."

헉슬리는 '순수한 기쁨과 선의 경지'를 1963년 11월 22일 세상을 떠나는 그날까지 추구했다. 오늘날 사람들은 그를 20세기 문학계의 위대한 탐험가들 가운데 한 사람이며, 끊임없이 자기 자신을 새로 창조하면서 인간 의식의 신비 속으로 점점 더 깊이 파고 들어간 작가라고 기억한다.

올더스 헉슬리의 작품 연보

『불타는 바퀴The Burning Wheel』 (시집, 1916)

『요나Jonah』 (영어와 프랑스어로 쓴 12편의 시를 수록. 도서관 장정본, 1917)

『청춘의 패배The Defeat of Youth and Other Poems』 (시집, 1918)

『레다Leda』 (현대 신화를 담은 시집, 1920)

『지옥의 변방Limbo: Notes and Essays』 (단편 소설 여섯 편과 희곡 한 편을 수록, 1920)

『크롬 옐로Crome Yellow』 (풍자 소설, 1921)

『인생의 굴레Mortal Coils: Five Stories』 (단편집, 1922)

『여백의 기록On the Margin』 (잡지에 발표했던 산문을 수록, 1923)

『어릿광대의 춤Antic Hay』 (풍자 소설, 1923)

『작은 멕시코인Little Mexican and Other Stories, 미국 제목은 Young Archimedes』 (전쟁으로 망가진 삶을 주제로 한 단편집, 1924)

『하찮은 이야기Those Barren Leaves』 (풍자 소설, 1925)

『길을 가노라면Along the Road: Notes and Essays』 (프랑스와 이탈리아 여행기, 1925)

『두세 명의 여신Two or Three Graces: Four Stories』(표제작 중편 소설과 세 편의 단편 소설, 1926)

『잘난 빌라도의 지적인 휴가Jesting Pilate: An Intellectual Holiday (The Diary of a Journey)』(인도, 미얀마, 말라야, 일본, 중국, 미국 여행기, 1926)

『낡은 얘기, 새로운 얘기Essays New and Old, 미국 제목은 Essays Old and New』(산문집, 1926)

『올바른 탐구Proper Studies』(산문집, 1927)

『연애대위법Point Counter Point』(대표작 가운데 하나로 꼽히는 장편 소설, 1928)

『뜻대로 하라Do What You Will: Essays』(산문집, 1929)

『촛동강Brief Candles』(단편집, 1930)

『저속한 문학에 사족 붙이기Vulgarity in Literature and Other Essays: Digressions from a Theme』(59쪽짜리 짧은 평론집, 1930)

『빛의 세상The World of Light』(3막짜리 자전적 희극, 1931)

『매미The Cicadas and Other Poems』(시집, 1931)

『밤의 음악Music at Night and Other Essays』(예술 비평서, 1931)

『멋진 신세계Brave New World』(우화 소설, 1932)

『작품과 변명Texts and Pretexts: An Anthology of Commentaries』(논평을 붙인 시집, 1932)

『멕시코 만 너머Beyond the Mexique Bay』(카리브해, 과테말라, 남부 멕시코 여행기, 1934)

『가자에서 눈이 멀어Eyeless in Gaza』(자전적 소설, 1936)

『올리브 나무The Olive Tree and Other Essays』(다양한 주제를 다룬 산문집, 1936)

『건설적인 평화What Are You Going to Do About It?: The Case for Constructive Peace』(전쟁과 평화에 관한 비평서, 1936)

『목적과 수단Ends and Means: An Enquiry into the Nature of Ideals and into the Methods Employed for Their Realization』(전쟁, 종교, 민족주의, 윤리를 다룬 비평서, 1937)

『여름이 가고 백조는 죽는다After Many a Summer Dies the Swan』(죽

음을 앞둔 할리우드의 백만장자가 느끼는 공포심을 통해 미국 문화를 비판한 소설이며, 오슨 웰스Orson Welles가 이 작품으로부터 영감을 받아 〈시민 케인〉을 만들었다고 함, 1939)

『숨은 실력자Grey Eminence: A Study in Religion and Politics』(알렉상드르 뒤마Alexandre Dumas의 『삼총사』에도 등장하는 17세기 정치적 실력자 리슐리외 추기경Cardinal de Richelieu의 자문을 담당했던 성직자 트랑블레François Leclerc du Tremblay의 전기, 1941)

『시력의 기술The Art of Seeing』(헉슬리가 시력을 회복하려고 받은 치료법에 관한 기록, 1942)

『시간은 멈춰야 한다Time Must Have a Stop』(자전적 소설, 1944)

『불멸의 철학The Perennial Philosophy』(신비주의 연구서, 1945)

『과학과 자유와 평화Science, Liberty, and Peace』(예언적 사회 비평서, 1946)

『흉내와 본질Ape and Essence』(『멋진 신세계』와 비슷한 성격의 소설, 1948)

『모나리자의 미소The Gioconda Smile』(헉슬리의 특이한 소설로, 같은 해 〈어느 여인의 복수A Woman's Vengeance〉라는 제목으로 영화로 제작되었음, 1948)

『주제와 변주Themes and Variations』(신비주의를 다룬 산문집, 1950)

『루덩의 악마The Devils of Loudun』(17세기 프랑스를 무대로 한 종교 괴기물로, "소설과 비소설의 중간쯤" 되는 작품이라는 평을 들었음, 1952)

『인식의 문The Doors of Perception』(약물에 의한 환각 경험 체험기, 1954)

『천재와 여신The Genius and the Goddess』(천재 물리학자 부부와 학생이 얽힌 불륜 중편 소설, 1955)

『천국과 지옥Heaven and Hell』(환각 체험을 다룬 비소설, 1956)

『내일, 내일, 그리고 또 내일Adonis and the Alphabet and Other Essays, 미국 제목은 Tomorrow and Tomorrow and Tomorrow』(산문집, 1956)

『다시 찾아본 멋진 신세계Brave New World Revisited』(산문집, 1958)

『섬Island』(유토피아 주제를 다룬 마지막 소설, 1962)

『문학과 과학Literature and Science』(산문집, 1963)

『멋진 신세계(1932)』에 대한 당시의 반응

시대를 너무 앞서갔는가?

오늘날 고전으로서 누리는 위치를 고려한다면, 헉슬리의 『멋진 신세계』에 대한 출판 당시의 비평은 놀라울 정도로 부정적이었다. 서부 유럽에서 파시즘이 기세를 올리고 세계가 엄청난 경제적 압박으로 흔들리던 무렵이라, 소설이 정곡을 지나치게 정확히 찔렀다는 느낌을 주었거나, 아니면 헉슬리의 냉혹하고 불편한 시각이 단순히 시대를 지나치게 앞서갔기 때문이었는지는 모를 일이다.

「뉴 스테이츠맨The New Statesman」* 같은 영국의 정기 간행물에서 서평을 쓰는 사람들은 이런 식으로 공격을 주도했다. "미래에 관한 이 풍자물은 얄팍하고 하찮은 말장난으로서, 포드 기원A. F.으로 시작된 문명 세계에 관한 대학생 수준의 재치와 '우리 포드 님'을 거룩하게 모시는 사람들의 행태를 보면, 그리 나쁜 농담이라고까지는 못 하겠지만, 헉슬리 선생은 작품의 빈약함을 반복을 통해서 보완해 보려고 애쓸 따름이고, 헉슬리 씨가 하는 예언의 내용으로 치자면

* 1913년에 창간된 정치, 문학 및 시사 문제들을 다루는 주간지로서 '중앙으로부터 약간 왼쪽으로 기울어진 시각'을 반영하는 좌익 잡지임

독자들이 기대하는 바에 좀처럼 미치지 못한다. (중략) 주목해야 할 사실은 헉슬리 씨가 줄거리 따위는 사실 관심이 없고, 착상한 개념에 대해서만 혼자 흥분할 따름이라는 것이다. 그가 우리의 세상에서 예견한 몰락의 미래를 겨냥한 기발하고 냉소적인 증오심이 담긴 기특한 부스러기들이 조금씩 눈에 띄고, 그의 산문을 읽은 독자들이라면 벌써부터 익숙해진 추측들과 견해들을 장황하게 서술하는 대목들도 나타난다. (중략) 놀랄 만한 내용이라고는 없는데, 새삼스럽게 독자들한테 할 얘기가 없다면 도대체 왜 헉슬리 씨는 이런 수필을 장편 소설로 만들어가며 짜증을 부리는 것일까?"

이 평론가는 『멋진 신세계』가 예술 작품으로서는 생명력이 전혀 없다는 결론을 내린다. "그의 소설은 무엇으로도 살려낼 길이 없다."

몇몇 비평가들은 성적인 방종에 몰입하는 헉슬리의 작품 성향에 대해서 거북함이나 노골적인 역겨움을 드러냈다. 그들은 헉슬리의 유토피아 주민들이 감정조차 없이 성행위에 탐닉하는 난잡한 행태에 대해서 불쾌감을 느끼기도 했다. 「런던 타임스The London Times」

의 문학 특집 부록에 익명으로 기고한 어떤 비평가는 이렇게 썼다. "기계적인 이상향에서의 삶을 과학적으로 상상한 세부적인 묘사에 진지하게 관심을 갖기는 쉬운 일이 아니다. 그리고 이렇게 비인간화한 사람들의 과잉 성생활에 관심을 쏟을 만큼의 충분한 보상은 이루어지지 않는다."

미국 공산당에서 문학 부문 대변인 노릇을 잠시 했었던 그랜빌 힉스Granville Hicks•는 주로 정치적인 시각에 입각해서 『멋진 신세계』를 공격했다. 힉스의 견해로 헉슬리가 저지른 가장 개탄해야 마땅한 죄는 당시의 사회적인 문제들을 본격적으로 논하지 않았다는 점이었다. "아시아에서는 전쟁이 벌어지고, 유럽에서는 경제가 파탄이 나고, 세계 각처에서 굶어 죽는 사람들이 속출하는데, 도대체 올더스 헉슬리는 지금 무엇을 걱정하고 있단 말인가? (중략) 유토피아에서의 삶에서 그가 느끼는 불쾌감이란 앞으로 100년이나 200년이

• 소설가에 문학 비평가로서, 급진적인 언론인 존 리드John Reed의 전기를 썼으며, 1940년 이후에는 마르크스주의에 등을 돌렸음

더 지난 다음에야 걱정해야 할 일이 아니던가." 힉스는 「뉴 리퍼블릭The New Republic」 주간지에서 냉소적으로 지적했다. 공산당원으로서의 적개심이 담긴 그의 공격은 지배 계급의 억압적인 가치관과 특권을 표본화한 상징적인 인물로서의 헉슬리를 겨냥한 고약한 집중포화로 마무리를 지었다. "(그에게는) 돈과 사회적인 지위, 재능과 친구들 그리고 특권이 있으며, 그는 민중의 비참한 삶으로부터 격리되어 있다. 그래서 물론 그에게는 걱정해야 할 무엇인가가 필요할 것이고, 비록 걱정거리를 찾아내기가 무척이나 어려운 일일 테지만 (중략) 헉슬리 씨는 고통을 받고 용감해져야 할 기회가 간절히 필요하다."

어떤 평론가라고 해도 이토록 비열한 공격을 가하기는 힘든 일이다.

긍정적인 비평은 대부분의 경우에 비교적 조심스럽고 자제하는 입장을 취했다. 존 체임벌린John Rensselaer Chamberlain*은 「뉴욕 타

* 미국의 역사가, 언론인, 문학비평가

임스The New York Times」에다 예의를 지켜가며 약간 애매한 글을 실었다. "헉슬리는 세계국世界國을 두고 시끄럽고도 불손한 희롱을 했다." 빈정거리는 신랄한 코웃음을 넘어 진지하고도 심지어는 격렬하기까지 한 항변을 작품의 심장부에서 읽어낸 유일한 평론가는 「토요 문학 평론The Saturday Review of Literature」의 고정 집필자인 에드워드 쿠싱Edward Cushing이었다. "헉슬리 씨는 인간에 대한 예술가로서의 신념을 웅변적으로 토로하며, 책을 다 읽고 난 다음에 독자의 기억에 남는 것은 사람들이 흔히 잠깐 감탄하고 잊어버리는 그의 재치나 명석함이 아니라, 공격에 있어서는 맹렬하고 수비에 있어서는 숭고한 그의 웅변이다." 이것은 어느 비평가도 함부로 드러내지 못했을 정도로 열광적인 반응이었다.

초기의 미지근한 반응에도 불구하고 『멋진 신세계』는 일반 독자층으로부터 보기 드문 호응을 받았고, 그 후 60여 년에 걸쳐 여러 세대 사람들은 이 소설을 읽고 또 읽어가며 새로운 해석을 거듭했다. 제2차 세계대전이 끝난 후에 추가한 서문을 통해서 헉슬리는 소설의 초판이 발행된 이후로 세계적인 상황에서 일어난 변화들을 새로운 눈으로 평가했다. 그는 자신이 범했던 "뚜렷하고도 두드러지게 선견지명이 결여된 한 가지 사례"를 시인했는데, 그것은 핵분열에 대한 아무런 언급을 하지 않았다는 사실이었다. 그리고 그는 앞으로 600년이 지난 다음에야 등장하리라고 자신이 상상했던 유토피아가 현실적으로는 그보다 훨씬 더 빨리 도래하고 있다는 진단을 내렸다. "오늘날에는 그런 공포가 채 한 세기를 넘기기 전에 우리 앞에 현실로 나타날 가능성이 상당히 높아 보인다."

『다시 찾아본 멋진 신세계(1958)』에 대한 당시의 반응

이루어진 예언

1958년 인기가 높았던 BBC 텔레비전의 〈두뇌 군단Brain Trust〉 시간에 초대 손님으로 출연한 올더스 헉슬리는 이렇게 밝혔다. "(『멋진 신세계』를 발표하고 나서) 겨우 27년밖에 되지 않았는데, 거기에 담긴 예언들 가운데 상당히 많은 상황들이 이미 현실로 나타났고, 그것도 아주 심각하고 본격적인 차원에서 현실화가 되었다는 사실은 상당히 놀라운 일입니다. (중략) 그중 몇 가지는 내가 예측을 했고, 또 다른 몇 가지는 상상력이 모자라서 예견하지 못했지만, 내 생각에는 현재 그런 온갖 무기를 잠재적인 독재자가 제멋대로 동원할 수 있을 듯합니다."

냉전이 절정에 달했을 무렵에 헉슬리는 「뉴스데이Newsday」* 에서 정치적인 독재자가 사람들의 생각과 행동 방식을 바꿈으로써 어떻게 국민을 조종하고 통제할 위험성이 있는지 논하는 글을 연재해달라는 청탁을 받았다. 하지만 이 주제에 관해서 조사를 하던 헉

* 뉴욕에서 발간되는 일간지로 발행 부수가 40만 부 정도임

슬리의 관심 범위가 점점 확대되었고, '사고방식을 장악하는 폭력Tyranny Over the Mind'이라는 제목으로 실린 기사들은 분석 대상을 보다 넓혀서 인구 과잉과 조직 비대화 그리고 선전 기술이 발달한 시대를 살아가는 인간이 직면한 자유의 문제를 다루기에 이르렀다. 이 기사들을 책으로 엮은 것이 『다시 찾아본 멋진 신세계』다.

「시카고 선데이 트리뷴Chicago Sunday Tribune」은 『다시 찾아본 멋진 신세계』를 "머리가 쭈뼛해질 정도로 무서운 책"이라고 평했으며, 런던에서 발간되는 「시대와 조류Time and Tide」*는 "우리가 무시해서는 안 되는 사회적인 문제들을 다루면서 헉슬리의 진지함과 확고한 변증법적 취지를 전한다"고 주의를 환기시켰다.

『다시 찾아본 멋진 신세계』를 집필할 때는 헉슬리의 나이가 예순세 살이었고, 심한 눈병을 앓고 있었기 때문에 그의 지적 활동이 원

* 1920~1950년대 여성 운동과 좌익을 옹호하던 정치와 문학 전문 주간지

활하지 못했을 가능성이 많다. 그의 형 줄리언은 『회고록Memories』에서 이런 언급을 했다. "어떻게 올더스가 그토록 엄청난 양의 사실과 개념을 흡수하여 그의 지성에 공급할 수 있었는지는 (그리고 나아가서 그것을 모두 소화할 수 있었는지는) 하나의 수수께끼로 남아 있다. (중략) 시력이 온전한 것은 한쪽 눈뿐이었지만, 동생은 다양한 학구적인 간행물과 통속적인 기사들과 온갖 종류의 서적을 훑어보고는 했다. 동생은 한 번 힐끗 보기만 해도 내용을 파악했고, 더욱 놀라운 일은, 중요한 내용들은 모조리 기억한다는 것이었다. 당장이라도 시력을 잃을지 모른다는 근본적인 공포감을 극복하려는 끈질긴 의지력으로 훈련을 쌓았던 까닭이겠지만, 그의 지적인 기억력은 대단했다."

"난 이런 종류의 글을 쓰기가 지겹고 피곤하다." 『다시 찾아본 멋진 신세계』를 탈고한 후에 헉슬리가 고백했다. "하지만 그러면서도 나는 내가 구상하고 있는 유토피아 소설에 어울릴 적절한 줄거리를 찾기가 힘들어서 심한 좌절감을 느낀다." 『멋진 신세계』를 '뒤집어놓은' 소설이 되리라고 그가 계획했던 문제의 작품 『섬』은 그가 세상을 떠나기 1년 전인 1962년에 출판되었다.

조지 오웰에게 보낸 편지

『올더스 헉슬리 서한집Letters of Aldous Huxley, edited by Gro-ver Smith, Harper& Row, 1969』에서 발췌

수신: 조지 오웰(에릭 아서 블레어)
캘리포니아 주 라이트우드, 1949년 10월 21일

친애하는 조지 오웰 군에게,

자네가 발표한 소설 한 권을 나에게 보내도록 출판사에 연락하여 배려해준 점을 대단히 고맙게 생각하네. 책이 도착했을 때는 내가 마침 글 한 편을 쓰고 있던 참이었는데, 참고할 사항이 워낙 많아 여러 가지 서적을 뒤져 읽어야 했고, 시력이 좋지 않았던 탓으로 독서량을 엄격히 조절할 필요가 있어서, 한참 시간이 지난 다음에야 겨우 『1984』를 펼쳐보게 되었다네. 그 작품에 대하여 비평가들이 언급한 내용에 전적으로 동의하는 바여서, 사실 이런 얘기는 할 필요도

없겠지만, 그래도 다시 한 번 부언하자면, 『1984』는 정말로 훌륭하고, 정말로 중요한 의미가 있는 책이지. 그러니까 식상한 얘기를 늘어놓는 대신에, 자네가 작품에서 다루고 있는 궁극적인 혁명에 대한 얘기를 잠깐 해도 되겠나? 궁극적인 혁명에 대한 첫 징후—정치와 경제의 지평 너머에 존재하며, 개인의 심리와 생리 기능을 총체적으로 타도하려는 목적을 추구하는 혁명의 징후를 우리는 마르키스 드 사드 후작Marquis Donatien Alphonse François de Sade에게서 발견하게 되는데, 그는 자신을 로베스피에르Robespierre와 바뵈프François-Noël Babeuf[•]의 뒤를 이어받아 완결한 인물이라고 자처했지. 『1984』에 나오는 소수 지배층의 사상은 성의 차원을 넘고 그것을 부정함으로써 필연적인 종국에까지 이른 사디즘sadism의 일종이겠네. 군홧발로 얼굴을 짓밟는 무자비한 폭력의 정책이 실제로 무한정 지속될지 여부는 회의적으로 여겨지는군. 내가 믿는 바를 얘기하자면, 권력

• 프랑스 혁명 당시 정치 선동에 앞장섰던 언론인으로, '최초의 공산주의 혁명가'로 알려짐

욕을 충족시키면서 통치하는 데 있어서 덜 험난하고 소모적인 방법을 소수의 지배자가 결국 찾아낼 텐데, 그들이 의존하게 될 방법이란 내가 『멋진 신세계』에서 서술한 그런 형태를 취하리라는 것이라네.

나는 최근에 이성을 현혹시키는 선천적 능력인 동물적 매력animal magnetism과 최면술의 역사를 살펴볼 기회가 있었는데, 메스너Mesner[*]나 브레이드James Braid[**] 그리고 에스데일James Esdaile[***] 같은 사람들의 갖가지 발견들에 대해 지난 150년 동안 세상 사람들이 진지하게 인정하기를 거부해왔다는 현상에 크나큰 놀라움을 금치 못했네. 한편으로는 유물론의 지배적인 위세에 밀렸기 때문이고, 또 한편으로는 만인의 눈치를 살펴야 하는 체면 때문이겠지만, 19세기의 사상가와 과학자들은 정치가나 군인이나 경찰 같은 실리적인

---

* 최면술의 선구자이며 동물적 매력을 연구했던 독일 의사 메스머Franz Anton Mesmer의 이름을 잘못 표기한 듯싶음
** '최면술의 아버지'로 알려진 스코틀랜드 의사
*** 인도에서 무통 수술을 위해 최면술을 썼던 스코틀랜드 의사

사람들을 대신하여 어딘가 이상하게 여겨지는 심리학의 사실들을 통치 분야에 적용해 검증하겠다며 함부로 발 벗고 나설 마음이 내키지 않았던 듯싶어. 우리 선조들이 그것을 스스로 무시해버렸던 까닭에 궁극적인 혁명의 등장은 대여섯 세대나 지연되었지. 또 한 가지 다행이었던 우발적인 사건은 프로이트가 최면 능력이 없었고, 그래서 나중에 그가 최면술을 헐뜯고 비방하게 되었다는 사실이었어. 그랬기 때문에 정신 치료에 있어서 최면술의 전반적인 적용은 적어도 40년 동안 지연되었다네. 그러나 지금은 정신 분석과 최면술의 접목이 이루어지는가 하면, 가장 까다롭게 불응하는 대상자의 경우라도 암시에 반응하는 최면 상태로 유도하는 바르비투르 약제를 통해서 최면 방법이 쉬워지고 무기한 연장이 가능해졌지. 통치의 수단으로서는 몽둥이와 감옥보다 유아 습성 훈련과 마약성 최면이 훨씬 더 효율적이라는 사실을, 그리고 그들에게 주어진 노예 생활을 좋아하도록 사람들에게 암시를 주어 유도함으로써 채찍질과 발길질로 복종을 강압하지 않으면서도 권력에 대한 자신들의 욕망을 철저하게 충족시키리라는 사실을 다음 세대가 끝나기 전에 세상의 지도자들이 깨닫게 되리라고 나는 믿어. 다시 말해서, 『멋진 신세계』에서 내가 상상했던 바와 훨씬 닮은 세상의 악몽으로 『1984』의 악몽이 필연적으로 바뀌어가리라고 나는 느낀다네. 그런 변화가 이루어지는 것은 능률성을 높여야 한다는 절실한 필요성의 결과겠지. 물론 그런 변화가 이루어지기 전에 대규모 생물학적 전쟁이나 핵전쟁이 일어날지도 모르고, 그런 경우에는 우리 모두가 감히 상상하기조차 어려운 다른 종류의 악몽을 겪게 되겠지만 말일세.

책을 보내줘서 다시 한 번 감사하네.

올더스 헉슬리

옮긴이의 말

한반도를 예언하는 헉슬리

조지 오웰이 암울한 미래의 표본으로 설정했던 1984년 여름에 옮긴이는 올더스 헉슬리의 『멋진 신세계』를 처음 번역했다. 그러고는 꼭 30년이 지난 2014년 여름에, 『멋진 신세계』를 새로 정리해 내놓는 김에 『다시 찾아본 멋진 신세계』의 번역을 진행하면서, 사뭇 착잡하고 괴이한 기분을 여러 차례 느꼈다. '다시 찾아본' 멋진 신세계가 마치 지금의 남북한을 헉슬리가 미리 와서 보고 분석해놓은 예언서 같다는 생각이 들어서였다.

강산이 세 차례나 바뀌고 한 세대가 흘러가는 사이에 세상은 엄청나게 발전하고 변했지만, 인간 사회의 집단적인 반목과 공포는 어쩌면 이렇게 변함이 없을까 하는 환각적 깨달음에 옮긴이는 지각한 공포감까지 행간에서 읽히고는 했다. 『1984』와 『멋진 신세계』는 지금 한반도의 현실이 되었고, 집단 세뇌의 악몽과 공포는 한반도에서 현재진행형이다.

북한은 세계에서 가장 대표적인 전체주의 국가가 되었고, 『1984』와 『멋진 신세계』보다 훨씬 원시적인 폭력 사회로의 '혁명적' 퇴화를 아직도 계속하고 있다. 그리고 대한민국의 섬뜩한 현실 또한 그리 속 편한 사정은 아니다. 『다시 찾아본 멋진 신세계』에서 집요하게 반복되는 헉슬리의 경고, 특히 정치 선동가에 대한 어두운 경고는 미묘한 형태로 우리의 일그러진 현재를 흔들며 준동한다.

길바닥에서는 진실을 왜곡하는 정치꾼과 선동가들이 집단적인 기만의 축제를 벌이고, 언론 매체에서는 이념적 갈등과 증오를 부추겨서 작당하여 권력을 탈취하고 유지하려는 잡다한 패거리들의 작태가 만연한다. 이렇게 무차별적인 사상적 폭력의 무대가 되어버린 우리 현실에서는 맷돌질을 당하는 국민이 정치와 축구와 휴대전화의 손바닥 세상 말고는 다른 어떤 언어도 모르는 듯한 착각을 일으킬 지경이다.

/

헉슬리는 『다시 찾아본 멋진 신세계』에서 우매한 군중을 선동하고 착취하는 교활한 소수를 열심히 분석한다. 속물적인 인간 집단에 대한 그의 노골적인 혐오감이 때로는 소름이 끼칠 정도로 예리하다. 그리고 집단적인 사고 활동을 간파하는 그의 감각이 워낙 정확하기 때문에 때로는 거북한 기분이 들기도 한다.

공포심으로 무엇인가를 팔아먹으려는 광고 전략과 종교의 이름으로 자행되는 대량 선전 활동을 그는 기업형 심리전처럼 묘사한다. 양심의 기능이 퇴화한 자들이 패거리를 이루어 장악한 권력을 남용하는 현상 또한 간과하지 않는다. 증오의 궤변을 정의의 미학으로 둔갑시켜 미개한 군중을 제물로 삼는 정치의 사회 생리적 역학에 대한 헉슬리의 해부학은 어리석은 다수를 미끼로 삼는 교활한 지도자들의 집단 폭력이 걱정스러운 현실을 살아가야 하는 민족이 필히 교훈으로 삼아야 할 대목이다.

/

19세기에 돌출한 경제적인 이념의 대립으로 찢어지던 세상은 이제 지식인임을 자칭하는 소수 특권층이 자행하는 혹세무민으로 한민족이 새로운 위기에 시달리는 중이다.

사상적 소마soma로 습성 훈련을 시켜 대립과 증오의 파멸로 몰고 가는 지성적 '지도층'의 파괴력은 이제 '부르주아' 부유층의 이기적이고 무지한 폭력보다 훨씬 위험해졌다. 이 또한 『다시 찾아본 멋진 신세계』의 대량 심리 학습 전략을 추적하면서 헉슬리가 우리에게 전하는 경고다.

/

올더스 헉슬리가 미처 체험하지 못해 경고 목록에 담지 못한 집단 대립의 현상은 기계 문명에 관한 것이다. 이제 우리는 지식과 정보의 분야에서 대단히 빠른 속도로 팽창하는 빈부의 격차에 시달리고 있다.

전자 통신과 컴퓨터는 인류를 양분하기 시작했다. 지금의 현실 사회는 돈과 재산이 아니라 정보의 부유층과 빈곤층을 괴리시킨다. 그리고 이런 지식 분단에 대하여 우리 민족은 전혀 아무런 준비도 하려고 하지 않는다. 그런 분단의 존재와 위험성을 아예 의식조차 하지 못하기 때문이다.

/

인생과 인간을 이야기하는 세상이 그립다. 쉽고 편안하고 솔직한 이야기를 할 줄 모르는 사회에서는 인간이 기계의 노예가 되어간다.

지하철에 나란히 줄지어 앉아서 고개를 숙인 채 휴대전화를 들여다보는 사람들은 집단이 아니라 소외된 개체들의 집합에 지나지 않는다.

/

책의 앞머리에 나오는 해설 '올더스 헉슬리의 예언'을 쓴 크리스토퍼 히친스는 통렬한 독설가로 꼽히는 좌파 성향의 논객으로,

우리나라에는 『신은 위대하지 않다God Is Not Great: How Religion Poisons Everything』 등의 저서가 번역을 통해 소개되었다.

2014년 6월 북한산 기슭 독박골에서

안정효